Mireille Calmel

D'ÉCUME ET DE SANG

roman

XO
EDITIONS

ISBN : 978-2-37448-332-0

À la mémoire de mon oncle René Calmel,
et à toi ma Tatie Annette,
qui continue de vivre sans lui.

Si vous cherchez dans ces lignes l'espoir de me pardonner, vous ne le trouverez pas. Ma vengeance n'a eu de raison que dans ma soif de justice et dans l'amour.

Je ne regrette rien.

Jeanne de Belleville.

Je l'ai aimé au premier regard.

Avec une violence telle que tout mon être s'est senti aspiré, projeté, déchiqueté, noué à lui. Noué à la pétulance de ses yeux d'océan, à son torse puissant, à sa mâchoire carrée, à ses boucles brunes, à sa barbe naissante.

Je venais d'avoir treize ans. Et j'ai été broyée de l'intérieur comme l'aurait été un rocher fracassé par la tempête.

Encore aujourd'hui, il me suffit de fermer les paupières pour ressentir ce ressac, cette force capable de se dresser contre une mer en furie et d'accepter ce sentiment de destruction dont on sait que l'on ne se relèvera pas.

Juste parce qu'il m'a retourné mon sourire.

À cet instant, mon père, qui se tenait près de moi sur ce quai de Nantes, m'a secoué violemment le bras.

— Les Clisson sont nos ennemis. Manifeste encore une fois de l'intérêt à celui-ci et tu verras ce qu'il t'en coûtera, a-t-il grincé.

Il m'a traînée comme une poupée de chiffon de l'autre côté de la rue, faisant s'envoler mon chapeau en direction de la rade et des navires marchands.

Olivier de Clisson. Le quatrième du nom. De quelques mois mon aîné.

Je me souviens qu'il a couru derrière ma coiffe, qu'il s'est penché pour la ramasser, qu'il l'a pressée sur son cœur tandis que, désobéissant à mon père, je continuais de le regarder par-dessus mon épaule.

Et que ce simple geste, ce simple geste qui criait *Je t'aime aussi* m'a liée à lui au-delà de la vie.

Après il y a eu tout le reste.

1.

La première fois que j'ai entendu parler des Clisson, j'avais onze ans. Je rentrais d'une chevauchée au travers de nos terres en la compagnie joyeuse de ma mère. Je me souviens d'être entrée à sa suite dans la chaleureuse aula de notre château et d'avoir eu l'impression que l'on venait de coincer la queue d'un chat dans une porte, tant le cri étranglé qui me parvint écorcha mes oreilles.

Force m'avait été de constater, stupéfaite devant mon père cramoisi, que c'était lui qui l'avait poussé. La seconde suivante, il enflait des joues face aux amis et voisins qu'il recevait, se dressait de son siège en meurtrissant le rembourrage des accoudoirs sous ses doigts blanchis et, du bout de la table garnie d'autant de hanaps que de pichets de vin clairet, vociférait :

— Clisson ! Lui ! Lui ! Toujours lui ! Ne peut-on l'étrangler ? le percer ? le noyer ? le suspendre par les couilles jusqu'à ce que mort s'ensuive ?

— Maurice ! s'était indignée ma mère en plaquant ses mains sur mes oreilles.

Mon père avait tourné la tête vers nous, les lèvres brusquement pincées, puis avait tendu un index comminatoire en direction de la porte. Son œil fou indiquait clairement qu'elle ferait mieux de m'emmener loin car il n'en avait pas terminé.

Le battant refermé n'avait suffi qu'à étouffer les vociférations de mon père et à piquer un peu plus ma curiosité. D'aussi loin que je me souvienne, elle n'a jamais été satisfaite. À mes questions, mère répliqua que c'étaient affaires d'adultes, que certaines haines étaient viscérales, perdues dans des griefs que les familles se léguaient comme autant de terres stériles et meurtrières. Sans bien savoir ce qui, un jour, les avait provoquées. Il n'en était ressorti que ce constat, repris par mon frère aîné lorsqu'il vint nous rendre visite quelques jours plus tard : les Clisson n'étaient pas des gens à fréquenter. Et je l'avais cru. Parce qu'il était normal de penser que mes parents détenaient la vérité.

Je l'avais cru jusqu'à ce matin d'avril 1313 où, sur ce quai de Nantes, une simple bourrasque avait suffi à décoiffer ma chevelure et mon cœur.

Comment un regard si franc, si doux, pourrait-il être mauvais ?

Ce regard bleu aux profondeurs d'océan, je l'ai gardé en moi comme un trésor, traversant les rues, ne voyant rien des échoppes de vin, de tissu, d'épices, bousculant les gens, me faufilant au rythme soutenu de mon père entre les chariots que l'on emplissait ou vidait, indifférente à la pagaille qui en découlait. J'ai eu l'impression de flotter jusqu'au vieux logis que nous possédions derrière le port Maillard. À peine ai-je remarqué que la main de mon père tremblait tandis qu'il déverrouillait la porte.

Tout en moi souriait, vibrait, dansait.

J'avais oublié. Oublié la haine que ses entrailles abritaient.

Je suis entrée dans la pièce, ai déposé mes paquets sur un meuble puis lui ai fait face, un léger sourire aux lèvres.

Il avait eu le temps d'arracher sa ceinture et de l'enrouler à son poing.

L'espace d'un instant, je n'ai pas compris. Jamais il n'avait levé la main sur moi.

Jamais.

Puis il s'est avancé, le visage déformé par cette fureur qui n'avait fait que grandir depuis que nous avions quitté le quai.

— Je t'avais prévenue, Jeanne ! C'est à lui ! À lui seul que tu devras ceci ! a-t-il grincé avant de frapper à l'aveugle.

J'ai toujours été persuadée que si ma mère n'était pas arrivée quelques instants plus tard pour se dresser en hurlant entre nous, il aurait continué. Continué jusqu'à ce que je rende vie, recroquevillée sur moi-même dans un angle de la pièce. Déversant sur moi, en toute inconscience du danger que j'encourais, ce qu'il n'avait pu sur son ennemi juré. Car brusquement, je l'ai vu pâlir au travers de mes bras repliés, lâcher le cuir puis sortir en titubant.

— Maman... maman..., ai-je balbutié, espérant soudain, comme en ma prime enfance, que sa présence effacerait ce cauchemar.

— Ça va aller, ma fille. Ça va aller, ai-je entendu sans parvenir à reconnaître sa voix éteinte, cassée.

Elle m'a aidée à me redresser, m'a soutenue, presque portée jusqu'au lit. J'étais si brisée physiquement, émotionnellement, que je me suis évanouie à peine allongée. Lorsque j'ai repris connaissance, elle était à mon chevet, oignant délicatement les marques laissées par la lanière avec un onguent. Celui-là même dont elle couvrait mes bleus lorsque mon intrépidité d'enfant me faisait chuter.

Elle était toujours exsangue. Elle tremblait.

Rassemblant mon courage, faisant fi de mes lèvres éclatées, j'ai murmuré :

– Je crains que cette fois, mère, il n'y en ait pas assez.

Elle a tenté de répondre à mon sourire fracassé, puis elle a éclaté en sanglots.

Père n'a pas reparu cette nuit-là. Ni le jour suivant. Nous ne l'avons revu que deux semaines plus tard, quand j'ai été capable de voyager, dans notre domaine de la Garnache[1] où il était revenu sans nous. Trop fier pour s'excuser auprès de ma mère d'avoir failli me tuer. Et trop ancré dans sa haine des Clisson pour regretter de m'avoir corrigée.

Plus rien n'a été pareil dès lors.

J'ai vu mère s'installer dans l'ancienne chambre de mon frère, voisine de la mienne au troisième étage du donjon, abandonnant mon père à la solitude de la sienne juste en dessous. À table, elle lui adressait à peine la parole. Comme moi, je crois qu'elle avait brusquement cessé de le respecter.

L'aimait-elle toujours ? Sans doute. Dans le souvenir qu'elle avait de lui avant que cette folie n'explose. Quoi qu'il en soit, elle n'a pas supporté d'avoir perdu l'homme qu'elle avait épousé, l'époux célébrant la fin'amor auprès des troubadours, l'amant doux et attentionné. Moi-même je ne pouvais m'empêcher de sursauter quand il entrait dans la pièce où je me trouvais et je baissais les yeux pour ne pas croiser les siens. Il faisait mine de ne pas s'en apercevoir, mais restait froid, comme s'il devinait que ses coups n'étaient parvenus à éteindre l'amour subit qui m'avait saisie sur le quai. J'avais chéri le père tendre et bienveillant, désormais je le craignais au point d'éviter de

1. Situé en Vendée, près des Sables-d'Olonne, et au XIVe siècle, au croisement du Poitou anglais, du royaume de France et de la Bretagne.

sourire en sa présence, convaincue qu'il pourrait y trouver prétexte à me châtier.

Mère faisait de même. À son corps défendant. Elle ne me laissait jamais seule avec lui, cherchait en permanence le moyen de raviver cette gaieté naturelle qui m'avait échappé. À force de n'y parvenir, à force de retenir son souffle en permanence, de s'emplir de terreur au moindre geste brusque de sa part, je l'ai vue dépérir, s'amenuiser.

Trois mois après notre retour de Nantes, une fièvre maligne l'emportait.

Dans ce cimetière aux pierres tombales marquées, pour la plupart, par la croix templière, je me suis retrouvée seule aux côtés de mon père tandis que le cercueil descendait dans sa cavité.

Seule.

Seule et dévastée par un chagrin d'autant plus grand que mon frère, en voyage, n'avait pas encore été informé du décès de notre mère bien-aimée.

J'aurais tout donné en cet instant, même cet amour interdit, pour que mon père me prenne dans ses bras, pour qu'il m'autorise à déverser contre son torse puissant ces larmes qui me ravageaient. Je crois que s'il l'avait fait, je lui aurais tout pardonné.

Au lieu de cela, une fois le caveau refermé, il m'a couverte d'un regard sombre, brûlé par la douleur et la rancœur.

Puis, répondant au cri sinistre d'un corbeau, il a crissé entre ses dents serrées :

— Maudite sois-tu, Jeanne. C'est par ta faute que le malheur nous a frappés. Par ta faute qu'elle est morte.

Un pieu dans le cœur, tandis qu'il me tournait le dos et s'éloignait, j'ai frémi du bout des orteils jusqu'à la racine des cheveux malgré la chaleur du plein été.

Mes jambes sont devenues molles. Mon front a suinté. J'ai dû me retenir à la pierre pour ne pas m'évanouir, frappée plus sûrement par ces mots que par le ceinturon dont mon corps tout entier gardait la cicatrice.

Cette faute-là, cette faute dont je ne parvenais à me sentir coupable, mon père ne me la pardonnerait jamais.

2.

Contre toute attente et à mon grand soulagement, le lendemain, sans un mot, il grimpait sur son cheval avec un nécessaire de voyage et disparaissait par le pont-levis baissé.

Durant de longues minutes, je suis restée là, les bras ballants, derrière les losanges de verre sertis dans le plomb de la croisée, me demandant ce que ce départ imprévu cachait.

Puis la voix d'Auline, notre intendante, était venue percer mon mur de désarroi :

— Il faut lui laisser du temps, damoiselle Jeanne. Beaucoup de temps.

Je me suis tournée vers elle, les yeux humides, j'ai hoché la tête. Elle a ouvert ses bras potelés et je m'y suis jetée.

J'appris plus tard qu'avant de mourir ma mère m'avait confiée à son immense bonté. Elle ne s'était pas seulement épanchée auprès de cette solide Poitevine qui œuvrait pour notre famille comme sa mère avant elle. L'abbé Guillemet, mon précepteur, ainsi que Bertrand, le capitaine des sergents, avaient été mis dans la confidence du geste fou de mon père à Nantes.

J'ai découvert ce jour-là que l'héritage de ma mère ne tenait pas seulement en ces terres qu'elle avait apportées en dot à Maurice, le cinquième des Belleville, ou encore en mon éducation calquée sur celle qu'Aliénor d'Aquitaine avait donnée à ses enfants. Elle m'avait légué le plus précieux des biens : des personnes de confiance. Des personnes qui me chérissaient. Prêtes non seulement à me servir, mais à me comprendre, à m'épauler. Ainsi qu'elles le faisaient depuis toujours.

Il avait fallu la mort injuste de ma mère pour que je prenne conscience du savoir qu'à ses côtés et au fil du temps tous trois m'avaient permis d'accumuler. Un savoir que j'avais cru normal, alors que, de toute évidence, aucune des damoiselles de mon âge et de mon rang ne le possédait.

Bertrand m'avait enseigné à pister les traces d'un animal sauvage, à identifier son terrier, à débusquer cerfs et sangliers, à soutenir le regard d'un rapace avant que de mon poing ganté il ne finisse par s'envoler ; mais aussi à lutter à mains nues et à manier le bâton, l'arc, la lance, l'épée.

— On ne sait jamais, damoiselle Jeanne. Vous serez peut-être un jour face à un loup ou à des pillards.

C'était si sensé ! Combien de fois mon père, mon frère, tous ceux que je connaissais s'étaient-ils élancés pour défaire ces compagnies de brigands qui rançonnaient les paysans ? Autant, presque, que pour éradiquer les bandes de loups qui décimaient les troupeaux et égorgeaient sans vergogne les pèlerins esseulés.

Survivre. Protéger.

Voilà ce que le capitaine des sergents m'avait appris. Mais aussi à siffler comme un rossignol, à fabriquer des appeaux pour appeler le faisan, la perdrix ou pour repousser la pie voleuse et l'épervier.

Je n'étais pas qu'une damoiselle accomplie sachant broder, filer, coudre, ordonner et tenir les comptes de sa maisonnée entre deux visites festives de voisins et voisines de mon âge. Je ne savais pas seulement danser, jouer du luth, de la harpe, de la mandore, reprendre joliment les chants des troubadours qui nous visitaient, lire, disserter, déclamer des vers ou conter la légende arthurienne. Entre deux leçons avec l'abbé Guillemet, j'aidais Auline, apprenant à cirer chaussures et parquets, mais aussi à cuisiner des potées et des massepains, des pâtés en croûte et des entremets.

De son côté, mère m'avait encouragée à lire des auteurs profanes, à jongler avec les jongleurs, à dresser l'ours auprès du montreur de foire, à reconnaître sans la moindre hésitation champignons, simples ou herbes folles et à les réduire, les distiller, les transformer en potions et onguents avec la sorcière du marais auprès de laquelle elle s'approvisionnait.

Sitôt que j'ai été en âge de chevaucher, elle m'a entraînée dans son sillage jusqu'à Noirmoutier[1]. Nous y aidions les femmes du village à ramasser le goémon sur la grève, puis, à marée basse, partions pêcher coquillages et crustacés. Au retour, nous nous arrêtions sur l'île de Boin[2]. Mère était infatigable. Elle voulait participer à tout, se rapprocher des petites gens que les autres seigneurs méprisaient. Pour elle, ils étaient sacrés.

Dans ses pas, j'ai découvert la sueur, la fatigue, la difficulté de récolter cet or blanc qui faisait notre richesse. Je me revois encore, coiffée d'un grand chapeau, manches relevées, cracher dans mes mains d'enfant avant de ratisser, comme le faisaient les sauniers[3], d'étroites bandes à

1. Située à trois, quatre lieues à l'est de la Garnache.
2. Aujourd'hui rattachée au continent sur l'axe Nantes-Noirmoutier.
3. Appelés aussi paludiers.

fleur d'eau, si étincelantes sous le plein soleil que je devais plisser les yeux pour ne pas pleurer.

Le soir venu, fourbues mais joyeuses, nous dormions toutes deux sur un lit de paille, refusant de prendre celui de la famille qui nous hébergeait. Refusant de profiter du privilège du seigneur en exigeant qu'ils vident pour nous leur garde-manger, nous partagions la modeste soupe au chou qui leur servait de souper.

Au contact de ces gens, j'ai appris l'humilité et, en même temps, l'immense chance d'être bien née.

J'ai appris à me lever aux aurores, à aider les aînés à sortir les bœufs, à les atteler aux charrues derrière lesquelles ils allaient s'escrimer sur nos terres. J'ai mangé avec reconnaissance cet oignon et ce morceau de pain noir qui faisaient leur ordinaire chaque matin et dont, pour moi, ce jour-là, ils se privaient.

J'ai appris la vraie valeur des choses, la vraie valeur des êtres. Et le respect qu'on leur devait.

Voilà de quoi avait été composée mon enfance jusqu'à ces derniers mois. De tendresse, de joie, de curiosité, de partage et de bonté. Façonnant, sans que j'y prenne garde, cette jouvencelle rousse et élancée, au corps sculpté par l'effort, au regard vif, expressif et sans malice. Prête, plus qu'aucune autre, à aimer.

Cette jouvencelle pour laquelle, sur un quai de Nantes, Olivier, le quatrième de la lignée des Clisson, s'était embrasé, forgeant à la fois mon malheur et ma destinée.

3.

L'été s'achevait et je n'avais aucune nouvelle de mon père. Je ne m'en plaignais pas. Au fil des jours, sans sa menace insidieuse, j'avais retrouvé l'appétit, une certaine confiance en l'avenir et l'envie de revoir mes voisines.

Bien sûr, elles s'étaient étonnées du fait que, du jour au lendemain après mon retour de Nantes, je refuse leurs invitations, que je ne les reçoive plus, mais ma mère avait su convaincre les leurs de ne pas insister. Par quel miracle ou stratagème, je ne le sus. Quand je les revis, à l'occasion de la venue à la Garnache de deux jeunes ménestrels de la cour de Poitiers, leur regard sur moi n'avait pas changé. J'ai, dès lors, été certaine qu'elles ignoraient la vérité. Comme aucune d'elles n'a osé me questionner sur ces longs mois de silence, j'en ai déduit qu'elles s'étaient inventé une explication des plus plausibles : malade, sentant la mort approcher, ma mère avait voulu me garder à ses côtés.

Je ne les ai pas détrompées.

Au milieu des rires, des jeux, des danses et des discussions enfiévrées, je retrouvai enfin ma légèreté. J'avais bien conscience qu'elle s'éteindrait sitôt que mon père rentrerait, mais en cet après-midi ensoleillé du 28 septembre 1313, je ne souhaitais qu'une chose :

Oublier.

Oublier ma tristesse.

Oublier ce cœur qui s'emballait chaque fois que, trompant ma vigilance et ma raison, le souvenir d'Olivier de Clisson venait le transpercer.

Notre château de la Garnache siégeait au sud de la Loire, à six lieues à peine de la baie de Bourgneuf[1]. Il était ceinturé par de hautes murailles formant un carré d'environ cent dix coudées[2] de côté. Un mâchicoulis en faisait le tour, reliant entre elles des tours défensives, chacune d'une hauteur de soixante-sept coudées[3] sur une épaisseur de quatre et demie[4].

Même si nos fiefs étaient importants puisque, en plus des îles de Bouin et de Noirmoutier que j'ai déjà évoquées, nous possédions celle d'Yeu ainsi que les seigneuries de Montaigu, de Beauvoir et de Palluau où ma mère donnait régulièrement des cours d'amour, j'avais toujours résidé dans cet enclos.

Le donjon qui formait le corps de logis était de conception assez ordinaire. Passé trois marches extérieures, le rez-de-chaussée accueillait deux escaliers, l'un desservant la cave en sous-sol, l'autre grimpant dans les étages. Au premier se trouvait la vaste aula, décorée d'armoiries, flanquée d'une cheminée devant laquelle on pouvait s'asseoir pour mieux se chauffer et d'une table que l'on dressait selon les besoins du quotidien ou du nombre d'invités. Au deuxième, juste à côté de la bibliothèque abondamment garnie d'ouvrages enluminés, se trouvait la chambre de mes parents. Au troisième, la mienne et celle de mon frère avant que mère ne l'occupe, puis au dernier, celles

1. Situé à vingt-huit kilomètres de la Garnache.
2. Cinquante mètres.
3. Trente-cinq mètres.
4. Deux mètres.

d'Auline et du père Guillemet. Bertrand était logé près de sa garnison, au plus proche de la herse et du pont-levis ; nos autres serviteurs à l'arrière-cour du château, dans des bâtiments qui encadraient ceux de la cuisine, du four à pain, de la chapelle, des écuries et de la ferronnerie.

Si je prends le temps de vous décrire cette forteresse dans laquelle, de nouveau, les rires fusaient, c'est parce que en ce jour qui marquait mon retour à une vie « normale », j'ai eu l'impression de la découvrir pour la première fois au gré des caches que le chassé-trouvé m'obligeait à chercher. Comme si, mère et père aimants perdus, l'orpheline de tendresse que j'étais la faisait sienne à tout jamais.

Aujourd'hui encore, dans cette vieillesse qui est devenue mon lot, le simple fait d'y penser me donne le sentiment d'un refuge solide vers lequel j'ai toujours pu me tourner.

Mais revenons-en à cet après-midi de septembre 1313…

À la Garnache, le séjour de mes amies se terminait toujours sur le toit-terrasse du donjon. Dominant les tours d'enceinte, il offrait une vue magistrale sur les forêts immenses, sombres et mystérieuses qui nous encerclaient et sur l'océan dont le bleu se confondait avec celui du ciel sur la ligne d'horizon.

Comme chaque fois, Auline avait tout préparé. Le tapis sur le sol pour protéger nos robes des aspérités et de la poussière, les tables basses garnies de friandises et de boissons aux senteurs florales, mielleuses, les tabourets pour les ménestrels. Nous nous étions installées autour d'eux en riant, leur accordant patiemment le temps de reprendre leurs instruments et de chanter au milieu des oiseaux qui gazouillaient.

J'avais profité du prétexte d'un vent léger, discrètement salé et frais pour dissimuler sous des voiles les cicatrices restantes des tristes exploits de mon père. Personne ne pouvait percer mon secret et, l'hydromel aidant, j'étais ivre de cette liberté retrouvée.

Adossée au mur, la nuque soutenue par la rugosité d'un créneau, je me sentais bien. J'aurais presque pu croire que la porte n'allait pas tarder à s'ouvrir sur le sourire de ma mère réclamant une place à nos côtés.

Las, mon relâchement fut de courte durée.

Brisant soudain les envolées mélodieuses, le son tonitruant d'un cor s'est élevé depuis la muraille, faisant s'emballer mon cœur et me rappelant que rien de beau ne durait jamais.

4.

Si ma première idée fut qu'on annonçait là le retour de mon père, deux autres sonneries eurent tôt fait de m'en détromper. C'était une alerte, le signal qu'une compagnie approchait.

D'un même élan, mes amies et moi avons quitté notre assise pour regarder au loin. Un nuage de poussière s'élevait du chemin, preuve que de nombreux chevaux y galopaient. Or, qui rendait visite de courtoisie ne maintenait pas semblable allure.

Je me souviens, malgré ce tambourinement qui martelait mes tempes, d'avoir perçu une voix anxieuse :

— Croyez-vous que ce soit cette bande d'égorgeurs qui harcèlent paysans et petits domaines depuis quelques semaines ? J'ai entendu ma tante dire qu'ils avaient mis Noirmoutier à feu et à sang et qu'ils se rapprochaient.

J'ai répondu qu'il n'y avait pas lieu de s'inquiéter, qu'ils se briseraient les dents sur nos défenses.

Elles se préparaient. Des bruits de cavalcade montaient jusqu'à nous, annonçant qu'on se précipitait de chaque côté du pont-levis rapidement levé. Je pouvais déjà imaginer les sergents prendre position devant les fentes des mâchicoulis, arcs bandés. Bertrand prêt à donner l'ordre de tirer.

Je me revois poser mes mains sur le merlon contre lequel je m'étais appuyée, relever le menton en signe de défi, certaine d'être invincible derrière ces murailles.

Comme je me trompais !

À l'approche du fossé, la troupe a ralenti puis s'est mise au pas, éclaircissant l'air autour d'elle, révélant enfin ses bannières.

– N'est-ce pas votre cousin, Jeanne ? a jailli une autre voix.

– Si fait..., ai-je approuvé, d'autant plus surprise.

Que venait faire ici Geoffroy de Châteaubriant ? Et en si grand équipage ? N'était-il pas censé se trouver en pays de France ? Avec mon frère ?

Craignant qu'il ne soit venu m'annoncer de méchantes nouvelles à son sujet, je me souviens d'avoir bousculé les ménestrels, de m'être jetée sur la porte puis, sans la moindre explication, d'avoir dévalé l'escalier jusqu'en bas avant de hurler, depuis le mitan de la cour où je m'étais enfin arrêtée, que l'on ouvre en toute hâte.

C'est ainsi, essoufflée, échevelée par ma course folle et les jambes flageolantes, que je me suis retrouvée cernée par une vingtaine de cavaliers à l'arrêt tandis que le donjon, derrière moi, crachait amies et troubadours dans le sillage d'Auline.

Indifférent au trouble qui m'habitait, hautain sur sa selle comme à son habitude, mon cousin m'a enveloppée d'un œil vairon avant de s'exclamer :

– Jeanne ! Ma chère Jeanne ! Comme vous voici changée !

Mon regard inquiet n'ayant réussi à trouver mon frère parmi ses compagnons, je l'ai accueilli en toute impolitesse d'une voix tremblante :

– Où est-il ? Où est Maurice ?

Un éclat de rire a aussitôt emporté les chevaliers. Ahurie, je les ai vus sauter à terre, Geoffroy le premier, et, déjà chez eux, remettre monture aux palefreniers qui s'étaient avancés.

— Palsambleu, mais au cul de son épouse, Jeanne ! Du moins, il y était quand nous l'avons laissé ! a tonitrué mon cousin, content de son effet.

J'ai dû pâlir un peu plus sans doute, car il a fait signe aux autres de se taire, a pris un air contrit puis mes mains, glacées.

— Aurais-je froissé vos chastes oreilles, ma mie ?

Il se trompait. J'avais entendu bien assez de jurons dans la bouche de notre soldatesque, suffisamment surpris de jupons retroussés quand on ne m'y attendait pas, pour m'offusquer d'un tel langage.

— Son épouse dites-vous ? Comment est-ce possible ? Possible qu'il se soit déjà remarié ?

Sans que j'en sois avertie, sans moi, disaient en filigrane mes yeux humides.

Un nouvel éclat de rire y a répondu :

— Je crois, ma foi, que toutes les conditions étaient réunies. La dame est fort avenante, votre frère très épris et les parties se sont entendues sur la dot au bout de deux pichets. Aurait-il eu tort de convoler si tôt après son veuvage à votre avis ?

Les parties… Mon père était donc au courant. Peut-être même était-ce ce qui lui avait fait quitter la Garnache, ai-je songé.

J'ai eu l'impression à cet instant que mon cœur se déchirait. On m'avait écartée de la fête. On ne m'avait pas considérée comme digne d'y paraître. Mon frère avait-il cautionné mon absence ? Ou mon père avait-il trouvé prétexte du deuil qui nous frappait pour la justifier ? J'étais bouleversée. Me devinant au bord des larmes, Auline s'est précipitée. J'ai senti ses mains chaudes s'enrouler autour de mes épaules.

— Vous devez avoir soif, chevaliers. Je venais de faire du vin chaud. N'en voulez-vous rasade ? À moins que vous ne préfériez du bourru bien frais… Entrez, entrez donc ! Vous le premier, messire Geoffroy.

Ce disant, elle m'avait fait pivoter et m'entraînait déjà vers le donjon.

J'y ai pénétré sous l'œil inquiet de mes amies qui n'avaient rien perdu de cet échange, de mes réactions et se posaient désormais toutes les questions du monde.

Dans l'escalier menant à l'aula, Auline m'a chuchoté à l'oreille :

— De grâce, Jeanne, faites bonne figure ou demain les ragots iront bon train. Or ce n'est pas ce que vous voulez.

Elle avait raison. Ce n'était pas ce que je voulais. J'avais survécu aux coups de mon père, j'étais plus forte que je ne le pensais.

— Pince-moi, lui ai-je demandé en pénétrant dans la pièce. Pince-moi fort dans le creux du bras.

Elle s'est empressée de s'exécuter. La décharge m'a forcée à me redresser, ramenant du sang à mes joues et de la vigueur dans mes jambes.

De nouveau maîtresse de moi-même, c'est avec un sourire aux lèvres que j'ai invité mes visiteurs à s'installer.

Deux heures durant, les troubadours ayant trouvé nouvel auditoire, mes amies des servants empressés et les gosiers de quoi brouiller les idées, un air de fête a de nouveau enveloppé le château. On ne s'occupait plus de moi, sinon Geoffroy, de temps en temps, pour me glisser à quel point j'avais embelli avec l'âge. Cela, en termes de moins en moins choisis à mesure que le vin faisait son effet.

Ma crainte de voir ces vingt hommes dans la fleur de l'âge perdre toute mesure, manquer de respect à mes amies ou courser les servantes jusqu'en mes propres appartements tomba sitôt que Bertrand parut sur le seuil avec quatre sergents.

— Damoiselles, a-t-il dit, rompant tout échange. Il est l'heure de regagner vos foyers.

Il était de coutume de leur fournir escorte jusque chez elles. Elles me quittèrent donc, sur un baiser échangé et sans avoir découvert ce qui, l'espace d'un instant, dans la cour, avait semblé me miner.

Restait cet équipage encombrant. Il a fini le nez sur la table, ronflant comme autant de porcs auxquels, par malice, on aurait donné du vin piqué.

— Vous pouvez monter vous coucher, damoiselle Jeanne. Vous aussi Auline, a annoncé Bertrand quand le dernier gaillard eut sombré. Je doute que l'un d'eux se réveille avant l'aube, mais pour plus de prudence, l'abbé Guillemet et moi nous nous relayerons au pied de l'escalier.

Je l'ai gravi, fourbue, dans les pas d'Auline. Fourbue, triste et agacée.

Malgré mon insistance, Geoffroy n'avait toujours pas daigné me dire ce qui l'amenait.

5.

Le lendemain, je me suis éveillée avec la langue pâteuse, l'estomac lourd et une pression sournoise derrière la nuque, signe que j'avais, moi aussi, un peu abusé du vin. C'était la première fois que cela m'arrivait. Un plein jour irradiait ma chambre. J'en ai conclu que j'avais dormi longtemps. Le miroir devant lequel je me suis plantée fut sans appel : mon teint froissé témoignait de mes excès.

Et l'idée de devoir affronter le regard moqueur de Geoffroy acheva de me mettre de mauvaise humeur.

Si je connaissais peu ses compagnons à l'exception de Jean de Montfort, demi-frère du duc de Bretagne, je n'éprouvais pas plus de sympathie pour mon cousin que pour eux. Sa réputation de rustre, bien loin de l'image idéale du chevalier décrite par Chrétien de Troyes, le précédait en tout lieu. À cela s'ajoutait une intelligence modeste, une allure d'ours mal peigné, comme s'il sortait toujours, lui et ce qu'il portait, d'une tempête de sable et de vent. Il était lourd, sans grâce, les cheveux longs, lâchés et filasseux. Quant à chercher en lui une quelconque beauté, mieux valait regarder ailleurs. Si ce n'étaient ces yeux vairons peut-être, mais lorsque j'étais enfant, ils me terrifiaient. Comme s'ils appartenaient à deux personnes prisonnières d'un même corps. L'une sombre et tourmentée, l'autre grivoise. Aucune des deux ne m'intéressait.

Il m'a pourtant fallu descendre.

Avant même que j'eusse posé le pied sur la dernière marche, ce que j'avais craint se vérifiait. Détournées de la table dressée pour le matinel, vingt paires d'yeux m'avaient cueillie et refusaient de me lâcher.

— Ce n'est pas trop tôt, ma cousine ! J'étais prêt à venir vous chercher ! a claironné Geoffroy déjà debout, un hanap à la main et la barbe dégoulinante de vin.

— Ah çà, messire ! Si vous croyez que je vous aurais laissé monter ! a aussitôt rétorqué Auline.

J'en ai été certaine, d'autant que la même détermination, la même indignation se lisaient dans les prunelles de Bertrand, appuyé au montant de la cheminée dans une allure faussement débonnaire.

— Voulez-vous une verveine ? m'a-t-elle demandé après avoir déposé le plat qu'elle portait sur la table, laissant ces malotrus s'en débrouiller.

Je les ai regardés plonger tour à tour la louche dans la potée, salir le plateau de chêne en la retirant. Pas un, à l'exception de Jean de Montfort, qui ne se servît autrement qu'avec l'élégance d'un sanglier ! Des routiers m'auraient, en cet instant, semblé plus chevaleresques ! Dire que mon frère chéri était leur complice depuis l'enfance ! À croire que je découvrais seulement là, à présent que troubadours et amies s'étaient envolés, de quel bois ces hommes, toujours en quête de bataille, étaient faits.

Qu'ils partent, vite, était la seule chose que je désirais. Il ne me vint en tête qu'un moyen pour forcer mon cousin à quitter place : le pousser dans ses retranchements.

— Plus tard, Auline. J'ai davantage soif de la raison pour laquelle Geoffroy a chevauché jusqu'ici. Raison qu'il a réussi à garder pour lui toute la soirée, ai-je lancé en m'avançant résolument vers lui.

Un rire m'a répondu.

— Ma foi, ma cousine, vous avez de la suite dans les idées.

Il m'a couverte de la tête aux pieds d'un œil égrillard, avant d'ajouter :

— Ce n'est pas pour me déplaire.

Je me suis mordu la langue pour lui rétorquer que lui par contre… Un reste d'éducation sans doute. Si j'avais su !

Je me suis contentée de le foudroyer du regard, de croiser les bras sur ma poitrine et de lever le menton.

— Je doute que vous ayez laissé mon frère à ses ripailles sans une bonne raison. Alors ? Laquelle ?

Vaincu, il a plongé la main dans son gilet de cuir, en a ressorti un pli.

— Vous remettre ceci.

Il me l'a tendu. À la valeur du silence qui venait de tomber sur ses compères toujours assis le nez dans leur bol, j'ai deviné qu'ils en connaissaient, comme lui, le contenu. Cela m'a d'autant plus agacée que je venais de voir le cachet de mon père apposé dessus.

— Vous ne l'ouvrez pas ? s'est-il enquis, surpris, en me voyant le glisser dans mon escarcelle.

J'ai haussé les épaules.

— Si vous aviez souhaité que je le fasse en votre présence ou s'il était urgent, vous me l'auriez donné hier. Je le lirai quand vous serez parti. Car j'imagine qu'à présent plus rien ne vous retient ici.

Une lueur malsaine a traversé son regard mais je n'ai pas détourné le mien. J'avais bien assez goûté sa compagnie. Aussi fatiguée et anxieuse désormais que je puisse l'être, les événements de ces derniers mois m'avaient endurcie.

Il l'a compris. Ses compagnons également car ils se sont levés dans un bel ensemble, m'ont remerciée pour mon accueil et m'ont saluée, courtoisement cette fois.

J'ai reculé d'un pas pour les laisser passer et quitter la pièce.

Il est sorti le dernier, après avoir conclu sur un « Prenez soin de vous, ma cousine. Nous nous reverrons bientôt », qui m'a dérangée.

Je me revois encore tomber sur le banc en bout de table sitôt qu'il eut disparu dans l'escalier, Auline secouer la tête et m'annoncer qu'elle descendait me chercher une tisane pour me revigorer. Puis, seule enfin, briser le sceau d'une main tremblante.

Si j'avais pu douter encore de la haine que mon père avait choisi de me porter, elle tenait tout entière dans ces mots, laconiques :

« *Faites bon accueil au porteur de cette lettre. Je l'ai autorisé à vous courtiser.* »

Autant dire que, faisant fi du concile de Latran de 1215 qui obligeait à publier les bans d'un mariage pour éviter les unions consanguines, mon père m'avait déjà mariée. Pas avec n'importe qui. Avec la seule personne qui haïssait la famille de Clisson autant que lui.

Emportée par le dégoût, j'ai régurgité au pied de la table avant d'éclater en sanglots.

Mon abattement n'a pourtant duré que le temps de voir Auline revenir des cuisines avec la verveine. Un seul regard sur le pli ouvert et mon teint verdâtre, ravagé de larmes lui a suffi pour comprendre, poser la tasse et se précipiter vers moi.

— Cours préparer nos malles et demande à Bertrand de réunir une escorte, ai-je hoqueté dans ses bras. Je veux que dans moins d'une heure nous ayons quitté le château sans que personne puisse savoir où me trouver.

6.

S'il était un endroit que j'affectionnais entre tous, c'était l'île d'Yeu. Mon père, lui, n'y venait jamais, éprouvant peu de goût pour sa côte sauvage et granitique offerte à tous les vents. Quant au vieux château de bois qui se dressait face à l'océan, risquant à chaque tempête d'y sombrer, il le dédaignait tant qu'il n'avait pas imaginé un seul instant que ma mère y serait à son aise. À peine savait-il qu'en son absence elle m'entraînait auprès des petites gens, ce jusqu'aux confins de nos terres.

Il était peu probable qu'il songeât à venir m'y chercher. Mon cousin encore moins.

Une semaine plus tard, j'étais toujours en colère. Mes nuits étaient peuplées de cauchemars où les traits de Geoffroy se muaient en ceux d'un sanglier qui me fonçait dessus tête baissée. Je m'éveillais en sueur et en hurlant, effrayant Auline qui partageait ma couche.

La journée, je la passais sur un rocher à contempler les vagues, espérant l'impensable : que Geoffroy se lasse de ne point me trouver, que mon père meure ou que je finisse par avoir le courage de me jeter à l'eau et me noyer.

Tout n'était pas encore perdu pourtant. L'abbé Guillemet avait accepté de m'aider en écrivant à l'évêché pour expliquer la situation de ma parentèle avec Geoffroy.

Il était peu sûr d'être entendu, mon père ayant été malin en n'inscrivant aucun nom sur sa missive, mais nous nous devions d'essayer. Jusque-là, ignorant lui aussi où je me cachais, il était resté à la Garnache. Il m'avait promis d'invoquer tous les arguments possibles, et le concile de Latran en était un de poids, pour le convaincre de renoncer à cette union contre nature aussi bien pour l'Église que pour notre famille.

C'était bien peu suffisant cependant pour me rassurer.

J'en étais là de mes noires pensées, lorsque, au matin du douzième jour sur l'île, Auline m'annonça que deux troubadours venaient d'y accoster en quête d'inspiration. Connaissant mon goût pour leur art et voulant me distraire à tout prix, elle les avait invités à séjourner parmi nous.

Ce que j'approuvai aussitôt en les mandant chercher.

Si le premier, un long trentenaire au visage anguleux, m'était inconnu, le second fit bondir mon cœur de telle manière que je l'ai cru, un instant, vouloir s'arracher de ma poitrine. Il se présenta sous le nom de Fauvert, mais je n'eus aucun doute sur sa véritable identité.

Comment aurais-je pu oublier ce regard aux profondeurs marines, ce regard qui m'avait caressée sur le quai de Nantes ?

Dissimulant au mieux mon émoi, je leur fis à tous deux, devant Auline et Bertrand qui ne se doutaient de rien, l'accueil qu'ils méritaient.

Le repas qui suivit fut des plus chaleureux, m'amenant à découvrir en Olivier de Clisson un être à l'intelligence vive et à la culture chevaleresque étonnante. Il se montra intarissable sur les auteurs arthuriens, parla du *Roman de Renart* avec emphase et parvint même, très adroitement, à m'enjoindre de lire la *République* de Platon, ouvrage que mon père avait toujours négligé. Quant à parler de trobar, il s'y appliqua si bien que même Auline en fut subjuguée. Tant de verve appelant musique, sitôt les agapes achevées, nos invités s'installèrent l'un à côté de l'autre pour accorder leurs instruments.

Je dois l'avouer, à cet instant, j'ai craint que l'imposture d'Olivier ne soit révélée par une interprétation trop modeste des chansons de son ami. Quelle heureuse et douce surprise de voir que son talent était égal au sien ! Que sa voix, mélodieuse et grave n'avait rien à envier aux plus illustres ! J'en vins même à me demander si la dame qu'il pleurait dans ses couplets n'était pas moi. Pourtant, il avait pris le parti de regarder Auline tandis qu'il chantait.

C'est donc tout naturellement qu'à la fin de leur prestation, répondant à leur souhait commun de prendre le frais, j'ai annoncé vouloir les accompagner. Ni Bertrand ni Auline n'y ont vu malice, trop contents, au contraire, que ma morosité soit tombée.

Bien vite, le compagnon d'Olivier nous laissa seuls dans une crique où mère et moi avions l'habitude de nous baigner l'été. Et je me suis enfin retrouvée face à lui au milieu des rochers, cheveux au vent, bouleversée par ces mains qui après les cordes de son instrument frôlaient les miennes. Il les a portées à ses lèvres et, l'espace d'une seconde, j'ai cru défaillir sous la délicatesse de leur baiser. L'instant d'après, j'étais un brasier que son regard fiévreux entretenait.

— Pardonnez-moi d'avoir eu l'audace de vous chercher, Jeanne. Depuis notre brève rencontre, vous n'avez cessé d'occuper mes pensées.

— Et vous les miennes, Olivier. Si vous saviez…

— Je sais. Je sais la haine qui oppose nos deux familles. Je sais que cet amour est sans espoir et que bientôt il me faudra y renoncer. Mais je ne le pouvais sans vous avoir revue une dernière fois, a-t-il avoué, la voix éraillée par l'émotion que lui procurait notre proximité.

Émue, je l'étais plus encore.

– Comment m'avez-vous retrouvée ? ai-je demandé.

– De la plus simple des manières. J'ai entendu maintes fois mes parents critiquer la faiblesse de votre mère pour les petites gens. Celle qu'elle vous léguait en vous entraînant à ses côtés. Je n'ai eu qu'à suivre ses traces pour arriver jusqu'ici.

Je me suis troublée.

– Faiblesse, dites-vous… Est-ce votre opinion aussi ?

Son rire clair a dispersé la légère brume qui se levait.

– Vous aurais-je aimée si j'avais méprisé l'âme de celle qui vous a mise au monde ? Puisse-t-elle être en paix aujourd'hui. Elle fut grande et noble. Comme vous l'êtes aussi à mes yeux.

– Alors fuyons, fuyons tous deux, me suis-je entendue le supplier.

Il a secoué la tête, la face sombre et minée.

– Je le voudrais. De toutes mes forces. Mais j'ai donné ma parole et un Clisson ne la reprend jamais.

– À qui ? À qui l'avez-vous donnée ?

– À mon père, et en son nom à la femme qu'il me destine depuis cinq ans déjà. Le mois prochain, elle sera mon épousée.

J'ai eu l'impression que mes jambes se dérobaient sous mes pieds. Il m'a soutenue jusqu'à un rocher, m'y a fait asseoir avant de s'agenouiller devant moi, bouleversé.

– Je vais lui donner mon nom, mes terres, mes titres mais mon cœur restera vôtre à tout jamais, je vous le promets.

Ce fut à mon tour de lui prendre les mains, de les broyer dans les miennes.

— Alors restez. Restez jusqu'à la date de vos épousailles. Accordez-moi ce bonheur. On m'en a tant enlevé depuis que je vous ai rencontré !

— Pourquoi croyez-vous que je sois là ? a-t-il murmuré en se redressant pour poser sur mes lèvres asséchées par le vent salé le plus chaste, le plus doux des baisers.

7.

Ma félicité dura jusqu'à la fin octobre, complète depuis que, refusant de me cacher, j'avais mis Auline et Bertrand dans la confidence. D'abord réticents, ils avaient vite cédé à mes regards suppliants et à la promesse d'Olivier de respecter ma vertu comme le plus précieux des trésors. M'en priver aurait été indigne de l'amour chevaleresque qu'il me portait.

J'avais malgré tout accepté qu'Auline nous serve de chaperon au cours de nos longues promenades. À l'exception des habitants de Joinville où se trouvait le port, du monastère de Saint-Étienne sur les hauteurs de Ker-Châlon et du petit village regroupé autour de l'église paroissiale de Saint-Sauveur, secteurs que nous évitions soigneusement, l'île était déserte. Les seuls habitants que nous rencontrions étaient les innombrables colonies d'oiseaux que notre passage semblait à peine déranger. Du cœur de l'île touffu et verdoyant aux falaises déchiquetées de la côte occidentale où se situait le château, il ne se passait pas un jour sans que nos mains ne se tiennent enlacées, sans que nos voix ne soulèvent au vent nos discussions passionnées. Nous en avions vite été convaincus, nous partagions les mêmes goûts pour les choses simples, la littérature, la manière d'administrer un fief ou de veiller sur les petites gens. Nos éclats de rire, partagés par Auline, dansaient dans l'air pur et iodé. Plus le temps passait, plus nous nous découvrions faits l'un pour l'autre. Autant dire que cela nous désespérait. Pourtant nous ne voulions gâcher par la tristesse aucun de ces moments, conscients qu'ils seraient autant de souvenirs qui nous réchaufferaient dans nos heures sombres. Au soir venu, avec son compère chantre, Olivier nous régalait de complaintes que j'accompagnais en jouant du luth sous le ciel étoilé.

J'aurais voulu que cela ne finisse jamais.

Tout bascula pourtant un après-midi. Mais pas parce que nous l'avions décidé.

Profitant de la clémence de l'automne et de la marée basse, nous ramassions des moules et des crabes à l'entrée de la grotte marine qui perçait la falaise sur laquelle le château était posé. Nos seaux étaient à demi pleins quand nous avons entendu Bertrand hurler au-dessus de nous :

— Votre père, Jeanne ! Votre père arrive !

Tandis que, affolés, nous nous précipitions pour en apprendre davantage, il rompait la distance qui nous séparait.

— Un navire l'a déposé avec votre cousin et une trentaine de cavaliers, a-t-il expliqué quand nous nous sommes rejoints.

Le port de Joinville se trouvait à l'opposé, sur la rive orientale. Je savais que Bertrand y avait laissé quelques hommes de guet. Si l'on comptait le temps que l'un d'entre eux avait mis pour traverser l'île et nous avertir, l'avance dont nous disposions ne dépassait pas quelques minutes.

Je me revois m'accrocher au bras d'Olivier, le secouer, terrifiée.

— Fuyez ! Fuyez, Olivier ! Fuyez par la côte sauvage. Gagnez le port, volez la première barque que vous aviserez et quittez l'île. S'il vous trouve dessus, il vous tuera sans hésiter et je n'y survivrai pas.

Il était pâle, en proie à sa conscience. Un Clisson ne se défilait jamais.

Le comprenant, Bertrand s'est empressé d'intervenir.

— Elle a raison, messire Olivier. Je devine votre réticence en preux chevalier que vous êtes, mais aucun de nous ne songera à remettre en cause votre valeur si vous partez. Au contraire. Vous ne protégerez pas seulement Jeanne, vous nous protégerez aussi, Auline et moi, du courroux de notre maître.

Il l'a entendu, a broyé mes mains dans les siennes en guise d'adieu, m'a couverte d'un regard que je n'ai jamais oublié, puis a filé à toutes jambes rejoindre son ami qui trobait dans une crique voisine.

Le voir disparaître, avalé par une avancée de granit, m'a déchiré les entrailles et le cœur. Mais le temps m'échappait trop pour céder à la douleur. Emportant les doigts d'Auline, je nous ai ramenées en courant près de nos seaux délaissés.

Tout devait sembler normal à mon père.

Moins de cinq minutes plus tard, il surgissait, en tête de son escorte, Geoffroy de Châteaubriant à ses côtés.

Ce qui suivit dépassa de loin mes plus terribles cauchemars. Il savait. De quelle manière avait-il appris la présence d'Olivier ? l'endroit où je m'étais réfugiée ? Il ne daigna pas le dire. En guise de bonjour, la seule chose qu'il voulut savoir, lorsque je fus face à lui et à Geoffroy dans la modeste salle du château, fut où « il » se cachait.

— J'ignore de qui vous parlez, père, ai-je osé lui répondre.

Parce que je m'étais préparée au pire, j'avais réussi à ne pas trembler, ni des mains ni de la voix. Pourtant, il ne me crut pas. Il se tourna vers Auline et Bertrand. N'obtint pas de meilleure réponse. Il les chassa en leur promettant bastonnade si leur mensonge était avéré. La porte s'est refermée sur eux et je me suis retrouvée seule avec mon courage. Seule devant leurs regards sans pitié et leurs poings serrés. Reculer, montrer la terreur que leur fureur m'inspirait m'aurait désignée coupable. Je ne l'ai pas fait.

Au contraire, j'ai secoué la tête d'un air navré.

— Que me reprochez-vous au juste, mon père ? D'avoir été profondément chagrinée d'apprendre par un autre que vous le mariage de mon frère ? De n'y avoir pas été conviée ? D'avoir cherché à me consoler en ce lieu que ma mère affectionnait et où je vécus avec elle d'heureux moments ? D'avoir, que Geoffroy me pardonne, pensé qu'il aurait tout le temps de me courtiser quand je rentrerais, apaisée ? Je ne vois là rien qui mérite querelle.

Ce fut Geoffroy qui répondit, ulcéré.

— Niez-vous qu'Olivier de Clisson était ici sous le masque d'un troubadour ?

J'ai soutenu son regard vairon avec autant d'impudence qu'en la Garnache.

— Deux troubadours nous ont bien régalés quelque temps, c'est vrai, mais ils sont repartis il y a plusieurs jours déjà et aucun d'eux n'était un Clisson.

— Le jurez-vous sur la Bible ? a grincé mon père.

— Tout à fait, ai-je affirmé, préférant encore le courroux de Dieu au sien.

À cet instant, j'ai eu l'impression que les yeux de Geoffroy lui sortaient de la tête tant il a enflé, gonflé. Finalement, se tournant vers mon père, il a explosé.

— Elle ment ! Elle ment, vous dis-je.

Il lui a agité son index sous le nez.

— Je ne serai pas l'époux d'une fille perdue, vous m'entendez ?

Un instant, cela m'a tant réjouie que j'ai presque été tentée d'avouer. L'œil fou de mon père m'en a dissuadée.

– Vous vous dédiriez de votre parole, Geoffroy ?

– Si elle a été déshonorée ? Parfaitement !

– Très bien ! En ce cas, vérifiez par vous-même ! a hurlé mon père.

Geoffroy a été autant saisi que moi, car son ire est retombée comme un soufflé.

– Comment ? Ici ? Maintenant ? a-t-il bredouillé.

– Vous la voulez ? Prenez-la ! Mais par Dieu, que l'on en termine !

J'ai reculé, terrifiée, refusant de croire ce que je venais d'entendre.

– Père… vous n'y songez pas…, ai-je articulé, tremblante, cette fois.

Mais leurs regards venaient de converger vers moi. L'un était devenu concupiscent, l'autre dépourvu de la moindre pitié.

Je me suis précipitée vers la croisée, préférant me jeter dans le vide que subir pareille infamie. Geoffroy m'a rattrapée par les cheveux, tirée si fort en arrière qu'il m'en a arraché une poignée. Dès lors je n'ai plus été que lutte. Lutte désespérée jusqu'à ce que la force bestiale de Geoffroy ne la brise et que je me retrouve sous lui, à même le parquet. Il soufflait comme un porc, ricanait en me relevant les jupons.

– Père… Pitié ! ai-je encore tenté en tendant une main vers lui.

Il ne m'a même pas accordé un regard.

Tandis que Geoffroy me déchirait le bas-ventre, l'homme que j'avais chéri si tendrement durant mon enfance s'attablait devant un parchemin.

Je garde moins le souvenir de la souffrance que les coups de boutoir de ce rustre m'ont infligée, que du mouvement de cette plume rédigeant les accords de mon mariage.

Jamais je n'avais été plus humiliée.

– Preuve est faite. Vous êtes le premier. Signez ! a ordonné mon père à Geoffroy sitôt qu'il s'est relevé.

Incapable de bouger, inondée de larmes et de sang, j'ai vu mon futur époux saisir la plume, puis, l'ayant trempée à cette tache sombre qui maculait le parquet entre mes cuisses, faire crisser le papier.

8.

La discrétion avec laquelle furent célébrées mes noces trois semaines plus tard fut telle que je déménageai de la Garnache à Châteaubriant[1], avant même que mes amies n'en soient informées. Rien n'avait pu les empêcher. Mon père avait tué les scrupules de l'évêque par une solide donation et la contestation de l'abbé Guillemet en lui mettant le parchemin sous le nez. Me salissant un peu plus, Geoffroy y confirmait par sa signature que nous avions fauté et qu'il offrait réparation. Qui aurait pu y trouver à redire ?

Auline et Bertrand étaient inconsolables, mais outre le fait que les compagnons de Geoffroy les avaient tenus sous bonne garde tandis que ce rustre me besognait, mon père les aurait fait battre à mort s'ils s'en étaient indignés ouvertement. Ils n'étaient que des serviteurs. Faciles à remplacer. Rien d'autre. Je ne leur en voulais pas, au contraire, et le leur avais assuré : je les aimais. Avec l'abbé, ils constituaient désormais ma seule famille.

Il m'avait été d'autant plus douloureux de les quitter.

Si j'avais chéri les pierres du château de mon enfance, la forteresse dans laquelle mon époux m'enferma en me promettant que jamais un Clisson n'y pénétrerait me

1. Situé à cent vingt-cinq kilomètres de la Garnache, en direction du nord-est.

sembla lugubre. Non que ses agencements, ses commodités ou ses décorations soient plus tristes ou moins habiles que ceux de la Garnache. Au contraire. Elle était plus grande, formant, si l'on exceptait la petite cité qui dormait à ses pieds et qui possédait ses propres fortifications, un quadrilatère de deux cents soixante-dix coudées[1] de large sur quatre cents[2] de long. À l'ouest, donnant sur les portes de la ville, on trouvait une haute cour comprenant une petite chapelle, le logement des domestiques et un corps de logis bas rattaché au donjon. Puissant et carré bien que vétuste, il surplombait de trois étages, au nord, un bel étang alimenté par la Chère et son affluent. De l'autre côté, vers l'est, s'ouvrait une basse-cour qui suivait, tout comme la cité, la déclivité naturelle de la butte. Le tout était ceinturé par une courtine flanquée de tours rondes à archères. Pour ajouter à son intérêt, elle était aussi proche de Vannes que de Rennes, et au croisement des voies qui reliaient le pays de la Mée[3] au reste de la France. Toute la renommée et la richesse des barons de Châteaubriant s'y étalait.

Elle me rappelait seulement que je ne m'en échapperais jamais.

Et de fait, onze années plus tard, j'y étais toujours. De ce temps-là, que dire ?

Tout me semble encore aujourd'hui si sombre !

Au premier soir de mon arrivée dans cette demeure, radouci par le fait que je lui appartenais, Geoffroy se hasarda à plus de douceur et de caresses. Je les subis avec le même dégoût. Le lendemain, son élan de générosité lui

1. Cent vingt mètres.
2. Cent quatre-vingts mètres.
3. Au centre de la Haute-Bretagne, il entoure la ville de Châteaubriant.

était passé et il revenait à ses manières de soudard en me promettant que je finirais par y prendre goût. Comment l'aurais-je pu ? Il me culbutait telle une servante, sans la moindre considération, n'hésitant pas à frapper. Quand, la lèvre en sang à force d'avoir été mordue, la poitrine douloureuse d'avoir été broyée et griffée, je finissais par sortir de mon apathie et tentais de me défendre, il s'excitait plus encore, me forçant à tous les vices, y compris ceux que l'on demandait aux catins les plus délurées.

Et si ce n'était que cela !

Par Dieu, je le jure, tout en lui me révulsait. Son odeur, son allure, sa façon d'être. Le simple fait qu'il m'approche était un supplice, qu'il s'essaye à la conversation, une désolation. Il n'avait de goût ni pour la littérature ni pour le trobar. Encore moins de talent ou d'intelligence pour prétendre s'y essayer. Sot, fat, lubrique, emporté, voilà son portrait. Tout ce qui l'intéressait était de sauter au cul de son cheval et de disparaître pendant des jours avec sa troupe. Au moins, là, pouvais-je souffler et gérer cette maison comme je l'entendais ! Gare cependant quand il revenait. Rien n'était plus à son goût. Proclamant mon incompétence, il prenait ses compagnons à témoin puis m'insultait jusqu'à ce que, craignant qu'il ne me livre à eux pour me punir, je m'excuse et promette de ne plus recommencer.

Bien évidemment, lui ne se privait pas de réitérer ses reproches, malgré ces livres de comptes montrant que ses affaires n'avaient jamais été autant en ordre et prospères. Malgré le parfait accueil que je réservais à ceux qu'il invitait et pour lequel on me félicitait.

Il me faisait vivre un calvaire, de jour comme de nuit. Et si j'avais eu le malheur de m'en plaindre, j'aurais fini comme sa première épouse, bouclée au dernier étage du donjon jusqu'à ce que le désespoir me tue.

Il ne m'aimait pas. J'étais seulement son jouet.

Il avait fini par me révéler, un soir où il était ivre, qu'il ne m'avait voulue que parce que Olivier de Clisson m'adorait. Il m'avait raconté comment il s'était senti joyeux de découvrir là le moyen de se venger de cette famille et d'en faire profiter mon père.

– Alors tout ceci n'était que calcul sordide, avais-je murmuré, sidérée.

– Votre malheur fera le sien à jamais ! s'était-il mis à rire avant de fondre sur moi et de me prendre avec une bestialité d'autant plus débridée que j'en connaissais désormais la cause.

Quelques mois plus tard on brûlait vifs les derniers membres de l'ordre du Temple avec leur grand maître, Jacques de Molay[1]. Et au travers de la désolation de Geoffroy, j'apprenais ce qui avait motivé sa haine à l'égard des Clisson. Le 13 octobre 1307, le père d'Olivier avait participé à l'arrestation en masse des Templiers. Templiers parmi lesquels figurait l'un des cousins de Geoffroy. Furieux d'être saisi comme un malpropre, le chevalier s'était défendu vivement. Clisson l'avait passé par le fil de son épée. Cela n'avait pas été le seul incident de ce genre. Et le père d'Olivier n'était pas l'unique seigneur à avoir suivi les ordres conjoints du roi Philippe le Bel et du pape. Mais il était connu pour avoir, à plusieurs reprises, augmenté indûment les taxes payées par les commanderies qui se trouvaient sur ses terres. Des témoins de renom l'avaient vu se disputer vertement avec certains d'entre eux, dont le cousin de Geoffroy. De là

1. En mars 1314.

à imaginer qu'il avait profité de cette rafle pour s'en débarrasser, il n'y avait qu'un pas. Vite franchi par mon époux. Depuis, tout comme mon père, il menait contre cette famille une guerre sournoise, dont, amèrement, je faisais les frais.

La naissance d'un fils, un an après mon mariage, puis d'une fille en 1316 ne changèrent rien à ma condition. Au contraire. Devant leur berceau, Geoffroy les avait examinés avec suspicion, craignant qu'ils ne fussent pas de lui mais de son ennemi juré.

Comme si Olivier avait pu m'approcher ! Je ne pouvais quitter le château sans une solide escorte. À peine, au cours de ces onze années, ai-je réussi à me rendre sur le tombeau de ma mère et, profitant de l'absence de mon père à la Garnache, aller y embrasser Auline, Bertrand et l'abbé Guillemet.

Quant à mes enfants, il me les enleva d'autorité sitôt qu'il fut certain, grâce à une évidente ressemblance, de sa paternité. Malgré mes suppliques, il les confia à une nourrice venue de la cité. Puis aux religieux de l'abbaye voisine de Melleray afin qu'en plus du culte en la chapelle, ils s'occupent de leur éducation. Le jour où Geoffroy Junior eut sept ans, il l'emmena à la cour de Limoges auprès du duc de Bretagne, Jean III, qui avait accepté de le prendre pour page. Et il attendit à peine que Louise en ait neuf pour la confier aux parents de son fiancé. Je ne conserve d'eux que de brefs souvenirs, sans avoir jamais eu le sentiment qu'ils me chérissaient, alors que j'avais tant rêvé de partager avec eux cette douce et tendre complicité que m'avait offerte ma mère. Geoffroy craignit-il que je les façonne à l'image que j'en gardais, cette image de faiblesse qu'Olivier avait évoquée et qui avait fait sa risée ? Ou que je finisse par être heureuse, malgré tout ? Je l'ignore.

Mais au lieu de m'éteindre, je m'endurcis chaque jour un peu plus. Au lieu de tuer cet amour interdit, de lui permettre de changer d'affectation dans la maternité, il lui donna plus de force encore.

Parce que c'était la seule chose, la seule raison de vivre qu'il me restait.

9.

C'est ainsi que redressant la tête, me nourrissant des coups et des injures comme d'un sang mauvais, peu à peu, j'ai forgé celle que je devins. Non plus une victime de la fatalité. Non plus une coupable toute désignée. Mais cette « Lionne sanglante », cette « Tigresse bretonne », telles qu'un jour on me nommerait.

Je n'en étais pas encore là.

Pour tout dire, en ce matin du 15 septembre 1324, j'ignorais encore de quoi je serais capable pour me venger.

Je me revois encore, plantée devant la fenêtre du premier étage du donjon, soufflant sur la décoction de racines de chicorée que je tenais en main, la porter à mes lèvres, puis du bout de mes doigts, chasser de la vitre la buée que je venais de soulever. J'aimais regarder le lac en cette saison. Avant que le soleil ne la disperse, une brume légère dansait à sa surface. Mère m'avait un jour dit que les fées en profitaient pour se baigner et j'avais gardé de l'enfance, en souvenir d'elle, l'espoir d'en surprendre une.

Bien sûr, Geoffroy l'ignorait.

Seule dans cette immense salle que j'avais réussi à reconvertir en bibliothèque, prétextant que la noblesse bretonne finirait par croire les Châteaubriant incultes s'ils n'en possédaient une, je profitais sans vergogne de ce moment que son absence m'autorisait.

La porte qui s'ouvrit brutalement dans mon dos me fit d'autant plus sursauter.

– On vous mande, dame Jeanne. De toute urgence, a lancé une jeune servante tout essoufflée.

– Qui cela, on ? me suis-je enquise, surprise.

On ne me réclamait jamais.

– Trois des marchands de la cité. Ils m'ont dit que cela ne pouvait attendre le retour de votre époux.

Et Dieu seul savait quand il rentrerait ! Les relations entre la France et l'Angleterre s'étant considérablement dégradées depuis l'automne 1323, Charles IV[1] avait, au 1er juillet suivant, fait prononcer la saisie du duché de Guyenne[2] par le Parlement, déclenchant aussitôt les hostilités[3]. Fidèle à la devise des Châteaubriant : « Notre sang teint les bannières de France », Geoffroy s'était empressé de rejoindre l'imposante troupe que Charles de Valois[4] dirigeait. Plusieurs semaines durant, ils avaient enlevé châteaux sur châteaux à la résistance du demi-frère du roi d'Angleterre, Edmond de Woodstock. Ce dernier avait fini par se retrancher dans l'imposante forteresse de la Réole[5]. Depuis, Charles de Valois en faisait le siège, maintenant mon époux et son orgueil démesuré à ses côtés.

Je trouvai les trois marchands dans l'aula du logis, la mine sombre, triturant leur bonnet entre leurs mains. Ils m'en donnèrent vite la raison. Le convoi de marchandises qu'ils attendaient venait d'être attaqué.

1. Roi de France, fils de Philippe le Bel et dernier de la lignée des Capétiens directs.

2. Dénomination du duché d'Aquitaine après le traité de Paris de 1259. La Guyenne était anglaise à cette époque.

3. Guerre de Saint-Sardos.

4. Comte d'Anjou et du Maine, il était aussi le petit-fils de Saint Louis. C'est son fils Philippe qui fut choisi par les pairs de France pour succéder au roi Charles IV, donnant naissance à la lignée des Valois en place des Capétiens directs.

5. Près de Bordeaux.

— Des loups, une vingtaine. Seul un des charretiers a réussi à leur échapper en prenant un cheval. La jambe en lambeaux, il a néanmoins galopé pour se mettre à l'abri de nos remparts. Mais le médecin n'est pas certain de le sauver.

— Où ? Où est-ce arrivé ? ai-je aussitôt demandé.

— À moins de deux lieues, sur la route de Blain.

J'ai tiqué. Blain était fief des Clisson. Je n'en ai rien montré. Déjà un autre de mes visiteurs se désolait.

— Ce n'est pas tout. Il y a deux jours, ils ont croqué le plus jeune fils du meunier qui jouait au pied du tertre. L'homme n'a rien pu faire. Le temps qu'il l'entende hurler et dévale l'escalier, c'était terminé. À peine a-t-il eu le temps de s'enfermer avec le restant de sa famille. Malgré la solidité de sa porte, ils n'ont pas fermé l'œil de la nuit, entendant ces suppôts de Satan rôder autour du bâti et souffler sous le battant.

— Et hier encore, c'étaient deux troupeaux qui étaient décimés, a ajouté le troisième. Nous n'osons plus quitter les murs de la cité, dame Jeanne. Il faut agir.

À l'instant ma décision fut prise. Peu importait ce que Geoffroy en penserait. Ces hommes venaient de me le rappeler : j'étais la dame de Châteaubriant. En l'absence de mon époux, c'était à moi qu'il incombait de protéger la cité.

— Faites sonner les cloches de la chapelle, ratissez chaque écurie, rassemblez les chevaux et tous les hommes capables de les monter que vous trouverez. Je veux des piques, des faux, des épées. Je veux que, dans une demi-heure, chacun soit armé et décidé à anéantir cette meute. Serez-vous prêts ?

— Nous le serons dame Jeanne. Mais qui ? Qui va nous mener ? Qui saura les pister ?

— Moi, ai-je répondu. Moi je sais.

10.

Même si au long de ces onze années, je n'avais pu participer à aucune chasse, à aucune battue, Geoffroy m'ayant privée aussi de ces plaisirs auxquels je m'adonnais à la Garnache, je n'avais oublié aucun des enseignements de Bertrand. Après lui, autrefois, j'étais la meilleure pisteuse de loups de la contrée. J'étais capable de faire face à l'un d'entre eux, d'attendre qu'il saute, de m'accroupir et de lui transpercer la gorge avant qu'il ne me retombe dessus.

J'avais douze ans la dernière fois que je l'avais fait.

J'en avais vingt-quatre à présent et mon corps portait partout les stigmates des brûlures, coups, entailles et morsures de mon époux. Même les cicatrices laissées par la ceinture de mon père avaient disparu dessous. Dès mon arrivée à Châteaubriant, comprenant que je ne survivrais pas longtemps si je ne renforçais pas ma musculature en gainant chaque organe vital, je m'étais adonnée en secret à des exercices réguliers et à des bains dans l'eau parfois glacée du lac. Grâce à cela, la douleur m'était peu à peu devenue étrangère. Tout comme la peur. Quant à l'idée de mourir, elle m'indifférait. Je refusais seulement que ce soit au moment où, bien au chaud dans mon ventre dévasté, ce butor jouirait.

En grimpant en selle sous le regard ahuri de mes gens, me découvrant pour la première fois, je pris conscience du pouvoir insidieux et de la force que cette discipline, que cette volonté m'avaient donnés. Je ne m'étais pas éteinte. Je m'étais juste effacée.

Sentir le frémissement des muscles du cheval sous mes cuisses acheva de me réveiller à la vie.

À cet instant, je m'en suis fait la promesse : ce que j'allais gagner de renommée en anéantissant cette meute, ni Geoffroy ni personne ne me le reprendrait.

Mais avant, il me fallait convaincre ces villageois que je pouvais les sauver. Je m'attendais que ce soit difficile. Ils m'avaient à peine vue pendant ces onze années. Et Geoffroy, tout comme mes serviteurs, avait brossé de moi le portrait d'une femme soumise, discrète, si pleutre qu'elle ne sortait jamais.

En descendant la rue principale, j'ai subi les regards suspicieux et inquiets des mères, des épouses penchées aux fenêtres ou debout sur les seuils. J'ai relevé le menton en signe de détermination. Et je suis parvenue sur cette place pleine des volontaires que les trois marchands avaient rassemblés, une main sur le pommeau de l'épée empruntée au râtelier du château, l'autre maîtrisant parfaitement le cheval que je montais.

— Haro ! ai-je lancé sitôt que j'ai été immobile au milieu d'eux. Nous ne reviendrons que lorsque la contrée sera sécurisée !

Sans leur laisser le temps de commenter, j'ai emprunté la rue qui conduisait aux portes de la cité. Savourant ma liberté reconquise, j'ai lancé un regard furtif derrière moi quand elles ont été refermées. Ma compagnie était toujours importante. J'ai découvert plus tard que, face à mon assurance, aucun des hommes la composant ne s'était rétracté.

J'ai fini de leur prouver mes capacités une fois arrivée sur le lieu de la récente attaque. Marchant entre les chariots abandonnés sans faillir malgré les nuées de mouches et de corbeaux qui se disputaient les dépouilles, je n'ai pas tardé à annoncer quelle direction les loups avaient prise, combien étaient mâles ou femelles, le poids de chacun et la taille, imposante, de leur chef. Probablement âgé.

— Restez groupés, quoi qu'il advienne, ai-je ordonné une fois remontée en selle. Et n'oubliez pas : nous sommes un appât. Ce qui signifie qu'ils vous sentiront avant que vous ne les voyiez, nous encercleront avant que nous ayons sauté à terre. Ne paniquez pas. Même si cela doit les condamner, chassez les mules, cela éclatera la meute. Puis, mettez-vous dos à dos, en cercle, armes au poing et laissez ceux qui restent approcher. Ils vont tenter de vous disperser. Si vous cédez à la panique, si vous cherchez à fuir, vous serez croqués. À présent, allons.

Je suis restée en tête, maintenant ma monture au pas, le regard au sol pour continuer à suivre les traces. Elles se dirigeaient bien vers Blain. Vers l'une des demeures d'Olivier de Clisson. J'ai refusé de m'en laisser troubler, la moindre erreur, la moindre distraction pouvant se montrer fatale. Une heure plus tard, nous entrions pourtant sur ses terres. Et j'ai souri, crâne, en songeant que cela non plus, Geoffroy ne me le pardonnerait pas.

Bertrand m'ayant appris à suivre mon instinct, ce fut ce frisson brusquement à fleur de peau qui m'alerta, avant même que les chevaux ne deviennent nerveux. Nous avancions dans un sous-bois peuplé de taillis épais, repaire idéal pour une embuscade. J'ai attendu pourtant avant de prévenir les autres. Je savais que la peur, inévitable, qui les saisirait alors, déciderait de l'attaque. Or, je voulais en choisir l'endroit.

Une centaine de coudées plus tard, une clairière s'est ouverte devant moi. J'ai levé le poing tout en tirant sur les rênes. Ce serait là.

– Pied à terre, ai-je ordonné d'une voix calme pardessus mon épaule. Attendez mon signal pour lâcher vos montures.

Je ne sais si c'est à cet instant que j'ai pris conscience d'être capable de diriger une armée, mais celle-ci, courageuse et obéissante, m'en a donné l'assurance.

– Là ! a bientôt crié ce meunier dont le cadet avait été croqué.

– Ils sont partout ! a tremblé le timbre du maréchal-ferrant.

– Rien que nous n'ayons prévu ! ai-je tempéré. Patience ! Nous sommes deux fois plus nombreux qu'eux. Alors je vous l'affirme : aucun de nous ne mourra aujourd'hui.

À cet instant, surmontant une gueule grise aux crocs acérés, deux yeux d'un bleu glacé ont transpercé les broussailles en face de moi.

Le chef de meute m'avait choisie pour cible. Et je m'en suis sentie honorée.

11.

Grâce à ma connaissance du comportement en meute de ces animaux, tout se déroula ainsi que je l'avais prévu. Les mules et chevaux lâchés, terrifiés, furent la cible des femelles et des jeunes. Ils se mirent à les courser dans la forêt. Ne restèrent plus que les mâles, une dizaine. Puissants, le poil hérissé, les babines écumantes, ils nous tournèrent autour, espérant nous intimider, cherchant une brèche dans le bloc que nous formions. N'en trouvant aucune, ils hésitaient face à nos piques, nos lances, nos fourches dressées.

— Ils vont se replier, attendre que nous éclations le groupe, ai-je crié. Sitôt qu'ils auront disparu, donnez-leur l'illusion qu'ils ont gagné et mettez-vous par deux, dos à dos, à distance d'épée les uns des autres. Ils doivent pouvoir entrer dans le cercle. Nous devons les y enfermer et les tuer.

Ils firent ainsi. L'attaque fut brutale, sanguinaire. Mais la volonté d'extermination et la confiance que les villageois avaient désormais en moi décuplèrent la puissance des coups qu'ils portèrent. Quand, appelés à la rescousse par un long hurlement, femelles et jeunes revinrent, ne vivaient plus que trois mâles, dont le meneur.

Je le voulais. Pour moi seule.

Il l'a compris, s'est mis à reculer. Un regard en arrière m'a assuré que ces hommes n'avaient plus besoin de moi.

Dès lors, ma lame au poing, je me suis enfoncée à sa suite dans les fourrés.

J'ignore quelle inconscience m'a poussée à m'exposer ainsi. Peut-être ce besoin fou, sauvage, d'être à la merci de crocs, de griffes avec cette fois l'autorisation de me défendre réellement et de tuer.

Il m'a éloignée de ma propre meute et de la sienne, puis, quand il a deviné que plus rien ne pourrait empêcher ce combat à mort qui allait nous lier, il s'est retourné. Je n'oublierai jamais ce regard vif, intelligent. Prédateur. Loin du sanglier laboureur que j'avais connu ces onze dernières années.

J'ai jeté mon épée au loin, me suis solidement campée sur mes jambes écartées, puis seulement munie de ce poignard que m'avait offert Bertrand pour mon douzième anniversaire, j'ai attendu. Je l'ai vu se ramasser sur lui-même, bondir. J'aurais pu le tuer en une seule passe. Comme Bertrand me l'avait appris. Quelle folie m'a-t-elle prise ? À la dernière fraction de seconde, je me suis décalée. Il est retombé derrière moi. A fait aussitôt volte-face, surpris.

Traversée par un sentiment démesuré de toute-puissance, je le fixais déjà, narquoise.

Il a recommencé. Moi aussi.

Au troisième essai manqué, il s'est assis face à moi, à une toise de distance. Plantant le couteau entre nous, j'en ai fait autant. Impossible de dire combien de temps nous sommes restés là, à nous défier du regard. Sachant que l'un de nous devait mourir. Celui qui en aurait le courage le premier.

Il s'est détendu d'un coup, espérant me surprendre. Il ne l'a pas fait. J'avais aperçu ses pattes et son regard frémir. Quand il me coucha sous lui, j'avais déjà récupéré ma lame. Elle lui perça la gorge avant qu'il n'ait mordu la mienne.

Il est devenu lourd. Je n'ai pas bougé. Malgré ce sang qui me ruisselait sur la joue, sur les cheveux.

Je l'ai écouté mourir sur moi. Lentement.

Puis j'ai fermé les yeux et je me suis dit que c'était ainsi, oui, c'était ainsi qu'un jour je me libérerais de Geoffroy.

Me suis-je évanouie, écrasée par le poids de l'animal ? Endormie, épuisée par la tension que cette lutte sans merci avait générée ?

Au travers d'un brouillard, j'ai entendu des voix inquiètes, affolées. J'ai senti qu'on me délivrait de mon fardeau, qu'on m'examinait délicatement.

— Je ne vois aucune plaie. Mais elle a peut-être des blessures internes. Mon château est tout près. Mieux vaut l'y conduire.

Cette voix, ai-je pensé.

On y répondit, gêné.

— Si jamais le baron l'apprend…

— Qu'il aille au diable ! Je ne laisserai pas son épouse mourir sur mes terres faute de soins. D'autant que votre meunier en a besoin aussi !

Je me suis sentie soulevée. Craignant qu'on ne le force à me reposer, j'ai gardé les paupières closes. Si c'était un rêve, je ne voulais plus m'éveiller.

Olivier de Clisson me tenait dans ses bras. Me portait. Et contre mon oreille battait follement ce cœur qui n'avait cessé de m'aimer.

12.

Averti que la meute se rapprochait de ses terres, Olivier avait rassemblé une grosse poignée de sergents et s'était mis en marche peu de temps avant que nous ne soyons acculés. Les hennissements affolés des montures puis les hurlements des loups les avaient prestement conduits à la rescousse de mes gens. Puis il s'était précipité à ma recherche, m'avait appris le mire dépêché à mon chevet.

— Vous avez eu plus de chance que votre meunier, dame Jeanne.

— Ses jours sont-ils en danger ? m'étais-je inquiétée.

— Non, non. La morsure qu'il a reçue n'a pas entaillé de veines. Il se remettra vite. Quant à vous, rien ne s'oppose à ce que vous repreniez la route lorsque bon vous semblera, avait-il ajouté avant de me laisser.

Il n'avait émis aucun commentaire sur mes cicatrices.

Pourtant, quelques minutes plus tard, à la mine froissée d'Olivier, j'ai compris qu'il l'en avait informé.

Je le revois encore au bout de ce lit à baldaquin, dans cette chambre aux murs blanchis à la chaux et parfumée de bouquets frais, maintenant entre nos sentiments ravivés la distance que nos mariages respectifs imposaient. Une ride sévère barrait son front et son regard, posé sur moi, se perdait entre la tendresse, la colère et l'admiration.

Admiration qui, je l'appris plus tard, avait dominé la conversation entre les villageois de Châteaubriant et les serviteurs du château, contribuant à façonner ce qui deviendrait ma légende.

Nous y reviendrons.

Pour l'heure, Olivier était là, face à moi. Et sous ce drap que j'avais remonté par souci de bienséance à son entrée dans la pièce, tout mon être était brasier.

Le silence entre nous devenant pesant, j'ai pris le parti de la sincérité.

— Oui, ai-je dit en réponse à cette question qu'il n'osait poser. Il me violente depuis le jour de nos noces.

J'ai vu les veines de son cou enfler et bleuir. Les jointures de ses doigts blanchir sous la pression de ses poings brusquement serrés.

— Je vais le tuer.

J'en ai été émue. Mais j'ai secoué la tête.

— Si j'avais voulu que vous le fissiez, j'aurais trouvé moyen, en onze ans, de vous le demander.

— Alors quoi ? s'est-il brusquement emporté. Dois-je vous rendre à lui en faisant comme si je ne savais rien ? Le laisser vous rouer de coups une fois de plus, à mort peut-être, sitôt qu'il apprendra que je vous ai portée dans mes bras jusqu'ici ? que je vous ai retenue dans une chambre ? C'est trop me demander, Jeanne.

— Je ne vous le demande pas. Je l'exige. Et si vous m'aimez toujours, vous l'accepterez.

Il a contourné le lit, s'est jeté à genoux près de moi, a pris mes mains dans les siennes, le regard fou.

— Si je vous aime toujours ? Ne vous l'ai-je promis sur cette île autrefois ? Que Dieu m'en soit témoin, il n'est pas un jour, une heure, une seconde depuis, sans que je ne m'abreuve au souvenir de nos baisers, de votre rire contre mon torse, de nos mains enlacées. Oui, je vous aime ! Je vous aime autant que je m'en veux de ne pas avoir fui avec vous quand vous m'en avez supplié ! J'ai fait votre malheur ce jour-là. J'ai fait votre malheur en lui permettant de vous épouser !

— Mon amour. Mon tendre amour, ai-je murmuré en cueillant sa joue dans ma paume. Il ne faut rien regretter. L'honneur qui vous servit de guide fait encore votre valeur à mes yeux, d'autant plus grande que Geoffroy n'en a aucune. Il vous hait et vous tourmente à travers moi, certes, mais il est mon époux par-devant Dieu. Et je ne permettrai à personne, pas même à vous… de le tuer… à ma place.

Mes derniers mots lui ont fait dresser le buste et me fixer comme si brusquement le diable s'était invité dans la pièce.

— Que dites-vous ? a-t-il bredouillé.

J'ai souri, posé mon pouce en travers de ses lèvres.

— Je me suis mesurée à un loup aujourd'hui. Il en est mort. Croyez-vous qu'un porc puisse à nouveau m'effrayer ?

— Jeanne… est-ce bien vous ? s'est-il enquis, troublé.

— Oui, Olivier. C'est bien moi. Telle que vous m'avez connue. Mais je suis aussi celle qu'il a créée. M'aimerez-vous moins de les voir coexister ?

Il m'a attirée dans ses bras, a plongé un regard ardent dans le mien.

— Palsambleu, non ! Au contraire ! Cette femme-là a l'envergure et le courage que je lui devinais.

— Alors prenez-la. Ici. Maintenant. Pour vous venger de lui comme il le fit de vous. Et pour qu'elle sache, une fois au moins, ce qu'est le plaisir d'être aimée. Ensuite, droite et digne comme vous le fûtes autrefois, je repartirai, mensongère, vers lui… En sachant comme vous, ai-je ajouté sur ses lèvres brûlantes, qu'il ne s'en remettra jamais.

13.

Deux jours plus tard, mon retour à Châteaubriant fut accueilli avec liesse. Olivier m'avait fourni une escorte pour nous y reconduire, le meunier et moi, en toute sécurité. Sitôt passé les portes de la cité, je fus couverte par des pétales de fleurs lancés depuis les fenêtres en encorbellement.

Surprise autant que touchée par cette pluie délicate et parfumée qui recouvrait mes épaules, je découvris vite ce qui l'avait causée : rentrés plus tôt en leurs foyers, les villageois avaient brossé de moi le portrait d'une héroïne.

Geoffroy va en manger son bonnet, ai-je pensé, riant au milieu des rires, saluant qui me saluait.

Avides de détails, les enfants couraient près de mon cheval, remontant l'étroite rue qui menait au château. Méprisant la réalité, ils en grossissaient voire en déformaient les traits :

— Dame Jeanne, dame Jeanne, est-ce vrai que vous avez mordu le loup si fort qu'il en a cané ? s'est époumoné l'un d'eux, un garçonnet roux au visage constellé.

— Dame Jeanne, dame Jeanne, comment allez-vous appeler votre épée désormais ? a réclamé un autre, jouant des coudes pour rester à ma portée.

— Dame Jeanne, dame Jeanne, nous apprendrez-vous à en tuer quatre d'un coup comme vous l'avez fait ?

a supplié un troisième, une main sur son chapeau qui menaçait de s'envoler.

— Dame Jeanne, dame Jeanne, viendrez-vous aux veillées pour nous raconter ?

Je répondais « Non », « Je ne sais », « Impossible », « Peut-être ». Je me sentais si légère sur ma selle, si aimable de me découvrir soudain aimée par ceux qui, hier encore, savaient à peine que j'existais.

Ils m'ont offert une haie d'honneur, de joie et de félicité jusqu'à ce que j'entre dans la haute cour et que deux lanciers en referment les portes derrière le dernier de ma suite.

Un même accueil chaleureux m'attendait devant le donjon. Je dus faire taire les applaudissements en réclamant du vin pour les hommes d'Olivier. Une servante les invitait à la suivre quand j'ai vu deux moines sortir de la chapelle et se diriger vers moi, les mains jointes.

Qu'est-ce donc encore ? me suis-je demandé devant leurs sourires béats et leurs yeux humides.

J'ai été aussitôt renseignée. Le plus vieux, qui m'avait battu froid depuis mes épousailles, s'est jeté à mes pieds.

— Louée, louée soyez-vous dame Jeanne ! s'est époumoné l'autre en se pliant en deux.

L'instant d'après, il me couvrait d'éloges et son compère embrassait le cuir de mes souliers.

Eux aussi, en leur abbaye, avaient été la proie des loups. En une heure, ils avaient perdu pas moins de deux mules, quatre brebis et un convers qui s'était un peu trop attardé à ramasser des choux hors de l'enclos.

— J'aurai cru, père Marcel, que vous pleureriez ce pauvre homme en premier, ai-je répondu à sa tirade en soustrayant mon pied aux lèvres serviles de l'autre.

Lèvres qui ne s'étaient jamais opposées à l'ire de Geoffroy.

Rouge de confusion, le parleur s'est courbé plus bas encore :

— Mais nous l'avons fait, dame Jeanne, nous l'avons fait.

— Allons, reprenez-vous mon père. Ce n'était qu'une pique destinée à vous faire bisquer. Comment pourrais-je douter de la compassion qui vous habite, alors que j'en ai si souvent bénéficié moi-même ?

Sur ce, je leur ai tourné le dos. Geoffroy m'avait écrasée, interdit d'exister. Réclamant à tous, y compris à ceux-là, de m'ignorer.

Cela allait changer.

Un mois plus tard, rentrant de ce siège qui avait fait plier Edmond de Woodstock, il entrait dans l'aula de notre logis le teint vif et les yeux exorbités de fureur.

— Est-ce vrai ? vociféra-t-il en jetant ses gantelets sur la table, si fort qu'ils emportèrent une timbale dans un tintement d'acier.

En d'autres temps, je me serais levée pour la ramasser avant qu'il ne m'y oblige. Au lieu de cela, j'ai continué à tremper dans la sauce de morilles le pain que je venais de déchirer.

— Sans doute, ai-je répondu en lui souriant benoîtement. N'êtes-vous pas toujours celui qui détient la vérité ?

Ajoutée à cette image de moi, sereine et posée, ma pointe l'a désarmé un instant. Puis, les chassant toutes deux comme si elles ne pouvaient être que le fruit d'une hallucination, il a rompu la distance qui nous séparait en martelant d'une voix mauvaise :

— Alors c'est ainsi !... Vous avez quitté place !... Chassé jusqu'à Blain !... Couché en son nid !

J'ai levé les yeux, souri.

— Vous en oubliez, l'ai-je provoqué, ouvertement cette fois.

J'ai vu ses joues s'empourprer, sa main se lever. Elle est restée en l'air. Tout comme son menton sous lequel, bondissant de mon siège, je venais de piquer mon poignard.

Mon souffle sur le sien, coupé, j'ai susurré :

— J'ai saigné un loup. Le meneur de meute. Le plus gros. Le plus violent. Voulez-vous que je vous montre de quelle manière ?

Il a blêmi, crachoté :

— Ce ne sera pas nécessaire.

J'ai retiré ma lame, repris place devant mon bol et sans plus le regarder, ai lancé, faussement affable :

— Vous revenez d'un long voyage, Geoffroy. J'imagine que vous devez avoir faim et soif. Asseyez-vous et partageons ce dîner, voulez-vous ?

Désorienté, il a obéi.

J'ai fait signe à la servante, dévouée à mes ordres désormais, puis j'ai attendu qu'elle soit sortie pour ajouter :

— Avant que vous ne m'ayez servi un autre de vos couplets habituels, sachez que dès demain, je rentre à la Garnache. Mon père lui a préféré Montaigu et le château se meurt de ne voir plus personne. Bien entendu, l'escorte dont vous voudrez bien me pourvoir vous informera régulièrement de mes faits et gestes. Cela étant, vous les prendrez comme ils sont. Sinon…

— Sinon ? a-t-il grincé, étouffant sa fureur comme une ennemie sournoise.

— Sinon, ai-je répondu, glaciale, à la première occasion je vous tuerai.

14.

Si ma décision de partir avait été dictée par le simple dégoût de le revoir et la force que mon « héroïsme » populaire m'avait donnée, je m'en réjouis deux mois plus tard, quand se confirma l'absence de mes menstrues. Huit ans après la naissance de Louise, j'étais enceinte… d'Olivier.

Je ne sais ce qui a emporté mon cœur en premier. L'immense joie d'attendre son enfant ou la peur que Geoffroy ne le découvre. L'affronter en pleine possession de mes moyens et sous l'emprise de ce sang neuf avait été facile. Mais avec gros ventre ? Une fois que j'en serais gênée, que mes mouvements deviendraient lourds ? Je n'ai pas été dupe. Emporté par la rage, Geoffroy me désarmerait vite. Or, s'il ne m'avait pas battue pendant mes grossesses, craignant de me faire avorter, j'ai vite deviné que ce serait, cette fois, son principal objectif.

Aussi longtemps que je porterais le fruit de son déshonneur, je ne devais ni le revoir, ni retourner à Châteaubriant, ai-je décidé. Encore moins recevoir la visite de mon frère ou de mon père, lesquels ne manqueraient pas de venir tôt ou tard pour tenter de me rendre à la raison en même temps qu'à mes devoirs d'épouse. Voire pour m'y contraindre.

Il me fallait une excuse pour les empêcher tous d'approcher. Une raison solide.

— Peut-être devriez-vous en parler à Olivier, a osé Auline à qui, tout comme Bertrand et l'abbé, j'avais à nouveau confié mon secret.

Outre le fait qu'à eux je ne pouvais rien cacher, la vision de mes cicatrices avait suffi à les ranger derrière moi. Les retrouver tous trois, tels qu'en mon souvenir et mon affection, aussi prompts à excuser et comprendre mon adultère m'avait bouleversée.

Je me souviens d'avoir souri à Auline, avec cette même tendresse qui m'avait précipitée dans ses bras charnus au soir de mon arrivée.

— Il accourrait, tu t'en doutes bien. Ce qui aurait pour effet de ramener Geoffroy ici encore plus rapidement. Non, ni l'un ni l'autre n'en doivent rien soupçonner. Et puis, si douce et jouissive que m'ait été son étreinte, le Seigneur me punirait si j'y cédais à nouveau. Il est marié, Auline. Comme je le suis encore. Et tu sais comme moi que ce que Dieu a uni...

— La volonté des hommes ne peut le défaire, oui, je le sais. Mais ce n'est pas juste.

— Rien ne l'est, ai-je ajouté en puisant à mon tour, dans la panière, un des torchons à plier.

De nouveau j'étais à ses côtés dans les tâches quotidiennes. Mon père s'étant définitivement installé dans le solide château de Montaigu dont, avant même la Garnache, il était le seigneur, j'avais changé les règles ici. Tout comme l'abbé, Bertrand et elle prenaient leurs repas avec moi dans l'aula. Je n'avais pas menti en leur disant, juste avant mes noces, qu'ils étaient ma seule famille. Je voulais désormais que ce soit acté.

Nous partagions donc tout. Des discussions aux préparations culinaires, du ménage à l'entretien du château, de la revue des sergents que mon père y avait laissés à la fabrication de flèches ou à la traque du gibier. Avec une complicité inégalée. Et une joie partagée.

Telle que j'en avais si longuement rêvé.

Ce jour-là, j'ai vu Auline replonger le nez dans le linge, le front plissé, signe chez elle d'une intense réflexion intérieure. Durant quelques minutes, nous sommes restées silencieuses, les gestes bercés par la voix mélodieuse de Bertrand qui, grimpant comme un lierre facétieux depuis la cour, s'infiltrait par la fenêtre entr'ouverte.

Il coupait du bois en chantant une complainte. Celle qu'Olivier avait composée sur l'île d'Yeu. À l'époque j'en avais été bouleversée. Elle me rappela à quel point le bonheur était fragile et la vie plus encore.

Suspendant mon pliage, j'ai porté la main à mon ventre, y attirant aussi le regard aimant d'Auline.

— Il va falloir la protéger. Maintenant. Mais surtout après, quand elle sera née, a-t-elle soupiré.

— Elle ? me suis-je étonnée.

Auline a lâché un petit rire guilleret.

— Vous savez bien qu'en ce domaine je ne me trompe jamais.

C'était vrai. Même si elle était incapable de dire d'où ces intuitions lui venaient.

— Va pour elle. Et oui, je le sais, ma bonne Auline. Nous allons devoir la protéger. Mais nous avons encore six mois devant nous pour trouver comment faire. Je n'en ai pas autant pour empêcher qu'on ne découvre ma grossesse. Déjà mon ventre point, même si c'est léger.

Son visage s'est brusquement éclairé et j'ai compris que venait de lui apparaître la solution que l'on cherchait.

— La sorcière du marais ! Vous devez vous rendre chez la sorcière du marais. Elle vous connaît depuis l'enfance et vous a toujours portées en grande estime, votre mère et vous. Ce serait bien le diable, a-t-elle ajouté dans un éclat de rire en se signant, si elle ne trouvait pas de quoi vous rendre inapprochable jusqu'à ce que vous soyez délivrée !

Une semaine plus tard, je bénissais la vivacité d'esprit d'Auline et l'onguent préparé par cette vieille femme qui ne m'avait pas oubliée.

Mon père se présentait devant la Garnache, avec une solide troupe de chevaliers, mon frère et Geoffroy.

Et, du haut de la barbacane où l'alerte de Bertrand m'avait précipitée le visage blême, grêlé et les cheveux ternis, je les renvoyais chez eux, terrifiés à l'idée d'attraper à leur tour ce mal mystérieux qui m'avait frappée.

15.

Ils refirent une tentative trois semaines plus tard et reçurent le même accueil. Auline ayant pris soin de se badigeonner elle aussi d'onguent et de se montrer à mes côtés, ils conclurent que j'étais définitivement trop contagieuse pour être approchée.

— Je préviendrai quand il n'y aura plus de danger, ai-je crié à Geoffroy depuis la courtine.

Vaincu par sa propre peur, il n'a pas insisté.

Mon père, lui, exigea que les habitants du château, soldatesque comprise, soient mis en quarantaine et y restent jusqu'à ce que le mal soit endigué. Il ajouta qu'il se chargerait, chaque semaine, d'envoyer du ravitaillement.

Sa manière à lui de m'emprisonner.

Cela m'indifféra. Il croyait me punir, ajoutant sa griffe à ce qu'il estimait être le châtiment de Dieu ? Il me rendit service en écartant de la Garnache mes anciennes amies que l'annonce de mon retour avait réveillées.

Certes, le quotidien perdit de sa couleur, mais je m'y étais préparée. Serviteur ou sergent, nul ne devait voir mon ventre enfler. Bertrand y veilla en m'emmurant dans le donjon avec Auline, se chargeant de servir d'intermédiaire entre la cuisine et l'aula, tout comme l'abbé Guillemet entre Dieu et ma faute.

Cela me convint tout à fait.

L'hiver était à nos portes et je n'aspirais, en vérité, qu'à la chaleur d'un bon feu et à la lecture de ces ouvrages dont la bibliothèque était restée remplie.

Noël passa, puis 1324 céda place à une nouvelle année chargée de tempêtes qui firent trembler les fines vitres du donjon et se coucher les arbres de la forêt. Pluie, grêle, verglas se succédèrent dans un ballet sournois. Les routes devenant impraticables, je cessai de donner des nouvelles et n'en reçus pas.

Je ne voyais toujours qu'Auline, Bertrand, et l'abbé Guillemet. Qu'importe ! Avais-je été plus entourée, moins captive à Châteaubriant ? Tout au contraire. J'y avais appris la solitude et la patience. Comparé à ce cachot somptueux, le vieux château de mes ancêtres me semblait gai.

Et puis ce n'était pas l'enfant d'un monstre que je couvais, un enfant conçu dans la violence et le sang comme l'avaient été mes deux premiers. Caresser mon ventre rond ramenait le souvenir des baisers d'Olivier. La délicatesse de sa langue dans ma bouche, entre mes cuisses, la puissance de son vit entre mes chairs gonflées et le goût, si merveilleux, si impudiquement voluptueux du plaisir qu'il m'avait donné.

Ajouté à la littérature profane dont ma mère se régalait, aux chansons de Bertrand que j'accompagnais de ma harpe depuis ma fenêtre, aux prières de l'abbé Guillemet et aux attentions sans cesse renouvelées d'Auline, penser à ce moment volé et à ce qu'il avait engendré suffisait à faire de moi la femme la plus heureuse du monde quand, si peu de temps avant, j'avais été la plus désespérée.

À l'heure où les bourgeons ont refleuri aux branches des fruitiers, Geoffroy a retenté sa chance.

Prenant une voix macabre depuis le haut des remparts, Bertrand lui a annoncé que je ne quittais plus le lit, Auline à peine et qu'il craignait que ni elle ni moi ne voyions l'été. Pour faire bonne mesure, il avait mis sur le compte de cette étrange maladie la perte d'une servante que la fièvre avait balayée.

Geoffroy est reparti, sans que Bertrand puisse dire si cette nouvelle l'avait réjoui ou désolé.

Nous n'en eûmes la réponse qu'une grosse quinzaine plus tard, lorsque deux troubadours se présentèrent à nos portes. Bertrand les reconnut aussitôt pour Olivier et son compère. Reprenant le stratagème qui l'avait conduit autrefois sur l'île d'Yeu, mon aimé n'avait pu résister au besoin de vérifier cette nouvelle de ma fin prochaine que Geoffroy lui avait agitée aux oreilles.

Force fut à Bertrand de le lui confirmer haut et clair en lui interdisant d'entrer. Démentir aurait signifié ma perte.

Quand, piteux et désolé, il est venu me l'avouer, j'en ai été bouleversée.

Imaginer Olivier détruit par cette annonce m'a précipitée à plat ventre sur le lit, ruinant les draps et les couvertures d'un flot salé. Deux heures plus tard, il n'était toujours pas tari tant je m'imaginais à sa place, apprenant son agonie, ne pouvant y remédier, pas même lui dire adieu.

Étrange ironie quand on sait de quoi, quelques années plus tard, j'ai dû me contenter !

Pour l'heure j'étais là, déversant ma détresse au cœur de cette nuit qui avait fini par tomber, quand une main s'est posée sur mon épaule. La croyant celle d'Auline, je n'ai pas réagi.

Il a fallu qu'un souffle parfumé se penche sur ma joue pour que, mon cœur s'emballant, je cesse, d'un coup, de pleurer.

– Mon amour ! Mon tendre amour ! Ma folie ! Ma richesse, a murmuré Olivier alors que, relevant la tête, je cherchais son visage dans l'obscurité.

– Toi ? Est-ce bien toi ? me suis-je mise à trembler.

– Par la grâce des tiens, oui…

Rires et larmes se sont mêlés sur mes lèvres.

Je n'ai pas demandé comment. Ce me fut égal sur le moment. Auline et Bertrand lui avaient rendu vie et la mienne rayonnait.

– Je me sentais veuf et me voici père, a-t-il murmuré en posant une main sur mon ventre et son front contre le mien.

Pour seule réponse, je l'ai couvert de baisers.

Au petit matin, après une nuit chaste mais emplie de tant d'amour que tout mon être exultait, j'apprenais l'existence d'une vieille poterne dans la cave du donjon. Auline en avait retrouvé la clef dans les affaires de ma mère que mon père lui avait demandé de jeter. D'une facture particulière, elle l'avait reconnue aussitôt pour celle qu'autrefois sa propre mère trimbalait à sa ceinture avec les autres clefs du château. À sa mort, elle avait hérité de son rôle d'intendante, mais ne l'avait pas retrouvée au trousseau. Ma mère l'avait gardée en secret. À quelles fins ? Auline ne sut me le dire. Toujours est-il qu'elle l'avait crue perdue. Ma mère ayant refusé qu'on change la serrure, l'accès à ce souterrain ressortant dans la forêt voisine avait été condamné, puis oublié aussi bien des serviteurs que de mon père. Ne pouvant se résoudre à notre désespoir, Bertrand avait écarté la lourde étagère qui le masquait puis s'était empressé de rattraper Olivier.

C'est ainsi que, servi par la discrétion de cette issue providentielle, mon aimé put rester près de moi sans que nul ne le soupçonne et veiller sur mon bonheur comme sur un feu follet.

Jusqu'à cet après-midi de juin où les contractions se sont déclenchées.

Cette fois ce fut Auline qui s'échappa pour me ramener la sorcière du marais. Elle seule pouvait m'accoucher en toute discrétion et sécurité.

Dix heures plus tard, une petite Ysabeau naissait et tout comme moi, plaçant ses mains sous les miennes pour contempler le teint rose et frais de sa fille, Olivier pleurait de félicité.

16.

L'éloigner me fut d'autant plus déchirure. Pourtant, dans l'heure qui suivit mon accouchement, il le fallut. Si les murs du donjon étaient assez épais pour étouffer des pleurs enfantins, ce n'était pas le cas des vitres. À cela s'ajoutait le fait qu'il allait falloir changer Ysabeau régulièrement. Auline devrait sortir, montrant qu'elle était guérie. Quand bien même on accepterait que je ne le sois pas, la vérité éclaterait lorsqu'on la verrait quotidiennement laver des langes puis les mettre à sécher dans la cour.

Je m'étais donc préparée à cette séparation, bien avant que ne vienne Olivier. À cette époque, je ne pensais pas l'informer de la naissance de notre fille.

Qu'il l'ait vécue ne changeait rien. Il ne pouvait la ramener avec lui, la faire élever par son épouse. Tôt ou tard, ses serviteurs parleraient de cette enfant arrivée dans ses bras, cette enfant imposée. Geoffroy l'apprendrait, finirait par soupçonner la vérité et Ysabeau cesserait d'être en sécurité. Geoffroy était trop orgueilleux, trop empli de haine à l'égard d'Olivier, pour ne pas réussir à la faire éliminer.

Je ne pensais pourtant pas qu'à elle.

La trahison de l'abbé, d'Auline et de Bertrand éclaterait au grand jour. Cette fois mon père ne le leur pardonnerait pas. Il devrait frapper fort pour laver son honneur et rasseoir son autorité. L'abbé serait chassé de la Garnache, comme moi. Mais eux ! Ils seraient pendus à la barbacane et leurs cadavres offerts aux corbeaux jusqu'à ce qu'ils soient décharnés. Je ne pouvais en douter.

Ni ma grossesse, ni la naissance d'Ysabeau ne devaient être connues. De personne. C'était déjà bien suffisant que la sorcière du marais soit dans le secret. Je n'avais pas le choix. Je devais lui faire confiance. Car c'était sur elle, sur la bienveillance qu'elle nous avait toujours manifestée à ma mère et à moi, que reposait la folie de mon plan.

Depuis ma couche, à la lueur de ces chandelles qui veillaient sur cette nuit si particulière, j'ai regardé Auline emmailloter soigneusement ma fille dans un drap de laine. Je n'avais pas eu le droit de la prendre, encore moins de la mettre à mon sein pour éviter les montées de lait. Pourtant, malgré ma douleur, je n'avais pas de doute. Elle devait être élevée dans l'amour, quand bien même je ne la reverrais jamais. M'assurant de son soutien, Olivier, assis près de moi, me tenait par les épaules. Calé dans l'embrasure de la porte, Bertrand portait le nécessaire que, anticipant ce moment, j'avais préparé deux jours plus tôt.

— Voilà, mon ange… tu auras bien chaud ainsi, a murmuré Auline en l'embrassant sur le front avant de la confier à la sorcière du marais.

J'ai aussitôt vu les lèvres fines d'Ysabeau chercher sa maigre et vieille poitrine, geindre de ne pas la trouver.

Le cœur et le corps écartelés, j'ai serré la main d'Olivier venue spontanément recouvrir la mienne.

La sorcière du marais m'a retourné un sourire édenté.

— Ne vous inquiétez pas, dame Jeanne. Sitôt chez moi, je la nourrirai. Et dès demain matin, elle aura une nourrice.

— Êtes-vous certaine que l'on ne posera aucune question ?

— Ce n'est pas le premier nourrisson que l'on m'abandonne et que je confie.

Je me souviens d'avoir eu l'impression que mon sang s'évidait de mes veines. J'ai dû en blêmir, car elle s'est empressée d'ajouter :

— À ceci près que dans un mois, Auline sera installée dans le pays voisin et viendra la reprendre pour lui donner un vrai foyer.

Auline. C'était elle la clef de voûte de ce plan. Dès le lendemain, Bertrand annoncerait qu'elle avait succombé à sa maladie. Afin que nul ne soit infecté, il ne permettrait pas que l'on se recueille sur sa dépouille. Il ferait tailler un cercueil chez le menuisier du village voisin et, une fois celui-ci lesté de pierres récupérées dans la forêt par le souterrain, le ferait transporter jusqu'en la chapelle. Ensuite seulement, il permettrait à ceux qui le souhaiteraient de suivre la charrette jusqu'au cimetière. Auline serait déjà loin. En route pour Avranches où lui restait encore une tante dont elle était la seule héritière.

Nous étions convenus au départ qu'elle irait avec Ysabeau et que Bertrand leur servirait d'escorte. Mais Olivier s'était proposé à sa place, arguant qu'il fallait que ce soit le capitaine qui annonce à tous la « mort » d'Auline. Si Bertrand disparaissait aussi du château, on s'étonnerait.

— Je suis prête, a annoncé Auline.

Sa voix tremblait. Ce n'était pas un sacrifice pour elle que de choyer et d'élever Ysabeau comme sa fille. D'autant qu'elles ne manqueraient de rien, ni l'une ni l'autre. Jamais. Mais elle était née à la Garnache et avait toujours pensé qu'elle y finirait.

Me levant, je l'ai serrée sur mon cœur.

— Merci... Merci... Pour tout...

— Cessez donc ou je vais finir par croire que je ne vous reverrai pas ! m'a-t-elle grondé en me pinçant la joue. Un jour viendra, Jeanne, où Ysabeau et moi serons de nouveau à vos côtés...

— Une autre de tes prémonitions ? me suis-je moquée au milieu de mes larmes.

— Plus que cela. Une certitude.

J'ai lancé un ultime regard en direction de la porte pour graver en moi les traits d'Ysabeau. Ils se sont effacés, remplacés par le dos de la sorcière du marais. Puis par Auline qui reniflait et Bertrand chargé de son paquet.

Olivier les a suivis, après un dernier, tendre et langoureux baiser.

— Je veillerai sur elles, de loin. Et sur toi aussi. Je t'aime...

Je me suis contentée de hocher la tête, incapable de lui crier *Merci ! Moi aussi, je t'aime*. Ma gorge était trop nouée.

J'ai attendu que le silence retombe, m'assurant d'être seule entre ces murs épais.

Puis je me suis effondrée sur ma couche et, les mains en croix sur mon ventre mutilé par leur absence, je me suis mise à sangloter.

17.

La « mort » d'Auline m'accorda six mois de tranquillité supplémentaire. Le temps qu'il me fallut pour avoir de ses nouvelles.

Rien de mieux que la multitude pour disparaître, m'écrivit-elle. Dans cette ville en bordure de la Manche, sillonnée chaque jour par les voyageurs et les commerçants qui embarquaient pour l'Angleterre ou en arrivaient, elle était passée inaperçue. Et sa tante l'avait accueillie à bras ouverts. Veuve depuis deux années, la vieille femme habitait dans une maison spacieuse située à deux pas du port. Jusqu'à l'automne dernier elle y avait vécu d'un commerce de salage de morue hérité de son époux. Mais la charge était devenue trop lourde pour elle après qu'une tempête lui avait ravi ses deux fils qui jusque-là l'assistaient. Auline l'avait donc découverte seule, minée par le chagrin, croulant sous l'effort et les dettes pour subsister. En quelques mois tout avait changé. Bien qu'elle ait rapidement dû se former aux nécessités de ce nouveau métier, Auline avait repris l'affaire. Puis, forte de son expérience d'intendante à la Garnache, elle l'avait assainie en y investissant une partie des fonds que lui avait alloués Olivier. Fin septembre, le commerce était de nouveau prospère. L'arrivée d'Ysabeau avec, désormais, son concert de rires et de babils avait achevé de remettre sa tante sur pied. Même si ce et ceux qu'elle avait abandonnés derrière elle lui manquaient, Auline était heureuse dans sa nouvelle vie. Et m'assurait qu'Ysabeau le serait jusqu'à ce que, d'une manière ou d'une autre, et le temps aidant, je puisse la retrouver.

J'ai relu cette lettre vingt fois je crois, m'imprégnant de chaque mot comme s'il pouvait me transmettre le parfum des embruns que ma fille respirait et celui de sa peau discrètement salée. Ensuite, refusant qu'elle puisse un jour trahir mon secret, je l'ai regardée se racornir, puis se ratatiner sous la morsure des flammes comme si c'était mon cœur lui-même que je brûlais. Ysabeau était à l'abri. Choyée.

Et moi, pour qu'elle le reste, je devais l'effacer de mes pensées.

Dans la foulée, j'ai pris ma plume et j'ai informé Geoffroy que j'achevais de me remettre de cette étrange maladie qui, comme elle était apparue, m'avait soudainement quittée. Je ne reçus pas de réponse avant le début de l'année 1326.

Plus d'un an s'était écoulé depuis mon départ de Châteaubriant. Mon époux m'y réclamait.

Quitter la Garnache, Bertrand et l'abbé me fut douloureux, sans conteste. Mais je savais que j'avais épuisé la patience de Geoffroy et que tarder davantage aurait aussi écorné mon « prestige » aux yeux de nos gens et des habitants de la cité. Je ne pouvais permettre, si je ne voulais à nouveau subir son joug, que l'on m'ait oubliée.

Je lui revins donc, docile. Et durant quelque temps, Geoffroy voyageant régulièrement sur ses terres ou au service du duc de Bretagne, je n'eus à me plaindre. Il avait bien tordu le nez en voyant avec quelle joie les villageois avaient accueilli mon retour, mettant ma guérison miraculeuse sur le compte d'un nouvel exploit à raconter. Mais il s'était montré prévenant et même, je dois le reconnaître, curieusement attentionné.

Bien entendu, venant d'un être si fourbe et mauvais, j'aurais dû me méfier.

Que voulez-vous ? Après ces longues années de souffrance à ses côtés, j'ai eu la faiblesse de croire que la crainte de ma perte autant que ma « renommée », ajoutées au respect provoqué un an plus tôt par mon poignard sur sa gorge, lui avaient fait prendre conscience de ma valeur. Peut-être aussi ai-je voulu me convaincre qu'il avait changé. Ne me laissait-il pas désormais mener la mesnie comme je l'entendais ? chasser, seule ou avec lui ? visiter qui bon me semblait avec l'escorte que moi-même je choisissais ? Et ne se félicitait-il pas auprès de ses amis, les mêmes qu'autrefois, de la chance que Dieu lui avait donnée de me voir enfin telle que j'étais ? Même dans l'intimité, il se montrait sous un meilleur jour, demandant permission avant de me prendre et obtenant de fait, malgré mon dégoût, bien plus que ce que sa violence d'autrefois lui avait concédé.

Au printemps suivant, affaiblie par sa duperie et par cette vie qui, sans être idéale puisque loin d'Olivier et de notre enfant, redonnait du sens à ma condition d'épouse, j'étais, inconsciemment, redevenue une proie.

Sa proie.

Celle que, depuis l'annonce de ma prétendue maladie, il avait décidé de traquer.

Comment sut-il cette vérité que j'avais pris tant de soin à cacher ? En faisant surveiller la sorcière du marais, le plus discrètement du monde et durant tout mon séjour à la Garnache. Convaincu que je ferais forcément appel à elle pour me soigner comme je l'avais toujours fait.

Ni la naissance d'Ysabeau en présence d'Olivier, ni ce qui avait suivi ne lui avait échappé.

Il avait seulement choisi, pour préserver son honneur et me punir, le moment venu, de l'avoir bafoué, de n'en rien révéler.

18.

C'était un jour d'avril, le quatorzième. L'air était vif, le soleil généreux. Un de ces soleils de printemps qui, vous trompant par leur lumière, vous donnent l'envie de vous découvrir. Juste assez pour qu'un coup de froid vous mette à terre. Ainsi me fut Geoffroy ce jour-là.

Traître et dangereux.

Mais comme il est de mise avec ces premiers beaux jours, quand j'en perçus la menace, il était trop tard.

Tout avait commencé de la plus agréable des manières. Au lever du lit. Dans notre chambre. Je faisais couler de l'eau destinée à mes ablutions dans une cuvette, il couvrait son torse nu d'une chemise de lin.

— M'apprendriez-vous ? m'a-t-il soudain demandé.

J'ai tamponné mon visage mouillé avec une serviette, puis me suis tournée, surprise, vers lui.

Il souriait.

— Quoi donc ?

— À tuer un loup.

J'ai tiqué.

— Quelle question étrange...

— Vous trouvez ? a-t-il renchéri avant de s'avancer jusqu'à moi et de me prendre délicatement par la taille. Je suis un balourd, Jeanne. Colérique, emporté, jaloux, prétentieux...

Je n'ai pu retenir un sourire face à sa moue.

— Je ne vous contredirai pas.

— Et vous en avez fait les frais en toute injustice, a-t-il ajouté dans un profond soupir. M'en excuser serait aussi malvenu que stupide. Je vous ai fait vivre un enfer durant trop d'années. Je ne veux pas que vous me pardonniez. Je veux me racheter.

Je me suis demandé où il voulait en venir, mais il semblait profondément sincère et je l'ai laissé poursuivre, troublée.

— Vous avez reconquis votre liberté mise à mal. Vous avez pris possession de mes terres. De la faveur de mes gens. Vous m'avez confronté à mes erreurs, à ma cruauté et ce faisant, à ma faiblesse. C'est elle que je vous offre aujourd'hui. Vous possédez un savoir que j'ignore. Enseignez-le-moi et vous pourrez vous enorgueillir d'avoir été mon maître. Nul, pas même le plus valeureux des guerriers, ne le peut à ce jour. Face à ce pouvoir que je vous concède, qui me pardonnerait si je venais encore, ne serait-ce qu'une seule fois, à lever la main sur vous ?

— Vous m'offrez une arme contre vous ? ai-je sourcillé.

— Plus tranchante qu'un poignard. Car elle touche à l'honneur. Vous savez, mieux que quiconque, à quel point j'ai le mien en bannière. Qu'en pensez-vous ?

— Tout ce que je souhaite, Geoffroy, c'est votre estime.

— Vous l'avez gagnée. Mais vous l'avoir donnée m'est insuffisant. Je suis trop coupable. Mettez-moi à genoux, Jeanne et nous pourrons enfin gouverner cette terre. D'égal à égal.

Il pressait mes mains, brûlait mes yeux de la ferveur et du repentir des siens.

Lors, sans voir derrière toute l'intensité de son mensonge, j'ai embrassé ses phalanges et lui ai répondu :

— Quand ? Quand voulez-vous ?

Deux heures plus tard, nous chevauchions côte à côte en direction de Pouancé situé à quelques lieues seulement de Châteaubriant. Un loup solitaire y avait été aperçu la veille, m'avait dit Geoffroy, ce qui lui avait donné l'idée de cette traque à deux. Probablement vieux, chassé de la meute par un plus jeune, l'animal avait provoqué peu de dégâts, quelques poules dans une basse-cour et une grande frayeur chez un cavalier qui, le distançant sans peine, avait donné l'alerte.

— Vous avez raison. Inutile de lancer une troupe pour si misérable bête, avais-je répondu, flattée, je dois le reconnaître, par cette confiance nouvelle qu'il m'accordait.

Pas un seul instant, en pénétrant sous le couvert de la forêt sombre vers laquelle il m'avait conduite, ai-je senti se refermer sur moi le piège qu'il m'avait tendu.

Au bout d'une vingtaine de minutes, pied à terre, je remontai les traces de l'animal, confirmant ce qu'il m'avait annoncé. Il était lourd, fatigué, et ne serait pas difficile à vaincre. Marchant dans mon pas, l'œil au sol et tenant nos deux chevaux par la bride, Geoffroy buvait mes paroles.

— Qui vous a enseigné cela ? a-t-il demandé au bout d'un long moment de silence à battre les fourrés.

— Bertrand.

— Il ne se serait donc jamais laissé surprendre par un fauve ?

— Jamais, ai-je assuré en tirant mon poignard de ma ceinture. Attachez les chevaux à un arbre et tenez-vous sur vos gardes. Il est tout près.

— En effet, ai-je entendu en même temps que le bruit d'une tape violente sur le cul de nos montures.

Je me suis retournée, étonnée par son initiative. Je ne sais quel instinct m'a fait éviter la patte griffue et puante dont il s'était couvert la main. Mon recul spontané ne me fut salutaire que quelques secondes. Butant du talon contre une racine, déséquilibrée par la stupeur autant que par le choc, je partis à la renverse et me reçus violemment sur le dos.

Il se mit à rire. Un rire cruel, sardonique.

– Surprise, ma chère épouse ? Alors imaginez la mienne quand j'ai découvert qu'une petite Ysabeau vous était née de votre précédente chasse au loup !

Il s'est avancé entre mes jambes. J'ai reculé, terrifiée, mesurant enfin le jeu pervers dans lequel il m'avait entraînée.

– Reconnaissez-vous ce gant ? Je l'ai pris parmi les restes de cet animal que vous avez tué. Je l'ai cherché dès le lendemain de votre départ pour la Garnache. Savez-vous ? Votre père m'avait donné son accord pour que je vous en déchire le visage. Il vous aurait tenue lui-même si vous nous aviez laissés entrer. Au lieu de quoi, vous nous l'avez interdit, nous livrant vos traits déjà ravagés par ce mal mystérieux en guise de prétexte.

– Tout ce temps… Vous avez attendu tout ce temps…

– N'est-ce point-là le plaisir de la chasse ?

J'étais abasourdie. Invoquer pardon aurait été inutile. La verdeur de son visage, la haine de son regard, le rictus de ses lèvres, tout indiquait qu'il n'aurait pour moi aucune pitié. Au contraire. Il s'était préparé à ce moment, l'avait anticipé.

J'étais à terre et il en jouissait plus qu'il ne l'avait jamais fait.

J'ai raclé le sol de mes talons, reculé sur les ronces, les branchages que ma chute avait écrasés. Il s'est mis à rire de plus belle, m'a laissée tenter pitoyablement de lui échapper. Il prenait son temps, profitait de sa vengeance, de cette terreur qui grandissait en moi. Elle franchit un nouveau cran lorsqu'il ramassa mon poignard, perdu dans ma chute, et l'envoya au loin. J'ai cessé de tâtonner pour le chercher. Puis de bouger, bloquée par un tronc d'arbre couché derrière moi.

— Nous y voici, mon épouse. Plus de mensonges, plus d'exploits. Aux yeux de tous, un loup vous aura croquée avant que je ne l'abatte. Fin de l'histoire. Pour vous. Mais pas pour lui. Pas pour Olivier de Clisson. Car il lui resterait votre Ysabeau ! Je vais la lui prendre aussi, Jeanne. Après, oui, après je le regarderai vous pleurer toutes deux.

— Pitié, Geoffroy. Ce n'est qu'une enfançonne. Un être innocent, ai-je supplié en joignant mes mains.

Il a éructé.

— Une enfançonne ? Non ! C'est une verrue ! Une verrue que vous m'avez fait pousser au milieu du front. Je n'attendrai pas qu'elle grandisse, que tous la remarquent !

— Jamais ! Jamais je ne vous laisserai faire ! ai-je brusquement grondé en redressant le buste.

Qu'il me laboure les traits, la gorge, qu'il la serre ensuite pour me faire perdre connaissance et permettre au vieux loup, attiré par mon sang, de se régaler, soit ! Mais tant qu'il me resterait une once de vitalité, je lutterais, ai-je pensé. Je lutterais pour l'empêcher de tuer ma fille.

Est-ce cette rage réveillée en moi qui m'a rendu mes moyens et avec eux ma perception aiguë des choses ? J'ai su qu'il était là. Dans les fourrés. Qu'il s'était ramassé sur lui-même. Prêt à bondir.

Geoffroy avançait entre mes jambes, ricanant comme un diable, griffes en avant, se gaussant de ma pitoyable défense. Et brusquement j'ai compris. Le vieux loup avait perçu l'odeur de l'animal que j'avais occis. Ce n'était pas moi qui l'intéressais, mais lui, le rival, à travers Geoffroy, à travers ce gant de peau et de poils qu'il portait.

C'était un loup blanc, énorme.

Il s'est déplié à l'instant même où Geoffroy se penchait sur moi. Me libérant de sa menace, il l'a plaqué par le flanc, l'envoyant à terre, la joue contre l'arbre arraché. Tout aussitôt, il l'a labouré de sa gueule écumante. J'ai vu Geoffroy se débattre, tenter de se libérer de l'emprise des crocs. En vain. Le loup était bien moins éteint qu'il n'y paraissait et lui dans une posture trop inconfortable pour s'en dégager. Ses hurlements de douleur m'ont vrillé les tympans quand l'animal s'est attaqué à ses entrailles.

Comprit-il que je ne lui viendrais pas en aide ? Il ne m'a pas appelée, n'a pas réclamé secours.

Il avait fait tomber ma lame. Je l'ai cherchée, l'ai trouvée contre l'une des pattes de l'animal. Si ma présence l'indifférait, tout affairé qu'il était, j'avais pleinement conscience qu'il en serait autrement une fois que Geoffroy aurait cessé de bouger.

J'ai attendu. Regagnée par une lucidité et un sang-froid effrayants. J'ai attendu que le sang de mon époux ait suffisamment inondé la verdure, que ses cris aient faibli. J'ai attendu d'être certaine qu'il n'en réchapperait pas.

Puis, avant que mon tour ne vienne, d'un geste ferme, puissant et rapide tel que me l'avait enseigné Bertrand, j'ai poignardé, sans le moindre remords, le cœur du loup blanc.

19.

J'étais veuve. Je ne l'avais pas cherché. Mais Dieu me pardonne, la nuit qui suivit la mort de Geoffroy me fut d'une douceur extrême. Totalement indécente.

Parce que nul ne pouvait se douter avec quelle froideur intérieure j'avais fait ce que je devais.

Je le confesse aujourd'hui. À l'instant où le loup rendit son dernier souffle, mon époux épuisait encore le sien dans des souffrances inhumaines. La moitié du ventre déchiquetée, il mêlait son sang à celui de la bête. Pourtant, il avait rouvert les yeux en sentant les crocs lâcher et il me fixait. Il me fixait avec plus de haine dans son regard vairon et injecté de sang que je ne lui en avais jamais connu.

— Garce… Chienne… Catin…

Même mourant, il trouvait le courage de m'injurier. J'aurais dû m'en moquer, n'y voir que le dernier sursaut de son orgueil. À l'inverse j'ai senti rejaillir la puissance du mien.

Sans le quitter des yeux, j'ai ramassé la patte naturalisée avec laquelle il avait espéré me lacérer, puis, lui offrant mon plus beau sourire, je l'ai violemment giflé avec.

Ensuite seulement, le laissant derrière moi, paupières, nez et lèvres déchirés, j'ai emporté l'objet de mon crime et suis allée l'enterrer profondément entre les racines d'un chêne, un quart de lieue plus loin.

Quelques minutes plus tard, on criait mon nom et le sien. Comprenant alors que, retournés seuls à l'écurie, les chevaux avaient donné l'alerte, je me suis précipitée au-devant d'une poignée de serviteurs affolés, pour les mener, mains jointes et larmes aux yeux, jusqu'à ce qu'il restait de leur maître.

Ils l'ont trouvé mort, m'ont écoutée geindre, secouer la tête, sangloter, raconter : nous traquions ce loup, le pensions fatigué, tel qu'on nous l'avait dépeint. Je m'étais accroupie pour lire une des traces qu'il avait laissées dans la tourbe. Geoffroy s'était écarté, attiré par un bruit voisin. Le temps que je me redresse, il était au sol, broyé par ses mâchoires. J'ai été si convaincante qu'on me félicita d'avoir réussi, une nouvelle fois, à tuer la bête sans me faire mordre à mon tour. Ce à quoi j'ai répondu, des sanglots dans la voix :

— Comment pourrai-je me pardonner de ne pas y être parvenue plus tôt ?

Amen...

La messe était dite. Dans leur éloge funèbre, les moines l'entérinèrent. Et si mon père douta de cette version, il n'en dit rien. Pas plus que mon frère ou les compagnons d'armes de Geoffroy. Auraient-ils cherché à me reprocher mon intervention tardive, qu'ils n'auraient pu. Geoffroy s'était si bien comporté depuis mon retour de la Garnache afin que mon meurtre ait l'air d'un tragique accident, que je ne pouvais avoir une quelconque implication dans le sien.

On l'enterra. Je restai digne. Et pour cause. Puis m'installai posément dans ce castel de Châteaubriant dont, jusqu'à la majorité de mon fils, j'avais la gérance.

Une semaine plus tard, un messager me délivrait une lettre d'Olivier. Et quand je dis une lettre... en vérité, c'était un point d'interrogation tracé à l'encre au milieu de la feuille. Il pouvait tout signifier pour qui l'aurait interceptée. Moi, j'en compris aussitôt le sens. Il voulait savoir si j'avais tué mon époux ainsi que j'avais affirmé, à Blain, en devenir capable. J'ai répondu non. Sans autre explication. En était-il besoin ?

Ce n'était pas pour le rejoindre que j'avais laissé froidement mourir Geoffroy. Je ne pouvais aimer Olivier de Clisson au grand jour. J'étais libre. Il ne l'était pas.

Dans l'année qui suivit, ne devant plus de comptes à personne, je me rendis plusieurs fois à Avranches. Y retrouver Auline, embrasser et cajoler Ysabeau me mettait en joie. J'aurais aimé pouvoir les ramener avec moi mais outre que cela aurait révélé la vérité à mon père, mettant en danger Bertrand, Auline avait à présent sa propre vie là-bas. Et Ysabeau la regardait et l'aimait comme sa mère. Je prenais donc ce que je pouvais de ma fille, me rassasiant d'Olivier au travers de l'azur de ses grands yeux rieurs. Puis m'en retournais le cœur gros, mais convaincue, chaque fois, que je faisais le bon choix.

Ma fille grandissait à l'écart de tout danger, heureuse, aimée. Je pouvais la voir et la choyer sans que nul ne m'en empêche. C'était plus que quelques mois plus tôt je n'en avais espéré.

1328 arriva sans que j'y prenne garde.

Mon père pensa-t-il que le risque était trop grand de voir un jour Olivier finir par répudier son épouse et cavaler jusqu'à moi ? Il arriva à Châteaubriant un soir d'avril, en compagnie d'un bel homme de son âge que je ne connaissais pas.

— Voici Guy de Penthièvre[1]..., me le présenta-t-il, avant d'ajouter en se débarrassant de ses gants : Votre nouvel époux.

1. Fils du précédent duc de Bretagne Arthur II, il fut nommé aussi Guy VII de Limoges ou Guy de Bretagne.

J'ai accusé cette annonce avec un sourire forcé. Guy de Penthièvre aussi, ce qui me donna à penser qu'il n'était pas mauvais homme et que mon père le tenait d'une manière ou d'une autre pour lui avoir imposé un mariage qu'il ne souhaitait pas.

— Ne faut-il pas qu'un prêtre bénisse une union pour qu'elle soit consacrée ? ai-je seulement souligné, cynique, après avoir réclamé d'une voix égale qu'on prépare leur chambre et qu'on serve à souper.

— Elle le sera demain, a persisté mon père sans se démonter tout en tendant la main vers un pichet de vin qui se trouvait sur la table.

Mieux élevé que lui, visiblement, Guy de Penthièvre a attendu que je l'invite à prendre place pour s'attabler en face de moi. Puis que je lève mon hanap pour approcher le sien de ses lèvres.

Le repas qui suivit me révéla un homme cultivé et charmant. Bien loin de l'être ignoble qu'avait été Geoffroy. Veuf depuis peu, m'apprit-il, il songeait à se remarier quand on lui avait fait part de ma solitude.

— Et de fait, je serais heureux que vous rompiez la mienne…

J'ai senti, en l'entendant se racler discrètement la gorge, qu'il n'était pas totalement sincère, mais il était plaisant. Et le meilleur parti qui soit, je devais le reconnaître, puisque frère du duc de Bretagne. Il obtint mon adhésion totale lorsqu'il ajouta :

— Toutefois, dame Jeanne, je ne saurais vous contraindre. C'est la raison pour laquelle je ne me suis engagé qu'oralement envers votre père. Si demain, vous ne vous présentiez pas à la chapelle, je ne m'en vexerais pas.

— Vous oubliez l'évêque ! Il vient tout de même de Nantes pour cela, a tiqué mon père.

Guy de Penthièvre ne s'est pas tourné vers lui pour répondre :

– Comme il sera venu, il repartira.

Il me regardait, moi.

J'ai souri, ai tendu ma main par-dessus le bois de la table et en ai recouvert la sienne.

– Soyez sans crainte, Guy. Aucun honneur ne souffrira demain, puisque le mien y gagne. Je serai là.

20.

Étrange nuit que celle de mes épousailles avec Guy. Affable, il me raccompagna au seuil de ma chambre, puis s'étant incliné pour me baiser le bout des doigts, reprit le couloir et entra dans la sienne, deux portes plus loin.

Perplexe, n'ayant connaissance d'aucun homme qui se soit comporté de cette manière, j'associai sa réserve au discours qu'il m'avait tenu la veille. Peut-être souhaitait-il me donner le temps de le connaître et de l'apprécier avant de coucher en mon lit. Après les manières de Geoffroy, j'avoue m'en être sentie flattée.

Père nous quitta au petit jour qui suivit, sans vérifier d'aucune manière si ce mariage avait été consommé. Il avait conservé le teint gris et la mine sombre que je lui avais vus à son arrivée. Il n'en donna aucune explication, ne me souhaita rien, ni d'agréable ni de mauvais. Au moins était-ce un progrès.

Je ne le revis qu'une fois ensuite. Neuf mois plus tard. Davantage creusé et miné. Mon frère était mort sur un champ de bataille[1]. Fidèle à son habitude, il ne me dit pas où, quand ni comment. Par défaut, je devenais son héritière. J'imagine que cela lui coûtait au moins autant que

1. Probablement la bataille de Cassel. Quinze bannières de Bretons combattirent aux côtés de Philippe VI de Valois.

la perte de ce fils qu'il chérissait. Quoi qu'il en soit, je fus incapable de pleurer mon frère. Ses accointances avec Geoffroy avaient laissé trop de traces. Il n'avait jamais levé la main sur moi, certes, mais sa manière de me regarder chaque fois que l'on se croisait, ce dédain, cette parcelle de haine que mon père lui avait transmise avaient tué bien vite le reste d'affection enfantine que je lui portais. Mon père, lui, ne se remit pas de sa perte. Il le suivit dans la tombe trois mois plus tard, sans que j'en eusse plus de peine. Tout au contraire. Avec sa disparition[1], je refermais une page infamante de mon passé. Et je prenais surtout, enfin, les rênes de mon destin.

Du moins, l'ai-je cru...

Jusqu'au 21 novembre 1329.

Guy de Penthièvre était mon époux depuis plus de dix-huit mois déjà. Au regard de Dieu du moins, car il avait continué de bouder ma couche, prétextant que son grand âge – il allait sur ses soixante ans – l'avait guéri des vigueurs de sa jeunesse. Il me trouvait désirable, mais ce que son regard voyait, ce que son esprit souhaitait n'avait aucun effet sur son vit en berne. J'avais été touchée qu'il me l'avoue sans honte quelques semaines après nos épousailles, nouant un peu plus, entre nous, cette complicité que ses bonnes manières, son goût pour le trobar, la littérature et la chasse avaient très vite instaurée.

En plus d'une sincère affection, il avait gagné mon respect en achevant sa confession par un sourire tendre.

1. Il existe une confusion dans certaines sources entre Maurice IV, le grand-père de Jeanne, et son père, Maurice V, confusion aggravée par le nom du demi-frère de Jeanne, Maurice de Belleville. En ce qui me concerne, j'ai utilisé pour référence :
Tyndare, Déméter (Archives du Poitou 1881, t. 11, p. 430) et Beauchet-Filleau (Henri), *Histoire et Généalogie des familles du Poitou*, t. 1, pp. 426-428, Poitiers 07/1891, cité 26/03/2008 par Bellerophon, Déméter (Archives du Poitou 1881, t. 11, p. 430).

— Si je ne peux être un véritable époux, je refuse que vous cessiez d'être une femme, Jeanne. Sachez donc que je fermerais les yeux si vous vous offriez à un autre. Tant, bien entendu, que votre discrétion me permet de garder mon honneur intact.

Mon cœur avait aussitôt bondi en direction d'Olivier avant d'y faire barrière. Ce que Guy m'offrait était inespéré, mais l'homme que j'aimais était toujours marié à une autre et nous étions trop vertueux tous deux pour entretenir une liaison qui la blesserait.

Me blottissant contre Guy, j'avais affirmé à mon tour :

— Votre abnégation, s'il le fallait encore, me prouve votre valeur. Elle me suffit. Alors, croyez-le ou non, tant que vous serez mon époux, je vous resterai fidèle.

— Qu'à cela ne tienne, avait-il répondu, l'œil malicieux avant de m'embrasser sur le front.

Ce jour-là, donc, de novembre 1329, je recousais une de ses chemises déchirée au cours d'une chasse par une branche basse, quand il est entré dans la pièce agréablement réchauffée par un âtre crépitant. Il tenait en main un pli décacheté et affichait un air grave.

— Un ennui, Guy ? me suis-je aussitôt inquiétée.

Il a déposé la missive sur le linteau de la cheminée puis a rajouté une bûche avant de frictionner ses paumes l'une contre l'autre.

— Je vais demander l'annulation de notre mariage au pape, Jeanne.

De saisissement, l'ouvrage m'en est tombé des mains. Il s'est retourné.

— Qu'ai-je fait ? ai-je demandé, les larmes aux yeux.

— Rien. Rien. Vous n'avez rien fait. Pas même ce que je vous autorisais. Mon rôle auprès de vous vient simplement de s'achever...

— Votre rôle ? Mais de quoi parlez-vous ? ai-je bredouillé, perdue.

Il a repris la missive et me l'a tendue. J'ai reconnu aussitôt le sceau brisé des Clisson, l'élégante écriture d'Olivier. Refusant de lire, j'ai relevé les yeux sur lui, troublée.

— Lisez, Jeanne. Lisez... Je vous en prie.

J'ai obéi, docile, croyant ce pli pour moi.

Il n'en était rien. La lettre lui était destinée.

Elle disait ceci :

« *Mon cher Guy,*

Mon épouse s'est éteinte hier soir. En foi de quoi, je te délivre de ton serment. Je comprendrais pourtant que tu te sois pris à l'aimer tant elle est aimable et qu'en retour, Jeanne ait fini, comblée par ta prévenance, par m'oublier. Si tel était le cas, mon ami, sois pour elle et à jamais, celui que je ne serai. »

Mes larmes ruisselaient lorsque je relevai la tête. Il s'était accroupi devant moi. Il a pris mes mains qui tremblaient.

— Alors, vous... vous..., ai-je bredouillé, n'osant encore croire ce que ces lignes signifiaient.

— Oui, Jeanne. Je vous ai épousée en son nom, pour vous protéger d'un autre mauvais diable que votre père aurait voulu vous imposer.

Je suis restée désarmée. Pourtant, avec cet aveu, tout prenait sens. Sa délicatesse à la veille de nos noces, ses attentions depuis, sa prétendue absence de virilité.

— Vous m'avez menti, n'est-ce pas ? Vous n'êtes pas impuissant, ai-je abruptement lâché, horrifiée qu'il ait choisi de me le laisser croire.

Il s'est mis à rire.

— Je le suis devenu. Par respect pour lui. Par respect pour vous.

J'ai secoué la tête, mesurant à quel point j'avais été loin du compte en estimant la valeur de cet homme.

— Ne vous méprenez pas, Jeanne. Je n'ai pas souffert de bouder votre couche. Tout au contraire. Vivre près de vous, porter le secret d'Olivier comme une bannière, me fut un immense cadeau. Depuis la mort de ma tendre aimée, je ne valais plus rien, je n'étais plus personne. Comprenez, mon amie, elle fut pour moi ce que vous êtes pour lui, ce qu'il est pour vous. Je m'éteignais, sans but, amputé d'une partie de mon âme, quand il est venu chez moi pour me parler de vous. Nous nous sommes entendus en quelques minutes. Ne restait plus qu'à convaincre votre père.

— Comment avez-vous fait ? ai-je demandé.

Dois-je le dire ? À l'heure où j'écris ces lignes, je suis encore bouleversée, tant j'avais en cet instant, en face de moi, l'un de ces héros dont le roi Arthur, lui-même, aurait fait un des chevaliers de sa table ronde.

Ne devinant rien, Guy m'a couverte d'un œil rieur.

— Maurice avait une importante dette envers moi. Bien qu'il sût mon attachement à la famille de Clisson, me donner votre main était le moins qu'il pût faire pour s'en acquitter.

Je m'étais donc trompée le jour où ils étaient venus tous deux m'annoncer mes noces. La nervosité de Guy n'était pas due à la pression exercée par mon père, mais à sa crainte que je refuse le sacrifice qu'il m'offrait.

J'ai pris ses joues entre mes mains, ai collé mon front au sien.

— Et aujourd'hui, Guy ? Qu'en est-il ?

Il a embrassé l'intérieur de mes paumes.

— Même si, je dois l'admettre, j'ai une profonde affection pour vous, je suis toujours fidèle à mon amour perdu, Jeanne.

— Vous ne regretterez donc rien si nous nous séparons ?

— Une amie. Mais cesserez-vous de l'être ?

— Jamais.

Ses yeux ont pétillé. Les miens séchaient.

— Alors tout est dit. J'enverrai ma requête au pape, a-t-il conclu.

J'ai soupiré pourtant.

— Je crains qu'elle ne soit rejetée, Guy. Pour quel motif Jean XXII nous désunirait-il ? Nous ne sommes pas consanguins.

Il s'est redressé, s'est dirigé vers la cheminée pour la regarnir d'une bûche. Un vent froid et vif soufflait dehors, traversant les joints fatigués de la fenêtre.

Il avait déjà réfléchi à son procès, sans doute depuis le premier jour, car, tout en fourrageant de nouveau les braises, il n'a pas hésité une seconde.

— Je vais renier l'engagement que j'ai pris oralement avec votre père. Et vous pourrez confirmer sans mentir que notre union n'a pas été consommée. Cela devrait suffire à l'Église.

Je me suis aussitôt récriée, choquée.

— Non... Non, je ne veux pas que votre honneur soit entaché. Pas après ce que vous m'avez offert.

Il s'est tourné vers moi, m'a vue debout, déterminée. Il s'est mis à rire.

— Que pourrais-je invoquer d'autre ?

J'ai réfléchi un instant, puis suis venue le rejoindre.

— J'imagine que vous savez pour Ysabeau...

Il a froncé les sourcils.

— En effet...

J'ai planté mon regard dans ses yeux verts. J'avais aimé leur lumière franche au jour de notre rencontre, ce soir-là j'en ai mesuré toute l'intensité.

— Mon père n'est plus une menace pour ceux qui m'ont aidée à mettre ma fille au monde. Dites que vous l'avez appris. Faites de moi une épouse infidèle. Qu'importe que mon amour pour Olivier éclate au grand jour, si une fois séparée officiellement de vous, il m'épouse !

Il m'a attirée dans ses bras. Je m'y suis blottie avec tendresse. Ai laissé sa paume caresser ma longue chevelure rousse. Comme souvent, le soir, avant que nous allions nous coucher, chacun de notre côté.

Puis m'ayant délicatement embrassée dans le cou, il a murmuré à mon oreille :

— On vous a bien assez traînée dans la boue, Jeanne. Alors, je ferai ce qu'il faut pour que le pape accède à ma demande. Point davantage.

Il fallut six mois à Jean XXII pour trancher ce « litige ». Mais il le fit.

Et si quelqu'un, le 16 mai 1330, s'étonna de voir Guy de Penthièvre me conduire à l'autel devant lequel m'attendait Olivier de Clisson, lui comme moi, éperdus de bonheur et de reconnaissance, savions ce que nous lui devions.

21.

Notre bonheur dura treize années. Et quand je dis bonheur ! Je voudrais qu'il existât d'autres mots pour le nommer, tant son sens le plus littéral me semble fade. Un synonyme ne vaudrait pas mieux. À moins de les ajouter tous peut-être. Félicité, plaisir, délice, béatitude, euphorie, enchantement, ravissement, bien-être, délectation, extase, volupté… la liste pût-elle s'allonger encore qu'elle serait toujours incomplète à mes yeux.

Il me regardait, me souriait, me prenait dans ses bras et j'existais. Je l'embrassais, riais, me pendais à son cou et il respirait. Tout, sinon les quelques moments que nous avions volés à l'amertume de mon père ou à la violence de Geoffroy, tout sinon la naissance d'Ysabeau, oui, tout ce qui précéda fut effacé à l'instant où l'abbé Guillemet bénit notre union. Je naquis dans la lumière d'Olivier, il vint au monde dans mon amour. Et parce que désormais c'était acté devant Dieu, nous pensions que plus rien ne nous séparerait.

Dans ce bonheur pourtant, il y eut du chagrin.

Un chagrin immense, comme je ne pensais pas pouvoir en éprouver, lorsque notre premier garçon mourut à neuf mois d'âge. En serrant contre moi son petit corps qui n'avait pas résisté à l'hiver, je m'en voulus profondément de lui avoir donné le prénom de mon père. J'avais espéré ainsi lui pardonner de m'avoir tant blessée. Je crains qu'à l'inverse, depuis le Royaume des cieux, il n'ait vu en cela qu'une injure, un pied de nez à son autorité bafouée. Et qu'il ne s'en soit vengé en me reprenant ce fils né d'Olivier. Aujourd'hui encore je ne sais qu'en penser et il me reste au cœur, en plus d'une déchirure, une amertume profonde. Le sentiment d'une malédiction, celle que, devant le tombeau de ma mère, mon père avait proférée à mon encontre. Je sais que les éléments ou les événements seuls suffisent à expliquer ce qu'il advint de mon destin, d'Olivier, de nos enfants. Mais il me restera toujours un doute. Un doute qui finit par m'empoisonner et m'entraîner vers la folie.

Mais fi ! Nous n'y sommes pas encore.

La mort de ce petit Maurice, pour l'heure, était bien suffisante à ma peine, à mon combat intérieur contre la fatalité. Nous l'enterrâmes dans le caveau des Clisson, cernés par une brume si dense et froide que nos larmes cristallisaient. Et que dans ma main gantée, celle d'Ysabeau tremblait.

Je l'avais vue arriver au château, peu avant Noël 1330.

– J'ai appris vos épousailles avec Olivier. Alors nous voici, m'a simplement annoncé Auline qui la portait.

– Mais toi, toi ma bonne amie, ne voulais-tu rester à Avranches, près de ta tante ? m'étais-je attendrie en les serrant toutes deux dans mes bras.

– Elle est morte il y a six mois et j'ai vendu l'affaire. À dire vrai, Jeanne, vous me manquiez. Si vous acceptiez de me reprendre à votre service…

Je m'étais aussitôt récriée :

– Il n'en est pas question, Auline. Tu es de ma famille. Tu vivras ici, près de nous, sans jamais manquer de rien. Quant à ce petit ange – qui riait aux éclats, chatouillé par mes baisers – nous l'élèverons ensemble, lui donnant deux mères au lieu d'une. Puis, quand elle sera en âge de comprendre, nous lui raconterons.

Ainsi avait été fait avec la bénédiction d'Olivier.

Bertrand nous avait rejoints peu de temps après, en avril 1331, sur ma demande. À cette occasion, j'ai découvert qu'il avait toujours eu un faible pour Auline. Il avait fallu qu'elle quitte la Garnache pour que le regret le ronge de n'avoir pas eu le courage de lui avouer son amour. Ensuite, pris par ses obligations là-bas, il avait perdu l'espoir de la revoir un jour.

Je ris encore au souvenir de cette belle journée de juin 1332 où, dans les jardins du château, près d'un massif de roses en bouton, il m'avait demandé sa main.

Devenue cramoisie, Auline, qui brodait près de moi sur un banc, en a lâché son ouvrage avant de bondir.

— Bougre d'idiot ! lui avait-elle assené en se plantant entre nous, le statufiant sur place. Ne suis-je donc pas assez âgée pour répondre moi-même ?

— C'est-à-dire que… je…

D'empoté, il était devenu gourd.

Auline avait éclaté de rire avant de se dresser sur la pointe des pieds. Il fallait au moins cela pour qu'elle atteigne ses lèvres.

— Oui, lui avait-elle plaqué dessus. Oui, je veux être ta femme. Et j'ajouterai que ce n'est pas trop tôt, grand dadais !

Rien ne m'a fait plus plaisir que d'organiser leurs noces, de les doter généreusement, puis de les voir s'aimer, se choyer, veiller l'un sur l'autre, sur Ysabeau, sur moi, sur nous. Ils n'étaient pas seulement mes amis, ma famille. Après Olivier, ils étaient les seuls en qui j'avais une confiance aveugle. Inestimable.

Bonheur, oui. Entaché par la mort de mon fils, oui. Mais j'avais tout.

Fortune... Entre les fiefs d'Olivier et ceux de Montaigu, de la Garnache et de Noirmoutier que j'avais hérités de mon père, nous formions l'une des plus puissantes familles des anciennes marches de Bretagne.

Relations... Mon mariage avec Guy de Penthièvre, autant que son amitié avec Olivier, nous avaient l'un comme l'autre rapprochés du duc[1] dont Guy était le frère cadet. À cette cour, brillante et joyeuse, j'avais retrouvé mon premier fils, né de Geoffroy, qui attendait sa majorité en qualité d'écuyer du duc pour me reprendre ses terres de Châteaubriant dont j'avais toujours la tutelle. J'y croisais aussi quelquefois sa sœur, Louise. Mais elle détournait systématiquement les yeux en me voyant, préférant l'attention de sa future belle-mère[2], qui depuis son plus jeune âge l'élevait à ma place. Tous deux étaient si loin de moi depuis si longtemps, que je n'ai jamais pu leur en vouloir de cette distance. Moi-même je l'avais initiée dès l'instant où il avait fallu que je me protège de la déchirure de notre séparation, puis du manque d'eux. Je n'ai jamais su ce qu'ils pensèrent de mon mariage avec Olivier, mais le regard qu'ils portaient sur Ysabeau à l'époque était, lui, sans équivoque. Ils la détestaient.

Bref, revenons-en à la cour du duc que nous fréquentions assidûment, forts d'amis aussi puissants que Guy de Penthièvre ou Jean de Montfort que j'avais connu à la Garnache. Il n'était pas de la troupe qui avait accompagné mon père et Geoffroy sur l'île d'Yeu. Quand il avait

1. Jean III de Bretagne.

2. Béatrix de Bretagne. Elle était la sœur d'Alix de Bretagne, de Guy de Penthièvre, de Jean de Montfort et du duc de Bretagne Jean III.

appris de quelle manière avait été négocié mon contrat de mariage, il s'était détourné de Geoffroy pour se rapprocher d'Olivier. Je l'ignorais. Depuis, il avait épousé Jeanne de Flandres qui avait fait parler d'elle avec la disparition de la sainte ampoule[1] quelques années plus tôt. Brillante, belle et fougueuse, elle me ressemblait et me devint vite une amie. Nous étions aussi très proches de Jeanne, la fille que Guy avait eue de sa première épouse. Bien que née boiteuse, c'était une jolie damoiselle vive d'esprit et dont le goût pour le trobar s'épanouissait dans un timbre de voix mélodieux qui enchantait chaque fête donnée par le duc. Fêtes au cours desquelles mon amitié avec ces deux Jeanne s'exprimait joyeusement à coups de rires, de mots d'esprit et de conversations débridées. Fêtes qui furent pourtant entachées en 1331 par la mort de notre cher Guy de Penthièvre.

Renommée… Celle d'Olivier ne faisait aucun doute. Partout, on louait la valeur de son épée et son sens de l'honneur. Quant à moi, j'avais tué deux loups. Qu'importe que mon précédent époux n'ait survécu au dernier. C'était un exploit dont aucune femme ne pouvait se prévaloir. Qui me croisait me vouait respect.

Santé… Robustes, menant vie frugale en dehors des mondanités, aimant l'un comme l'autre le grand air et l'exercice, Olivier et moi résistions à tous les maux. Si Geoffroy n'avait pas réussi à m'abattre à force de sévices, quel refroidissement le pourrait ? riait Olivier.

Amour… ai-je besoin d'en reparler ?

Famille, enfin… Elle s'agrandit au fil des années. Après Ysabeau dont la présence lumineuse nous remplissait de

1. Fille du comte de Nevers et de la comtesse de Rethel. Voir *La Fille des Templiers*, tomes 1 et 2.

joie, en 1336 nous naquit un nouveau fils, Olivier Junior, puis un autre, Guillaume, en 1338. Ce fut ensuite le tour de Jeannette en 1340. Des enfants que je pus, eux, élever ainsi que ma mère l'avait fait avec moi. Leur enseignant à se soutenir les uns les autres, à se protéger, à s'aimer, à se respecter. Leur inculquant les devoirs de la noblesse avant même ses droits, les menant aux salins, à la pêche, au ramassage du goémon, des coquillages. Leur apprenant à reconnaître un oiseau à son chant et à tous et toutes le maniement de l'épée.

Près d'eux, Bertrand et Auline retrouvaient le rôle que ma mère leur avait donné et que je voulais, plus que tout le reste, leur léguer. Ce n'était pas seulement son héritage, le souvenir d'elle que je leur transmettais, c'était sa façon de voir et de concevoir le monde dans lequel nous évoluions. Une vision de justice, d'équité, d'honneur. Une vision puisée dans la littérature, dans l'écoute et la pratique du trobar, dans le respect du vivant. Un enseignement à la fois religieux et profane qui louait aussi bien la main de Dieu que celle de la sorcière du marais, puis de sa fille lorsque la vieille guérisseuse s'éteignit par un soir d'été.

À cela s'ajouta notre joie de voir Ysabeau tomber amoureuse à son tour, de convoler en noces en 1340 puis de donner à son époux, Jean de Rieux, deux enfants qui firent de moi une grand-mère comblée.

Chaque jour, chaque heure, chaque minute de ces treize années sont inscrites en moi comme des parcelles d'étoiles. Si scintillantes qu'aucun diamant ne put jamais rivaliser avec leur éclat et leur beauté. Elles éclairèrent ce phare, géant, dressé à la face du monde, que constituèrent notre puissance, notre intégrité.

Je n'aurais jamais cru que la mort du duc de Bretagne, en 1341, allait en saper le pied.

22.

La succession de Jean III au duché de Bretagne s'inscrivit dans un contexte délétère : depuis 1337, la France et l'Angleterre étaient en guerre, même si cela avait, jusque-là, peu affecté la Bretagne.

Vous vous en souvenez sûrement, Geoffroy avait participé à la prise de la Guyenne en 1324 pour défaut d'allégeance d'Édouard II d'Angleterre envers le roi de France Charles IV. Je ne m'étendrai pas sur les raisons d'agir de l'un et de l'autre, il suffit de savoir que, pour ce territoire, le roi d'Angleterre était vassal de celui de France et que les deux monarques étaient d'une grande susceptibilité.

En 1325, décidé à récupérer ses terres, Édouard II s'inclina. Il n'obtint en échange qu'une partie de la Guyenne, ce qui fut loin de lui suffire. En 1327, il mourait et Charles IV offrait à Édouard III de récupérer l'intégralité de son duché en échange d'une indemnité de guerre.

Tout aurait donc dû être réglé.

Las, en février 1328, lenteurs administratives ou mauvaise volonté, la Guyenne était toujours française et Charles IV décédait à son tour, laissant Édouard III face à son amertume. Amertume qui s'amplifia avec le choix du successeur au trône de France.

Pour faire simple, c'est Isabelle, la mère d'Édouard III, qui aurait dû être couronnée, car elle était la sœur de

Charles IV et donc la dernière des Capétiens. Mais, immédiatement, le royaume serait devenu anglais. C'était inacceptable pour les pairs de France. Ils préférèrent briser la lignée en choisissant Philippe de Valois, le neveu de Charles IV, et en le sacrant sans attendre.

Malgré sa colère et sa frustration, le 6 juin 1329, Édouard III vint lui rendre hommage dans l'espoir de maintenir les accords concernant la Guyenne. Il fut déçu. Philippe de Valois était revenu dessus et comme Charles IV avant lui, s'en octroyait une partie. Comprenant qu'il n'obtiendrait rien de mieux, il n'eut d'autre choix que d'accepter.

Mais l'animosité entre les deux hommes resta d'autant plus larvée qu'Édouard III était en conflit avec l'Écosse et que Philippe de Valois avait conclu une alliance avec celle-ci. En 1336, il découvrit que le roi de France avait armé une importante flotte pour envahir les côtes anglaises. Cette fois c'en fut trop. Perdant patience, il décida de contester la légitimité de la lignée des Valois et fit valoir la sienne. La réponse du roi de France ne tarda pas. Il confisqua à nouveau la Guyenne, cette fois pour félonie.

Le 7 octobre 1337, la guerre entre les deux royaumes était déclarée.

Revenons-en maintenant à celle du duché de Bretagne, puisque, pour mon infortune, les deux finirent par être liées.

En avril 1341, alors que la France et l'Angleterre venaient de conclure une courte trêve, Jean III, qui n'avait pas eu d'enfants, mourut sans avoir désigné son successeur, laissant deux clans se déchirer.

Dans le premier se trouvait Jean de Montfort[1] qui avait épousé Jeanne de Flandres.

---

1. Jean de Montfort était le demi-frère de Jean III.

Dans le second, Jeanne la Boiteuse[1], mariée depuis 1337 à Charles de Blois[2].

Dès lors, il fallut se déclarer soit en faveur de l'un, soit en faveur de l'autre, ce que notre amitié pour les deux Jeanne nous interdisait.

Sur cet échiquier vinrent se greffer les enjeux politiques des deux rois. Celui de France ne tarda pas à imposer Charles de Blois à la tête du duché. Une nouvelle fois, cela exaspéra le duc d'Angleterre, qui aussitôt décida de soutenir Jean de Montfort.

La Bretagne se retrouva écartelée quand jusque-là elle avait été indépendante et neutre. À l'image de ce que nous aurions voulu rester.

Comment y parvenir, pourtant, dans ce chaos qui s'annonçait ?

---

1. Jeanne la Boiteuse était la fille de Guy de Penthièvre, le frère de Jean III.
2. Neveu de Philippe de Valois.

23.

— Je crains que cette fois, nous n'ayons plus le choix, Jeanne. Il va nous falloir choisir un camp…

Je le revois encore, mon bel époux, les sourcils froncés et la mine sombre, déposer son épée sur le plat de la table, comme un défi à ce qui nous attendait en ce début novembre 1341.

Nous étions à Nantes depuis une semaine, ville dans laquelle nous avions échangé notre premier regard, et logions dans la jolie demeure de famille qu'Olivier possédait, la préférant au vieux logis dont j'avais hérité et qui gardait en ses murs le souvenir des coups de mon père. Olivier venait de rentrer du port Maillard, tout proche, où il était allé vérifier un chargement de laine en provenance des Flandres. Si, depuis quelques mois, la trêve avait permis une légère reprise du commerce, elle ne durerait pas. Il fallait anticiper, renforcer le nombre de commandes pour pallier le manque de denrées qui suivrait le retour des hostilités. Olivier y employait ses journées. D'autant plus ardemment que la guerre de Succession de Bretagne s'était durcie depuis que Jean de Montfort s'était emparé du trésor des ducs. Il le faisait garder à Nantes dont il avait fait sa base, les Nantais ayant choisi de le suivre contre Jeanne la Boiteuse et son époux. Allié au duc de Normandie[1], Charles de Blois lui menait une guerre ouverte, lui enlevant une à une les places fortes qui lui étaient acquises. La situation devenait invivable. Pour nous aussi. Nous étions écartelés. Car, si Olivier était l'un des fleurons les plus dévoués au royaume de France, il en était aussi probablement l'un des plus ambitieux. Cela faisait quelques années déjà qu'il rêvait d'obtenir la charge de connétable du roi. Alors même que Jean de Montfort espérait le voir se rallier à lui.

— J'en conclus que les nouvelles ne sont pas bonnes, ai-je soupiré en regrettant la quiétude des jours passés.

Ne répondant pas, il est venu m'enlacer, m'embrasser derrière l'oreille comme j'aimais.

— Où sont les enfants ? a-t-il demandé en promenant son nez dans mon cou, me faisant frémir tout entière.

— Avec Auline et Bertrand près du montreur de foire, ai-je murmuré sur ses lèvres.

Sa main est descendue sur mes reins, achevant de m'embraser.

— Pourquoi ne les as-tu pas accompagnés ? Tu adores quand les garçons s'essaient à la soule ou que Jeannette se barbouille le nez avec une pomme d'amour.

— Migraine.

Il a posé son front contre le mien.

— Toujours ?

Je me suis mordu la lèvre.

— Elle vient de passer.

— Tant mieux.

Il m'a relevée à pleines mains par les fesses. J'ai enroulé mes cuisses à sa taille, l'ai laissé me ramener vers la table, m'asseoir dessus.

1. Jean II, fils du roi de France Philippe de Valois. Il lui succédera sur le trône.

Je me suis mise à rire.

— Ne devrions-nous pas discuter plutôt ?

— Si, a-t-il murmuré en me pliant sous lui.

Je me suis abandonnée.

Le désir que nous avions l'un de l'autre était comme une tempête sur l'océan. Imprévisible et violent. Et pourtant toujours d'une sensualité exacerbée. Quand ce n'était pas lui qui cherchait caresse, c'était moi. La moindre occasion s'y prêtait. Malgré le poids des années sur notre couple, nous étions toujours assoiffés d'amour.

Cette fois-là n'y dérogea pas. Peut-être notre étreinte fut-elle plus ardente encore, comme si nous sentions tous deux que nous étions à un tournant de notre vie. Et que, quelle que soit notre décision, nous allions devoir en payer le prix.

Mes jupons retombés, Olivier est allé nous servir un verre de cidre. Je l'avais rejoint quand il me le tendit, le front de nouveau plissé par la contrariété.

— Dis-moi, ai-je réclamé.

Il a pris le temps d'une gorgée avant de me répondre.

— Montfort est acculé. Il va se retrancher ici.

J'ai immédiatement compris ce que cela signifiait. Sitôt de retour, Jean bouclerait les portes de la cité et réclamerait de ses amis qu'ils l'aident à la garder.

— Si je le secours, j'affiche ouvertement ma préférence. De même si je ne le fais pas. Je suis entre deux feux, Jeanne. Je ne peux pas renier ma fidélité au royaume de France, ce serait contraire à mon code de l'honneur, mais je sais aussi que le combat de Jean est justifié.

J'étais de son avis. Pour repousser les prétentions d'Édouard III, les pairs du royaume avaient invoqué le fait que les femmes devaient être écartées de toute succession. Pourtant, tournant veste, ces mêmes pairs avaient donné le duché à Jeanne la Boiteuse. Position hautement contradictoire s'il s'en fut, car si Jeanne la Boiteuse était légitime, alors la mère d'Édouard III l'était aussi. À l'inverse, si Philippe de Valois était maintenu sur le trône de France, il n'y avait aucune raison pour que Jean de Montfort, de lignée plus directe, ne le soit pas aussi sur celui de Bretagne. Ce qui poussait Philippe de Valois à préférer Jeanne la Boiteuse à Jean était que Charles de Blois était son neveu, tout entier dévoué à la cause française.

Je suis revenue me blottir contre la poitrine d'Olivier.

— Je partage ton sentiment, amour. Jean aurait dû être choisi. Mais je n'oublie pas que nous avons, tous deux, et moi plus que toi encore, une dette immense envers Guy de Penthièvre. Certes, il n'est plus là pour nous la réclamer. Mais…

— Mais notre conception de l'honneur l'exige et nous ne trouverons pas de meilleure manière de l'exprimer qu'en rejoignant le camp de sa fille.

— Oui… sans compter que, tu l'as dit, ta bannière a toujours claqué près de celle de la France. Peu importe que nous approuvions ou non les manières de son roi actuel. C'est à elle que nous devons donner notre préférence. Même si notre cœur doit en saigner.

Il a embrassé mon front dans un profond soupir.

— Je vais aller chercher les enfants. De ton côté, prépare les malles. Je veux que vous ayez quitté la ville avant que Jean n'y entre. Il n'est pas question qu'ils voient cela.

J'ai levé les yeux.

— Sa défaite ? Ou notre désaveu ?

Il m'a renvoyé un sourire triste.

— Les deux.

24.

Olivier ne me donna aucun détail quand il revint à Clisson quelques jours plus tard et, par lâcheté sans doute face à mes propres remords, je n'en ai pas demandé. Tout ce que je sus fut que Jean de Montfort avait été saisi puis emprisonné à Paris. Et que ma chère Jeanne, avec ce caractère entier et déterminé que je lui connaissais, avait décidé de continuer la lutte. Par amour pour son époux.

J'en fus admirative, même si je devinai que je n'aurais pas, désormais, l'occasion de le lui dire. Jeanne de Flandres était une femme hors du commun. Je savais, de sa bouche même, que, cachée aux yeux de tous dans le clos du dernier béguinage de France, elle avait été la maîtresse de Charles IV avant leurs mariages respectifs. Mais aussi que, comme sa mère avant elle, elle restait la gardienne du secret de la sainte ampoule.

— Je n'hésiterai pas à en faire profiter Édouard III si Philippe de Valois s'entête dans ses torts, avait-elle lâché comme une menace, lors de notre dernière rencontre.

Si seule l'huile miraculeuse contenue dans cette fiole avait, par son onction, le pouvoir de faire d'un roi de France un roi divin, j'ignorais, en vérité, quel impact cela aurait s'il en était privé. Au regard rancunier de Jeanne de Flandres, j'avais en tout cas été convaincue que, elle, elle le savait. Comme si elle en avait déjà expérimenté les effets. Elle avait refusé de s'en expliquer, me disant seulement que la lignée masculine des Capétiens ne s'était pas éteinte par hasard. Et lorsque, pour justifier cela, j'avais fait référence à cette malédiction jetée par le dernier grand maître de l'ordre du Temple avant sa fin tragique sur le bûcher, elle avait pris un air plus énigmatique encore avant de conclure :

— Certaines malédictions sont au diable ce que l'épée est aux hommes, mon amie. Un moyen de se venger[1].

Voici à qui Philippe de Valois allait devoir se frotter. Une tigresse rendue enragée par le bon droit de son époux et sa capture injustifiée.

Je n'imaginais pas alors qu'un jour je lui ressemblerais.

Toujours est-il que, sept mois plus tard, Jeanne de Flandres, engagée dans une guerre qui se durcissait de jour en jour, faisait montre d'un tel courage, d'une telle ténacité, que mon respect pour elle s'en trouva amplifié. Jugez-en plutôt :

Au mois de juin de cette année 1342 une cuisante défaite à Guernesey l'avait forcée à se retrancher dans la cité d'Hennebont qui faisait partie de ses domaines. Cité qu'aussitôt Charles de Blois s'est empressé d'assiéger. Croyez-vous que cela ait effrayé la comtesse de Montfort ? Que nenni ! Un mois plus tard, la rumeur se répandait, racontant que, voyant cette soldatesque ennemie au pied des remparts et de la rivière, elle avait grimpé au sommet de la plus haute tour, puis s'était mise à haranguer les habitants et ses propres soldats qui, intrigués par son attitude, s'étaient rassemblés. Elle les avait si bien motivés à résister que Charles de Blois n'avait pu entrer dans la ville. Pour autant, elle était prisonnière en ces

1. Voir *La Fille des Templiers*, tomes 1 et 2.

murs et le siège risquait de s'éterniser. Lors, profitant d'une nuit sans lune, elle s'était glissée à l'extérieur de l'enceinte avec une poignée d'hommes dévoués. Puis, tandis qu'ils claquaient le cul des chevaux ennemis arrachés à leur enclos, elle avait fait le tour des tentes, armée d'une torche. En quelques minutes celles-ci flambaient si bien et les soldats, affolés, étaient si désorganisés qu'aucun ne songea à la courser quand elle fila avec ses lieutenants, enchantée du méchant tour qu'elle venait de jouer. Le lendemain elle revenait à la tête de six cents chevaliers et boutait Charles de Blois hors ses terres.

De cet instant, on ne l'appela plus que Jeanne la Flamme. Et partout où elle passait, disait-on, soit on fuyait, soit on l'acclamait au même titre que son époux toujours captif.

La considérai-je dès lors comme une héroïne, malgré le parti que nous avions choisi ? Sans conteste. Suffisamment pour m'en inspirer lorsque mon tour viendrait de me venger ? Je l'ai toujours pensé.

Quoi qu'il en soit, pour faire face à cette diablesse et à cette torche enflammée qu'elle promenait désormais comme bannière au rythme de ses chevauchées et de sa guerre pour la succession au trône de Bretagne, Philippe de Valois jugea qu'il fallait un homme d'une droiture exceptionnelle et dont le nom portait haut, à la fois les couleurs de la Bretagne et celles de France.

Il choisit Olivier.

25.

Dans les jours qui suivirent, nous reçûmes à Clisson la visite d'un messager royal. Olivier était nommé gouverneur de Vannes que Jeanne de Flandres avait perdue en mai. Vannes était la capitale du duché. Si Jeanne parvenait à la reprendre, beaucoup de bannerets[1] ayant abandonné la lutte reviendraient à ses côtés. La décision du roi était donc hautement stratégique. En plaçant Olivier à la défense de cette cité, lui, si proche jusque-là des Montfort, plutôt qu'un autre, il leur envoyait un puissant signe, les appelant à se rallier à la France plutôt qu'à l'Angleterre dont Jeanne de Flandres était devenue la protégée.

J'aurais voulu le suivre là-bas. Il sut me rendre à la raison. Nos enfants avaient besoin de moi. Nos gens avaient besoin de moi. Rester à Clisson n'était pas se cantonner à l'attendre. Plus que jamais tout manquait. Nourriture, bois de chauffage, vin, draps et j'en passe. Il y avait fort à faire, partout sur nos terres et inlassablement, pour soulager misère et désillusion. Déjà notre château de Blain servait, depuis janvier, de quartier général au lieutenant du roi. L'homme avait été chargé de soutenir l'action conjointe de Charles de Blois et du duc de Normandie.

1. Seigneurs pouvant réunir des vassaux et, à leur tête, grossir les rangs de l'armée royale pour laquelle ils avaient prêté allégeance. On disait d'eux qu'ils levaient bannière.

Briser la résistance des cités encore acquises aux Montfort ne suffisait pas, il fallait convaincre leurs plus fidèles partisans de prêter allégeance à Jeanne la Boiteuse. Or, les montfortistes, comme on les appelait par opposition aux blésistes[1], n'entendaient pas se laisser intimider. Certains d'entre eux, regrettant le choix d'Olivier, poussaient même jusqu'en nos domaines, effrayant les paysans pour se ravitailler.

— Ils n'auront pas tous la magnanimité de Jean, avait ajouté Olivier.

De fait, il m'avait avoué que celui-ci l'avait serré dans ses bras avant de devoir capituler à Nantes.

— Je connais la valeur de ton amitié. Elle n'a d'égale que ton sens de l'honneur, lui avait-il dit. J'espérais ton soutien c'est vrai, mais je comprends que tu ne me l'accordes pas. À histoire égale, si j'avais été à ta place et toi à la mienne, j'aurais fait le même choix.

Cela avait adouci le remords d'Olivier. Pour autant, il le savait en me quittant, il allait devoir combattre Jeanne de Flandres. Car tôt ou tard, elle reviendrait sous les murs de Vannes avec ses troupes.

Plus que lui, je redoutais cet affrontement, guettant chaque courrier, divisant mon temps entre stratégie pour renforcer les défenses de Clisson, de la Garnache et de Montaigu, mon rôle, si important à mes yeux, de mère, la protection de nos métairies, de nos cités et l'angoisse de savoir Olivier loin de moi.

Octobre vint. Et le cauchemar commença.

Olivier s'était accordé quelques jours en notre compagnie quand déboula un messager, les habits ruinés par le mauvais temps.

1. Partisans de Charles de Blois et de Jeanne la Boiteuse.

— Vannes, messire ! Vannes a été reprise ! a-t-il annoncé avant qu'Olivier ait rompu le sceau de Charles de Blois.

Nous avons pâli en même temps. Le souffle retenu, je l'ai laissé lire, puis me faire face, le pli au bout de son bras, froissé par la crispation de ses doigts.

Je ne l'avais jamais vu comme cela, à la fois blême et brûlant de rage. À cet instant, j'ai su ce qu'il pensait : il aurait dû se trouver là-bas. À son poste. Pas ici, avec moi et les enfants. Il avait failli. Il s'en voulait.

— Plus de dix mille hommes menés par Robert d'Artois, augmentés de cent sergents et d'autant d'archers conduits par Jeanne la Flamme, a-t-il relayé, le timbre haché par la colère et la frustration. Ils ont donné l'assaut sur trois des côtés de la ville avant que mes hommes ne les repoussent.

— Alors que s'est-il passé ? Comment Vannes est-elle tombée ?

Le messager a secoué la tête. Il était rongé par la fatigue. Il avait dû cravacher sa monture sans discontinuer pour le prévenir au plus vite.

— Ils ont attendu la nuit, raconta-t-il à son tour d'une voix morte. Menée par Artois, une petite troupe a allumé des feux devant deux des portes de la ville, y attirant aussitôt la garnison. Pendant ce temps, une autre s'attaquait à un pan de muraille, à l'opposé, créant une brèche. Au petit jour, ceux des nôtres qui n'avaient pas réussi à s'échapper furent massacrés. À l'heure où l'on m'a chargé de vous remettre ce message, la comtesse entrait dans Vannes avec tous ses capitaines pour y rejoindre le comte d'Artois.

J'admirai Jeanne de Flandres, certes, mais je voyais aussi en cet instant briller dans le regard d'Olivier le besoin de revanche. Il n'avait pas quitté Vannes depuis son arrivée là-bas fin juin. Quatre mois. Il était resté loin de moi, de ses enfants durant quatre mois. Je pouvais lire dans ses pensées.

— Elle a attendu mon départ, a-t-il lâché, amer.

À cet instant, Auline est entrée dans la grand'salle. Je n'ai rien eu besoin de dire. À la mine d'Olivier, elle a compris et nous a débarrassés du messager en lui proposant à boire et à manger.

Je me suis retrouvée seule avec mon aimé. Il avait profité de cet intermède pour se planter devant la fenêtre. Je l'y ai rejoint. En silence, nous avons regardé un instant les bourrasques courber la tête des peupliers, les éclairs traverser l'obscurité de zigzags fulgurants. L'orage approchait, mais je devinai qu'il serait moindre qu'en le cœur d'Olivier.

Je devais l'apaiser avant qu'il ne soit dévoré par la culpabilité.

Je me suis blottie contre son dos, ai enroulé mes bras autour de sa poitrine qui tambourinait.

— Elle nous connaît bien, Olivier. Elle savait que tôt ou tard, tu reviendrais vers moi. Que la défense de la ville serait plus fragile sans toi. Elle en a profité. C'est de bonne guerre…

Il a consenti à lâcher la lettre à terre, à refermer ses mains sur les miennes.

— Est-ce aussi ce que pensera le roi selon toi ?

Je me suis crispée.

— Que veux-tu dire ?

Il s'est retourné, m'a fixée de ses grands yeux d'océan au bord de la tempête.

— On pourrait tout autant penser que j'étais au fait de l'imminence de son attaque, que j'ai fui pour ne pas avoir à me retrouver en face d'elle, à la combattre personnellement. Voire que, ce faisant, je lui ai offert la place. Le duc de Normandie était là quand Montfort m'a serré dans ses bras. Crois-tu qu'il ne se demandera pas si l'affection que je lui porte n'a pas joué dans tout cela ? Si je n'ai simplement pas trahi la confiance du roi ?

J'ai pris son visage tourmenté entre mes mains.

— Alors il ne te reste qu'une option… Te rendre aux écuries, cravacher sous l'orage, réunir autant d'hommes que tu peux en trouver et, avant même que Jeanne de Flandres n'ait fait combler les brèches dans les murailles, regagner ton honneur et la ville.

Ainsi fut fait.

Moins de trois semaines plus tard, fort des douze mille hommes qu'il avait levés et auxquels étaient venues s'ajouter les troupes du maréchal de Bretagne, Olivier reprenait Vannes des mains du comte d'Artois qui la gardait pour Jeanne de Flandres.

26.

Robert d'Artois était un vaillant combattant, un fin stratège, bien que vieillissant et brouillon au dire d'Olivier. Quoi qu'il en soit, c'était une épine plantée dans le talon du roi de France depuis l'année 1332 où, devant le conseil des pairs, il avait produit de faux documents contre sa cousine qui, comme lui, briguait la succession du comté d'Artois. L'affaire avait été éventée, lui accusé de crime de lèse-majesté, ses biens confisqués. Banni par Philippe de Valois dont pourtant il avait été l'un des plus habiles conseillers et amis, il avait rejoint l'Angleterre en 1334. Dès lors, il avait ourdi sa vengeance. D'abord en incitant Édouard III à réclamer le trône de France, ensuite en lui fournissant toutes les informations dont il avait besoin sur l'état désastreux des finances françaises et sur la cour, permettant ainsi à l'armée anglaise d'emporter de nombreuses batailles. Depuis 1336, il était déclaré ennemi du royaume.

Tandis qu'il reprenait Vannes, Olivier fut convaincu que sa ténacité et sa bravoure ne suffiraient pas à laver son honneur entaché. Il devait offrir davantage à Philippe de Valois.

« *Lors,* m'écrivait-il dans la lettre que je reçus mi-novembre, *j'ai traqué Artois dans la cité, puis, ayant réussi à l'isoler de ses hommes, je me suis mesuré à lui à l'épée.*

Profitant d'une diversion, il a réussi à s'enfuir après que je l'eus sérieusement entaillé à la base du col. J'enrageai car je pensais qu'il survivrait à cette blessure. Ce ne fut pas le cas. Il n'a eu que le temps d'être convoyé à Londres dans l'espoir qu'on le soigne avant de succomber. Sa mort est une perte sévère pour l'Angleterre, Jeanne. Charles de Blois m'a offert l'accolade pour m'en féliciter, m'assurant que le roi ne l'oublierait pas. Je suis soulagé et peux de nouveau garder avec fierté la cité qui m'a été confiée. Comme de ton côté tu le fais de notre amour, de nos enfants et de nos terres… »

Je me souviens d'avoir couru dans le château, de pièce en pièce jusqu'à celle où jouaient les enfants, agitant cette lettre comme une bannière.

Jeannette n'avait encore que deux ans et ne comprit rien à mon excitation, même si le souvenir de son rire à me voir paraître ainsi, échevelée et radieuse, chatouille mélodieusement mes oreilles. Guillaume et Junior, eux, se sont levés d'un bond pour sauter autour de moi. Âgés respectivement de quatre et six ans, ils étaient friands des récits épiques ou arthuriens. Je leur contai l'exploit de leur père, regrettant juste à cet instant qu'Ysabeau ne puisse battre des mains comme elle le faisait en son jeune âge. Je l'ai dit, je crois, elle avait convolé avec Jean de Rieux qu'Olivier avait eu sous son commandement et que nous appréciions d'autant plus qu'elle en était tombée éperdument amoureuse. Le fait que leur domaine soit voisin du nôtre à Blain nous permettait de profiter souvent d'elle et de nos deux petits-enfants. J'avais beau la savoir merveilleusement épanouie bien que pressée d'accoucher du troisième, elle me manqua ce soir-là, dans notre belle demeure de Clisson, quand nous fêtâmes ce que nous pensions être la plus belle victoire d'Olivier.

Comment, éperdus de fierté, aurions-nous pu imaginer qu'en tuant Artois il avait coupé l'herbe sous le pied de Charles de Blois qui aurait voulu pouvoir s'en rengorger auprès du roi ? Comment imaginer que son accolade et les félicitations dont il avait couvert Olivier cachaient une jalousie amère ? Une jalousie qui lui ferait chercher le moyen de se venger de l'attention que le roi lui accordait.

M'en lamenter aujourd'hui ne change rien. J'ai bien suffisamment retourné mes regrets dans mon cœur et ma tête pour arriver au même constat : l'histoire, hélas, ne peut être refaite. Nous n'avons rien vu, ni lui ni moi. Pas même l'époux d'Ysabeau. Pas même Raoul de La Guérinière ou les Malestroit, nos voisins et amis qui surveillaient toujours ses arrières au cours des batailles.

N'avions-nous pas, tous, à ce moment-là, le sentiment de mener le même combat ?

Car il reprit bien vite. La mort du comte d'Artois avait ravi Philippe de Valois, mais rendu furieux Édouard III. Il vint en personne assiéger Nantes, Rennes et Vannes. Les amiraux de France eurent beau couler des vaisseaux, limitant l'apport d'armes et de vivres à l'armée anglaise, rien n'y fit.

Pas même cette fois la bravoure d'Olivier.

Le 5 décembre de cette année 1342, sorti avec quelques hommes pour repousser l'attaque d'un pan affaibli de la muraille, il fut capturé.

Le temps qu'on m'en informe, il voguait, bracelets de fer aux poignets, en direction de l'Angleterre.

27.

Je n'avais pas eu le cœur de passer la Noël à Clisson. Seules les murailles du château de mon enfance m'avaient semblé refuge. Elles avaient gardé en elles la douceur des caresses de ma mère dans mes cheveux, son parfum au-dessus de moi quand, d'un souffle sur mon front, elle chassait un cauchemar qui m'avait éveillée. J'avais quarante-deux ans désormais, mais c'était toujours vers son souvenir que mes pensées me ramenaient quand j'avais peur. Auline m'avait un jour avoué qu'elle aussi sentait sa présence dans le donjon de la Garnache, et je n'étais pas loin de croire qu'elle veillait sur moi quand j'y venais. Vrai ou faux, la « sentir » finissait toujours par m'apaiser d'ordinaire. Mais cela faisait quatre jours que j'étais là et mon estomac était toujours autant noué.

— Vous ne devriez pas vous en faire pour votre époux, dame Jeanne, a soupiré ma bonne Auline en remettant devant moi le pâté en croûte que je venais de repousser d'une main molle.

Les enfants étaient couchés, Bertrand faisait sa ronde auprès des sergents, s'assurant que nous passerions une nuit de plus en sécurité.

J'étais seule à table avec elle.

Refusant de regarder la pâte gonflée et dorée à souhait, j'ai soupiré :

— Manger ne le fera pas revenir plus vite...

— Mais vous assurera d'être en bonne forme quand vous le reverrez, a insisté Auline.

Elle aussi avait vieilli. Tout comme Bertrand, elle approchait de la soixantaine et il ne se passait plus un jour où, malgré leur tempérament robuste, je ne craignais désormais de les perdre l'un ou l'autre. Avec la capture d'Olivier cette angoisse refusait de me quitter.

— S'il vous plaît, Jeanne, a insisté Auline. Vous êtes si pâlotte. J'ai mis de la cannelle pour vous fortifier. Et puis, vous devez penser aux enfants. Ils ont besoin d'une mère en bonne santé.

J'ai coupé un morceau et l'ai porté sans faim à mes lèvres. Elle avait raison, je le savais, mais chaque bouchée me laissait un goût amer en bouche. Je ne pouvais l'expliquer, ni même le justifier, mais tout me semblait vicié. Le vin, l'eau, la nourriture, même l'air que je respirais.

— Crois-tu que ce soit la malédiction de mon père qui nous rattrape ?

Elle a suspendu sa cuillère au bord de ses lèvres, l'a reposée dans son écuelle en secouant sa belle tête ronde et ridée.

— Allez-vous en finir avec cette vieille histoire ? Vous l'avez vaincue cette malédiction, Jeanne ! Vous avez épousé Olivier. Il vous a donné les plus merveilleux enfants du monde. Ne vous gâtez pas l'humeur et le teint avec de vieilles superstitions. Sans quoi vous n'aurez pas besoin d'un coup de froid pour tomber malade.

J'ai hoché la tête, mangé pour lui faire plaisir, mais lorsque je me suis couchée une grosse heure plus tard, j'avais toujours le sentiment que le malheur allait me rattraper.

Est-ce ce qui maintint mon esprit en alerte cette nuit-là ? Je ne sais, mais je me suis éveillée en sursaut et aussitôt dressée dans l'obscurité, certaine d'avoir perçu du bruit près de ma couche.

— Qui va là ? ai-je demandé, le cœur battant la chamade.

— Moi. Ce n'est que moi.

Cette voix. Ma gorge s'est serrée et l'espace d'une seconde, malgré la douceur du ton, je me suis sentie plus encore en danger.

Imaginant que je rêvais tant il était impossible que l'un ou l'autre de mes gardes lui ait ouvert les portes du château et Bertrand celles du donjon, je n'ai pas répondu.

Un glissement, puis le battement d'un briquet ont précédé l'éclat grandissant d'une lanterne. Et je l'ai vue, enveloppée dans une mante de laine, le capuchon sur les épaules. Elle souriait, sans aucune animosité dans le regard. Au contraire, voyant que je me reculais contre les oreillers, de la tristesse a voilé ses traits.

— Vous n'avez rien à craindre de moi, Jeanne. Et vous me blesseriez en pensant le contraire. Ne sommes-nous pas amies ? Ne l'avons-nous jamais été ? a insisté Jeanne de Flandres.

— Si, ai-je fini par reconnaître en relâchant un peu ma garde.

— Puis-je m'approcher ?

— Bien sûr.

Mon assurance revenait. Ma confiance en elle, en ce que nous avions vécu aussi.

— Comment êtes-vous entrée ? ai-je demandé tandis qu'elle déposait sa lanterne sur un meuble.

— Par le souterrain.

— Évidemment, n'ai-je pu m'empêcher de sourire.

Je ne pouvais compter le nombre de fois où Olivier avait raconté aux Montfort comment il m'avait rejointe ici en secret, son bonheur le jour de la naissance d'Ysabeau et notre déchirure d'avoir dû nous en séparer jusqu'à ce que nous puissions convoler ensemble.

Elle s'est assise sur le bord du lit, près de moi et j'ai perçu la profonde lassitude qui creusait son visage.

— Allez-vous bien ? me suis-je inquiétée en lui prenant les mains.

Elle les a serrées dans les siennes. Mon cœur s'est réchauffé d'un bloc.

— Oui, oui, m'a-t-elle assuré. Je suis juste éreintée. Éreintée de chevaucher sans cesse, de devoir diriger une armée et manier l'épée. Savez-vous quel est le nouvel argument du roi de France pour m'abattre, pour faire en sorte que les partisans de Jean cessent de me suivre ? Me faire passer pour folle. Il doit avoir raison puisque l'amour est folie et que lui seul justifie mon acharnement. Mais, fi, ce n'est pas pour parler de moi que je suis ici. Je voulais vous rassurer, Jeanne. Vous porter moi-même des nouvelles d'Olivier.

Des larmes me sont montées aux yeux.

— Il est bien traité, j'y ai personnellement veillé, s'est-elle empressée d'ajouter.

— Alors vous ne lui en voulez pas ?

Elle s'est mise à rire.

— Grand Dieu, non ! De quoi d'ailleurs ? D'avoir fait son devoir comme j'ai fait le mien ?

— D'avoir permis la capture de Jean, de servir l'autre camp.

Sa paume calleuse est venue envelopper ma joue.

— N'a-t-il pas convaincu son frère de rejoindre le mien ?

C'était vrai.

— Et puis, Jeanne de Penthièvre aussi était mon amie. Avez-vous oublié nos fous rires, notre complicité lorsque nous nous retrouvions à la cour de Limoges ? En ce temps-là, elle chantait, elle riait, embrassait Jean sur la joue, convaincue qu'il serait le prochain duc. C'est sous la pression de son époux et du roi de France qu'elle a remis en cause sa légitimité et déclaré la sienne. Non, Jeanne. Si j'en veux à quelqu'un, c'est à ce fourbe de Philippe de Valois. Ce roi dépensier et cupide qui s'empare de la Bretagne de la même manière qu'il s'est emparé sans vergogne d'une partie de la Guyenne. Tout cela parce qu'il a dépensé sans compter pour sa propre gloire, vidant les coffres, ruinant la France, condamnant son peuple à la misère. Oubliant qu'autrefois c'était l'or du Temple qui compensait les excès des rois.

— Vous vous emportez…

Elle a souri.

— Ma flamme est loin d'être éteinte, il est vrai. Parce que je hais cet homme. Je le hais de m'avoir séparée de l'homme que j'aime. Je le hais de nous avoir séparées toutes les trois. Souvenez-vous, nous étions si complices qu'à force de nous voir nous retourner ensemble quand le nom de Jeanne claquait…

— On ne nous appelait plus que par nos surnoms…

— … la Boiteuse, l'Amoureuse et la Tueuse de loups. Il n'y a que le mien qui ait changé, mais je suis toujours la même, Jeanne.

— Je le vois bien, oui.

Des perles brillaient dans ses yeux.

— Voilà pourquoi je suis là. Parce que Jean me manque tant que je sombrerais réellement dans la folie si je devais rester au logis à l'attendre, à accepter. Personne, mieux que moi, connaissant les liens qui vous unissent à Olivier, ne peut comprendre ce que vous traversez. Je ne pouvais vous laisser ainsi. Cela aurait été indigne de l'affection que je vous porte.

J'ai hoché la tête, émue, pour l'en remercier.

— Savez-vous quand ? Quand il me sera rendu ?

— J'ai demandé à Édouard III de réclamer pour lui une rançon qui illustre son mérite mais ne vous ruine pas. Dès qu'elle sera chiffrée, il exigera qu'elle lui soit versée en plus de l'échange d'un prisonnier de ses rangs capturé à Vannes. En attendant, la ville est aux mains des légats du pape et ils tentent de négocier une nouvelle trêve. Je ne serai pas contre, je l'avoue. Quoi qu'il en soit, la libération d'Olivier ne devrait tarder.

Ne trouvant pas de mots assez forts pour lui exprimer ma gratitude, je l'ai attirée dans mes bras. Nous sommes restées un long moment enlacées, puis doucement, elle s'est dégagée.

— Je dois vous quitter à présent. Mes lieutenants m'attendent à l'autre bout du tunnel. Je ne voudrais pas qu'ils s'inquiètent.

Elle s'est levée.

— Une chose encore, Jeanne. Méfiez-vous de Philippe de Valois. Si j'ai appris une chose ces derniers mois c'est qu'il n'a pas d'honneur. Et un homme sans honneur ne vaut pas mieux qu'une bête.

— N'essayeriez-vous pas de me ramener dans votre camp ?

Elle m'a retourné mon sourire taquin.

— L'avez-vous jamais quitté ?

— Non.

— Je serai toujours votre amie et vous serez toujours la mienne. Quoi qu'il arrive, souvenez-vous-en.

La seconde d'après, elle s'effaçait, aussi discrète qu'une ombre, me laissant pourtant avec la lumière, cette lumière éclatante d'espoir, qu'elle m'avait apportée.

28.

Jeanne de Flandres n'avait pas menti. Aux tout premiers jours de janvier, Olivier me revenait et je lui sautai dans les bras. À peine écarté des miens, il soulevait ses fils et les faisait monter, descendre, tournoyer en riant, assurant que c'était ainsi que la Manche avait secoué le bateau qui l'avait ramené jusqu'à eux. Ils criaient :

– Encore ! Encore, papa ! tandis que Jeannette applaudissait en hurlant :

– À moi ! À moi !

Il fallut ensuite qu'il raconte de quelle manière, ayant refusé qu'on touche encore à la belle ville de Vannes, il en était sorti, son épée à la main au milieu de ses hommes. Emporté par son récit, il taillait le vide en pièces, battant d'invisibles ennemis, fendant jusqu'aux coussins de sol où j'étais revenue m'asseoir avec les enfants, pour leur plus grand plaisir et le mien.

– Mais alors, comment vous ont-ils capturé ? a fini par demander Junior, sceptique devant tant de prouesses en fronçant son petit nez retroussé.

J'ai vu mon Olivier tordre le sien, plaquer sa lame le long de sa cuisse et prendre un air contrit.

– Le guano, a-t-il annoncé le plus sérieusement du monde, me faisant pouffer dans ma paume. Toujours se méfier du guano, les enfants. Très glissant le guano. Surtout avec le crachin.

Guillaume ouvrait des yeux comme des soucoupes.

– Y en avait ce jour-là, papa ?

– Un rideau de gouttelettes. Tout autour de moi.

– Ohhh ! ont fait les garçons d'une même voix.

– ... Le temps que je me relève, j'avais douze lames sur ma poitrine.

– Douze ? Vraiment ? me suis-je moquée.

– Douze ! a-t-il insisté en me retournant un clin d'œil.

– Fichues mouettes, a grommelé Guillaume en secouant la tête, dépité, avant d'ajouter : Je vais dire à Bertrand de vous faire des patins.

– On ne met pas de patins sous les bottes, idiot ! Et puis c'est pour le parquet, pas pour le guano. Et quand bien même, tu oublies le crachin, a rétorqué Junior en haussant les épaules.

– Ah oui, c'est vrai... Faut quand même trouver quelque chose pour la prochaine fois...

Je riais, à m'en décrocher la mâchoire. Auline aussi. Son épée remise au fourreau, Olivier, lui, tomba à genoux devant ses fils et les attira dans ses bras. Mon rire s'est étouffé devant cette larme sur sa joue. Il ne jouait plus.

– Il n'y aura pas de prochaine fois, les garçons. Je vous le promets, il n'y aura pas de prochaine fois.

J'ai mesuré alors que si le savoir en captivité m'avait été difficile, lui en avait souffert bien plus encore. Refusant de plomber ce moment, j'ai pris le relais en me jetant sur lui :

– À l'attaque, Jeannette ! À l'attaque !

Notre fille est venue joindre ses petits doigts aux miens puis Junior et Guillaume, jusqu'à ce qu'Olivier finisse sur le dos et se rende sous la morsure de nos chatouilles.

Ensuite seulement, Auline ayant frappé dans ses mains pour annoncer que le repas était servi, j'ai vu nos trois petits diables détaler dans ses vieilles jambes.

Nous sommes restés seuls. Au sol. L'un sur l'autre. Il m'a roulée sous lui, a plongé son regard marine dans le mien.

— Je sais, ai-je murmuré en étouffant, d'un index, ses mots sur ses lèvres. Je sais…

Il m'a embrassée.

La nuit qui a suivi, après l'épuisement de nos corps, nous avons parlé longtemps. De cette colère qu'il n'avait pu refréner et qui l'avait poussé idiotement à se mettre à la merci de l'ennemi. Et d'Édouard III surtout, qui l'avait impressionné par son sens de l'honneur et de la justice.

Il m'avoua qu'on était venu le chercher dans sa geôle pour le mener à lui et qu'il avait sincèrement pensé à ce moment-là qu'il ne nous reverrait pas. N'avait-il pas tué Robert d'Artois ? Le roi d'Angleterre aurait pu le faire pendre. Au lieu de cela, il l'avait invité à une partie d'échecs en lui recommandant de gagner s'il devait gagner et de perdre s'il devait perdre, mais de ne pas tricher parce qu'il jouait contre un roi.

Fait échec et mat, Édouard III s'était mis à rire.

— À chacun de mes adversaires, j'ai dit la même chose, mais vous êtes le premier à en avoir fait cas. Cela me suffit pour savoir qui j'ai en face de moi.

— Et, sire ? s'était-il inquiété.

Édouard III avait agité ses doigts en direction d'un domestique avant d'ajouter :

— Vous êtes un homme d'une grande valeur, Olivier de Clisson. Je vous préférerais dans mon camp, mais vous n'y viendrez pas parce que ce serait un déshonneur pour vous de renier votre serment d'allégeance. Philippe de Valois ne vous mérite pas. C'est un félon, un hypocrite. J'espère juste qu'il n'est pas aveugle et qu'il vous récompensera généreusement pour votre fidélité et votre bravoure.

Le valet lui avait présenté un plateau avec deux hanaps emplis de vin épicé.

— Choisissez le vôtre. Je boirai le premier, avait insisté le roi.

Olivier ne lui avait pas fait cet affront cette fois.

— Trinquons, alors, lui avait accordé Édouard III. Pour que le poison de la guerre se mélange et que nous ne buvions plus qu'à la paix…

Il avait avalé une gorgée puis avait ajouté en souriant :

— … et à cette bonne vieille girouette de Robert d'Artois. Elle était grinçante pour les oreilles de mon cousin Valois, mais j'aimais bien l'entendre.

— À Robert d'Artois, avait répondu Olivier, devinant, au hochement de tête qu'il avait reçu en échange, qu'Édouard III ne lui en voulait plus.

Sa description de la scène, l'image du roi d'Angleterre qu'il me dépeignit me fit un instant regretter de n'être pas versatile. Jeanne de Flandres ne m'avait-elle pas avertie, elle aussi, de ce que valait le roi de France ? À mon tour, je racontai à Olivier la visite de notre amie et il fut d'accord avec elle. Philippe de Valois n'avait d'honneur que l'intérêt. Sinon, il n'aurait pas placé son neveu et sa femme sur le trône de Bretagne.

— Pourtant, Jeanne, Édouard III a vu juste. Je ne m'en détournerai pas.

— Je ne te le demande pas, Olivier. Je veux seulement que tu restes vigilant. À plus forte raison maintenant que Jean va être libéré.

Je l'avais appris la veille. Les deux pays s'étant entendus par l'intermédiaire des légats du pape, une trêve de trois ans allait être signée à Malestroit. N'ayant plus les moyens d'entretenir seul sa guerre, Montfort avait décidé de se soumettre à l'autorité de Jeanne la Boiteuse et de son mari.

Il allait rentrer chez lui. Nous l'y verrions, c'était une évidence. Il était toujours notre ami.

Et cela ne plairait pas à Charles de Blois.

29.

Fin mars arriva. Nous nous étions installés à Blain pour être au plus près d'Ysabeau en sa fin de grossesse. Outre le fait qu'Auline et moi tenions à être présentes comme pour ses deux premières couches, Ysabeau ne jurait que par Beline, la fille de la sorcière du marais. Moi aussi en vérité. En plus d'avoir hérité de l'immense savoir de sa mère, la sauvageonne était d'une douceur et d'une écoute exceptionnelles. Rien, en ce début de printemps ne semblait vouloir troubler la quiétude qui m'avait doucement regagnée.

J'avais pourtant eu des raisons de m'inquiéter. Oubliant mon conseil de prudence, mon bel époux n'avait pas attendu trois semaines après son retour pour embraser le port Maillard.

Et quand je dis embraser, ce n'est pas une métaphore !

C'était, je m'en souviens, le jour de la signature du traité de Malestroit, le 19 janvier 1343. Nous venions de nous installer dans notre demeure nantaise quand j'ai vu, de ma fenêtre, monter au loin des flammes si hautes que j'ai cru m'évanouir. Laissant les enfants à la garde d'Auline et de Bertrand, je me suis précipitée dehors, le cœur fou. Olivier s'était rendu en bord de Loire pour vérifier si le navire marchand que nous espérions était arrivé. Je l'imaginais déjà, prisonnier de l'incendie comme il l'avait été d'Édouard III. Ne pouvant cette fois rompre ces fers ardents.

Fendant la foule qui se précipitait par curiosité autant que par inquiétude, j'étais morte déjà de le penser perdu quand soudain, au débouché de la rue sur le quai, je l'ai aperçu qui se disputait de manière véhémente avec Grimaldi[1] tandis que dans la rade, derrière eux, brûlait la flotte royale.

– Vous en répondrez au duc de Normandie[2] ! hurlait l'amiral, dominant le souffle brûlant.

– Au roi lui-même s'il le faut ! lui tenait tête Olivier, rouge d'exaspération et de défi.

Je n'ai pas été longue à comprendre. Le fils du roi avait maintenu une partie de la flotte destinée à bloquer le ravitaillement de l'armée anglaise dans le fleuve, faisant fi de la neutralité de la capitale bretonne. Neutralité qui était redevenue effective après l'arrestation de Jean, et qu'Olivier avait toujours eu à cœur de préserver. D'autant plus à présent que le pays allait, pour quelque temps, retrouver la paix.

– Qu'il mouille ses galères ailleurs la prochaine fois ! a ajouté Olivier, empli de morgue.

– Il n'y aura pas de prochaine fois ! Croyez-vous que la France soit assez riche pour s'offrir une nouvelle armada ? Vous avez de la chance, Olivier de Clisson. De la chance qu'à dater d'aujourd'hui et pour les trois prochaines années, nous n'en ayons plus besoin…

Olivier s'était approché, avait relevé le nez.

– Sinon ?

– Sinon je vous aurais moi-même fait exécuter pour avoir, par ce feu géant, ouvertement affiché votre soutien

1. Amiral de la flotte royale.

2. Jean dit Jean II le Bon, fils aîné de Philippe de Valois, il lui succédera en 1350.

à l'Anglais ! avait hurlé Grimaldi pour couvrir le tumulte avant de pivoter, d'ordonner aux badauds de s'écarter et de disparaître.

S'il me restait encore un peu de sang dans les veines, je l'ai senti se vider. J'ai dû m'adosser à la façade de la maison près de laquelle je me trouvais pour ne pas m'effondrer.

Fou, ai-je pensé à cet instant en voyant mon époux qui campait sur ses positions, les poings serrés. *Il est devenu fou.*

— N'avez-vous rien à faire ? À moins que vous ne vouliez qu'en plus de nettoyer la rade à votre place, je me charge de vos corvées ? avait-il soudain aboyé en prenant conscience qu'on le fixait.

La foule s'était aussitôt dispersée. Et j'étais restée là, à le regarder se satisfaire de la vue de ces bâtiments que le feu ravageait à pleine puissance, envoyant flotter des brandons jusqu'au pied des murailles du château solidement planté sur l'île du milieu du fleuve.

Brusquement, il avait pivoté. M'avait remarquée. Fragile. Exsangue.

Alors seulement, prenant enfin conscience de ce qu'il venait de faire pour soigner sa réputation, il s'était précipité vers moi, blême et toute colère retombée.

Malgré l'amitié, chaque jour un peu plus forte, dont le couvrait Philippe de Valois et qui, disait-on, agaçait son propre fils, j'ai tremblé toutes les nuits qui ont suivi, craignant que Charles de Blois ne vienne frapper à notre porte au nom du roi pour l'emmener. Mais nul ne vint. Les semaines succédant aux jours, aucune rumeur ne nous donna à penser que le roi lui en voulait quand il l'aurait pu. Car Olivier avait fini par le reconnaître : il s'était emporté devant le refus de Grimaldi de dégager la Loire. Il existait suffisamment de ports dans le golfe du Morbihan sans bloquer celui-ci, si indispensable au commerce du cœur de la Bretagne.

Sans doute le roi avait-il pensé qu'Olivier, par ce geste, lui avait épargné un autre soulèvement contestataire de la part de la comtesse de Montfort, avions-nous fini par conclure ensemble. Au fond, qu'étaient une dizaine de navires face au maintien de la trêve ? Philippe de Valois n'aurait pas eu les moyens d'empêcher cette fois les Anglais de conquérir la Bretagne si Jeanne de Flandres les avait appelés. Aussi bien la France que les duchés qui la composaient étaient misérables, épuisés et ruinés. Nous pouvions aussi penser que son affection pour Olivier avait suffi à l'excuser. N'était-ce pas cette fougue qu'il aimait chez lui, qu'il avait voulue au service du royaume de France ?

Il y avait mieux à faire que ruminer.

Nous avons donc cessé.

Et en ce 5 avril, je n'y songeais plus, toute à l'impatience de serrer dans mes bras mon nouveau petit-enfant.

En grimpant dans la barque qui devait nous permettre de remonter l'Isac puis un bout de la Vilaine jusqu'au château de Rieux, je n'imaginais pas, non, Dieu m'est témoin, je n'imaginais pas que je m'apprêtais à vivre ce que même mes pires cauchemars n'avaient osé me faire affronter.

30.

Les premières contractions étaient venues prendre Ysabeau au lendemain de notre installation chez elle. Elle m'avait paru fatiguée, mais je n'avais pas voulu voir à quel point, je crois. Ses grands yeux bleus aux cils interminables se perdaient dans l'ovale émacié de son visage, mais l'éclat de son sourire tandis qu'elle nous serrait dans ses bras, ventre en avant, avait effacé mes inquiétudes.

Sa certitude, rejoignant celle d'Auline, qu'elle allait enfin mettre au monde une fille, la ravissait. Et elle était sereine autant que pressée de la tenir dans ses bras.

Huit heures plus tard, pourtant, Beline me prenait à l'écart de cette chambre où Ysabeau s'escrimait en vain.

— Cela se présente mal, dame Jeanne, a soupiré la fille de la sorcière du marais.

Je me revois, refusant de penser au pire, déglutissant difficilement pourtant.

— Mal à quel point ? ai-je demandé.

— L'enfant vient par le siège. Et je n'arrive pas à la retourner. Si dans deux heures elle ne l'a pas fait d'elle-même, je vais devoir inciser.

Je connaissais les risques d'un tel geste. Je savais qu'il fallait le retarder le plus possible. Mais j'ai regardé ma fille au travers de l'encadrement de la porte, estimé à ses traits ravagés, aux gouttes qui lui coulaient du front, à ses lèvres trop pâles qu'elle n'aurait pas la force d'attendre jusque-là.

— Fais-le. Maintenant, ai-je décidé.

Le soulagement que j'ai vu passer dans les yeux de la sauvageonne m'a délivrée de mes doutes.

— Tu ne voulais pas attendre non plus, ai-je compris.

— Non, dame Jeanne. Mais ma mère s'accordait toujours ce délai de dix heures d'effort avant de se décider, alors je...

J'ai posé ma main sur son avant-bras.

— Elle n'est plus là, Beline, et j'ai confiance en ton jugement, d'autant plus qu'il rejoint le mien. Quelque chose ne va pas. Je le sens. Je le sais. Il faut les délivrer toutes deux au plus vite, sinon nous en perdrons une. Voire les deux.

— Je vais chercher ma lame, a-t-elle simplement répondu.

J'ai appelé Auline. Elle avait déjà compris et s'est précipitée dans l'escalier. J'ai assuré ma démarche malgré la faiblesse soudaine de mes jambes puis suis revenue vers Ysabeau.

Elle m'a accordé un sourire triste.

— Je n'y arriverai pas seule, c'est cela.

— Oui, chérie. C'est cela.

J'ai écarté une mèche collée à son front, y ai déposé un baiser puis suis revenue prendre sa main, le temps qu'une nouvelle contraction la plie en deux, passe.

— D'accord. D'accord, maman.

Auline remontait déjà, le souffle raccourci par sa hâte autant que par la peur. La peur. Elle me tenait au corps à moi aussi. Ysabeau, elle, lui faisait face et un instant je me suis reconnue en elle, plus que cela n'avait été auparavant.

— Il va falloir te sangler, petiote, a annoncé calmement Auline en désignant les ceintures de cuir qu'elle avait apportées avec elle.

— Oui. Tout ce que vous voudrez tant que l'on sauve ma fille.

Comment lui dire à cet instant que la seule chose que je voulais, moi, c'était, avant tout, qu'on la sauve, elle... Son pouls était si filant sous mes doigts glacés.

Beline est revenue avec deux servantes et un long couteau plat. Durant quelques minutes, nous nous sommes toutes affairées autour d'Ysabeau, l'attachant aux mains et aux pieds, piquant les braises pour les faire rougir le plus possible, nettoyer son bas-ventre avec la décoction de simples tirée d'un chaudron glougloutant.

— Buvez, maintenant, dame Ysabeau. Cela va vous plonger dans un sommeil profond.

J'ai vu passer de l'angoisse dans ses yeux cernés.

— Est-ce nécessaire ? Je ne peux pas bouger, ligotée comme cela. Et je ne crains pas la douleur.

Elle l'avait prouvé en retenant ses cris jusque-là.

— C'est mieux, oui, croyez-moi, a pourtant insisté la sauvageonne.

Je savais pourquoi. S'il était trop tard, si l'enfant s'était étouffée dans son ventre, si elle était mort-née... Mieux valait qu'Ysabeau ne le voie pas. Pas tant qu'elle ne serait pas elle-même hors de danger. Sans compter que je connaissais le pouvoir apaisant de cette boisson. J'en avais déjà pris par le passé quand, Geoffroy ayant déchaîné sa violence, j'avais besoin de dormir et de tout oublier.

Elle a avalé la potion d'un trait et cela m'a un peu rassurée. Nous avons attendu que ses yeux se ferment, que ses doigts soient mols, son pouls un peu plus régulier, puis, la lame passée au feu et sachant que chaque minute allait maintenant compter, Auline et moi nous nous sommes écartées.

Ma joie, quand j'ai entendu crier cette petite, fut comme une délivrance, tant j'avais eu l'impression que c'était mon propre ventre que l'on découpait.

Tandis que Beline recousait la plaie, j'ai baigné, puis emmailloté ma petite-fille avec un amour d'autant plus grand que je ne l'avais pu avec sa mère. Je l'ai déposée à son sein.

Puis j'ai attendu qu'Ysabeau se réveille.

Elle ne l'a pas fait.

31.

Aujourd'hui encore, seize ans après, je ne peux empêcher mes larmes de délaver l'encre de ce parchemin au-dessus duquel je suis courbée. Comment refermer la blessure ? Elle est si profonde. Ce n'est pas un être cher que j'ai perdu ce jour-là, c'est une partie de moi. De ma chair, de mon âme. On ne se remet pas de la mort d'un enfant. La Camarde m'avait déjà ravi un fils. Je savais de quelle manière on se sentait amputé à l'intérieur de soi. Mais elle. Ysabeau. Elle n'avait pas été conçue comme les autres, n'était pas née comme les autres. Elle avait été ma victoire sur les horreurs de mon passé. Elle restait cette lumière qui éclaboussait mon espace quand elle y entrait. Elle symbolisait la constance de mon amour pour Olivier et le prix que j'avais dû en payer. Elle était mon miracle, mon adorée.

Et celle d'Olivier.

Olivier.

Ô Dieu tout-puissant, sitôt qu'on l'eut informé, il rompit à bride abattue la distance qui séparait Blain de Rieux, entra comme un damné dans le château, repoussa son gendre qui pleurait au chevet d'Ysabeau, s'écroula sur sa poitrine figée.

Je savais qu'il l'aimait. Profondément. Je n'avais pas, jusque-là, mesuré à quel point.

Des heures durant, nous sommes restés près d'elle, à la veiller. Espérant encore qu'elle allait rouvrir les yeux tout en sachant pourtant que c'était terminé. Le miroir placé devant ses narines ne s'était pas embué et mes doigts avaient eu beau chercher, ils n'avaient pu trouver aucun battement à ses poignets, à son cou. Son cœur s'était arrêté. J'ignorais pourquoi, mais ainsi que je l'avais craint devant ses pulsations si faibles et filantes, il l'avait fait.

Accrochée à Auline tout aussi dévastée, j'avais les yeux rivés sur ce sourire avec lequel ma fille s'était endormie. Il ne l'avait pas quittée.

Au moins, me répétai-je, *elle est partie en joie.*

Mais je vous l'affirme, cela n'a jamais suffi à me consoler.

Par intermittence, ajoutant à ma détresse, j'entendais pleurer la petite Mahaut dans la pièce à côté. Beline lui avait laissé prendre le sein de sa mère le temps qu'elle trouve au village voisin quelqu'un capable de l'allaiter. Elle en était revenue très vite avec une fermière qui avait accouché un mois plus tôt. Elle la lui avait confiée pour venir se recueillir à nos côtés.

Beline. Je n'avais rien à lui reprocher. Il n'y avait pas eu d'hémorragie à l'intérieur du ventre d'Ysabeau. L'incision avait été nette, précise, propre. Sa suture parfaite.

À un moment, il m'a pourtant fallu m'interposer entre Olivier et elle, tant il cherchait un responsable à ce malheur, tant sa douleur l'égarait.

Si notre fille était morte dans son sommeil c'était au moins, hurlait-il, qu'on l'avait empoisonnée.

Il avait fallu que son gendre et Bertrand le contraignent pour le calmer. Puis que la sauvageonne se saisisse de sa potion et se plante devant lui qu'elle connaissait depuis son enfance, qu'elle respectait.

— Je vais en boire, sire Olivier. La même dose qu'elle. Si cela peut vous apporter du réconfort, alors que j'en meure aussi. Mais je me réveillerai dans une heure et vous devrez faire avec la réalité.

Elle avait avalé l'élixir de sommeil, puis refusant de quitter la pièce pour un lit garni de couvertures et d'oreillers, elle s'était couchée, repliée sur elle-même dans un coin, à même le sol. Au bout d'une vingtaine de minutes, ses ronflements étaient devenus si insupportables à mon époux qu'il avait fini par sortir.

Il avait compris. Ce n'était la faute de personne si Ysabeau s'en était allée.

Je l'ai trouvé assis sur le ponton, près de ma barque, les bottes dans le courant de la Vilaine qui bordait le château. Je me suis installée derrière lui, ai noué mes jambes aux siennes, mes bras à sa poitrine.

J'ai posé mon menton sur son épaule et, ensemble, en silence parce qu'il n'y avait rien à dire mais tout à partager, nous avons cherché, dans le lent mouvement de l'onde, le courage de continuer pour les enfants qui nous restaient.

32.

Les trois mois qui ont suivi l'enterrement d'Ysabeau nous ont encore plus rapprochés Olivier et moi. Je ne pensais pas, au regard déjà de notre complicité, que cela pût être possible. C'était néanmoins une réalité. Qu'il s'éloigne quelques jours et j'avais l'impression que l'on m'arrachait le cœur.

J'aurais voulu le suivre, partout où son devoir le conduisait. Pourtant la seule idée d'être obligée de me séparer des enfants m'était si douloureuse que j'y renonçais. Parfois, nous pouvions voyager tous ensemble, mais la plupart du temps c'était trop risqué.

Outre qu'il pleuvait presque sans discontinuer depuis mars, mettant les convois à la merci des ornières et des cours d'eau en crue, des bandes de brigands écumaient la région, conséquence de la misère que cette double guerre avait engendrée. Conséquence aussi de la trêve. Ne trouvant plus nulle part où se vendre, n'ayant rien à manger, les routiers pillaient, rançonnaient, enlevaient, massacraient. Ils ne se contentaient plus des fermes, ils allaient jusqu'à se rassembler et s'en prendre aux maisons fortes les plus isolées. Nombre de nos amis, malgré les premiers jours de l'été, se cantonnaient dans leurs plus solides bastions.

À l'intérieur des cités bretonnes, ce n'était pas mieux. Impossible désormais de s'y promener. Et je ne parle pas des quartiers malfamés. Le danger pouvait surgir à tout moment, de partout, y compris des mains d'un notable. Les habitants criaient tant famine que, pour un pot de farine, l'on n'hésitait plus à s'étriper. La maréchaussée était débordée. Certaines échoppes gardaient même leurs volets fermés par peur du pillage.

Il aurait été folie, dans ces conditions, d'exposer nos enfants. D'autant plus que, devant repartir dans le midi de la France au service du roi et craignant que son château de Rieux ne soit attaqué, l'époux d'Ysabeau m'avait confié la garde de ses trois petits. Et que regarder Mahaut me rappelait à quel point j'aimais sa mère. À quel point elle me manquait. Je ne pouvais la mettre en danger. Elle encore moins que les cinq autres.

Il fallait un endroit sûr, solidement gardé pour assurer leur sécurité. La forteresse de Clisson était la mieux indiquée depuis qu'Olivier en avait renforcé les défenses. De fait, au long de ces treize années, il avait rebâti partout sur nos terres, consolidé et fortifié tout ce qui pouvait l'être. Même le vieux château de bois de l'île d'Yeu avait été mis à bas, laissant désormais place à un solide castel de pierre. Il avait besoin de nous savoir à l'abri, où que nous soyons.

Pourtant, je dois l'avouer, je ne me sentais plus protégée nulle part. Olivier absent, je dormais en état d'alerte permanent. Le moindre bruit m'éveillait, me maintenait assise sur ma couche, prête à bondir. Jusqu'à ce que, lassée de ne plus l'entendre, je finisse par admettre que j'avais rêvé. Que mon époux revienne au logis et je m'apaisais. Qu'il m'annonce devoir repartir pour Vannes ou ailleurs, et de nouveau, bien que je n'en montrasse rien, c'était un vide abyssal qui s'ouvrait sous mes pieds.

Souvent, malgré moi, je ne pouvais m'interdire de songer à la malédiction jetée par mon père, de penser qu'elle touchait à son apogée. Que la mort d'Ysabeau n'en était que le rappel et que le pire était encore à venir.

Comme j'aurais voulu me tromper !

Comme, à ce moment-là, je voulais me tromper !

Aussi, lorsque en cette première journée de franc soleil Olivier vint me soulever par la taille, me faire tournoyer, puis me reposer sur l'herbe tendre du jardin en s'écriant qu'il avait une belle nouvelle à m'annoncer, ai-je cru qu'il voulait nous emmener faire du canotage puis un pique-nique sur l'une des berges de la Moine, ce petit affluent de la Sèvre que le château voisinait. Avec les enfants nous en rêvions depuis le début de l'été.

— Je suis invité au mariage du second fils du roi, Jeanne ! s'est-il exclamé à la place, l'œil pétillant d'orgueil.

— À Vincennes ? me suis-je étranglée, douchée.

Il s'est mis à rire.

— Évidemment ! Et ce n'est pas tout. Toi qui craignais en janvier qu'il n'ait pris ombrage de l'incendie des galères de Grimaldi, voici qu'il me propose de participer au grand tournoi qui suivra les épousailles. C'est un immense honneur, Jeanne…

Ça l'était en effet.

— … Cela signifie qu'il me renouvelle sa confiance et son affection, qu'il me compte parmi les seigneurs les plus puissants et influents de son royaume.

C'était vrai aussi. Personne ne pouvait contester que Montaigu et Clisson étaient des places fortes stratégiques. Et leur seigneur l'un des mieux nantis, l'un des plus renommés.

— Jeanne, ma Jeanne !…

Il m'avait pris les mains, me les embrassait comme un jouvenceau fol.

— J'ai entendu dire récemment qu'il s'apprêtait à nommer son nouveau connétable. Tu sais depuis combien de temps je convoite cette fonction !

— Oui, mon amour, je le sais, ai-je fini par placer. Et tu la mérites, plus qu'aucun autre. Mais ne devrais-tu pas te méfier ?

Il a éclaté de rire.

— Et de quoi donc ma mie ? Du vin ? Je te promets de ne pas en boire plus d'une pinte aux repas. Des brigands ? Crois-tu que mes compagnons me laisseront aller seul ? Quatorze bannerets déjà sont prêts à m'accompagner, dont les Malestroit et Raoul de La Guérinière avec lequel tu t'entends si bien.

Raoul était un homme solide, loyal et avisé. Et son meilleur ami. Quant aux Malestroit, c'était chez eux que la trêve entre la France et l'Angleterre avait été signée, signe de la confiance que le roi leur témoignait. Le plus jeune d'entre eux, Péan, vouait une admiration sans borne à Olivier. Il aurait donné sa vie pour le protéger. Avec pareille escorte, c'était vrai, j'avais peu à redouter.

— Du roi lui-même, ai-je pourtant tempéré.

Il m'avait prise par les épaules et je me suis sentie aspirée dans l'océan de ses yeux, si limpides, si confiants.

— S'il avait eu quelque chose à me reprocher, il l'aurait déjà fait. Et je n'y crois plus, Jeanne. D'autant que nous serons en pleines festivités, couverts par les règles de la chevalerie ! Et puis il y a cette trêve ! Faute du soutien armé du roi d'Angleterre, Jeanne de Flandres a dû baisser les armes, entérinant presque de fait la légitimité de Jeanne la Boiteuse.

— Mais Jean est toujours sous les verrous alors que le roi s'était engagé à le libérer avant l'été. Philippe de Valois n'est pas un homme de parole, Olivier. Je le sais. Tu le sais.

— Certes. Mais son invitation me place de fait sous sa protection. Je ne risque rien. Sinon un coup de lance ! Allons rassure-toi, mon armure est solide et celui qui me fera tomber de mon cheval n'est pas encore né.

J'ai souri, voulant répondre à cette joie, à cette certitude qui l'habitait, mais quelque chose me retenait. Il me semblait être revenue trois mois en arrière près d'Ysabeau, sentant son pouls filer et voulant me convaincre qu'elle n'était pas en danger.

— En ce cas, je pourrais t'accompagner, ai-je essayé, comme si ma présence avait pouvoir de tout changer quand j'avais eu la preuve du contraire.

Mais cela avait été plus fort que moi. Je savais que la peur d'avoir raison en son absence m'empoisonnerait davantage que de devoir affronter une traîtrise à ses côtés.

Il s'est récrié.

— Par cette chaleur qui s'annonce ? Avec les enfants ? Mahaut, si fragile ? C'est encore moins raisonnable qu'un combat à merci. Un mois, ma Jeanne. Un mois et je te reviens avec mérite et panache.

Mérite… Panache…

À cet instant, j'ai su. J'ai su que ce n'était pas seulement ces deux coquins qu'il voulait enlever à Vincennes. Il avait besoin, au travers de cette joute, de se mesurer à lui-même tout en se distrayant la tête et le cœur. Il avait besoin de rapporter du grand et du beau ici. Pour nous permettre à tous deux de regarder devant et moins derrière.

Alors j'ai fait la seule chose que je n'aurais jamais dû faire. J'ai fait fi des avertissements de Jeanne de Flandres, fi de ma propre méfiance envers ce roi félon, fi de ce mauvais pressentiment qui faisait tambouriner mon cœur dans ma poitrine.

J'ai serré Olivier dans mes bras et je lui ai dit :

— Va donc, mon amour, puisque c'est si important pour notre famille. Emporte ce cendal[1]. Accroche-le à ta lance. Gagne ce tournoi en mon nom et montre à tous quel homme merveilleux j'ai épousé.

Le lendemain, il me quittait à tout jamais.

1. Étoffe de soie.

33.

Le silence. Personne, croyez-moi, ne mesure la profondeur du silence avant d'y être totalement plongé.

À Clisson, la nuit, il y avait toujours du bruit. Des craquements de plancher, de marches d'escalier, quelques dérapages de chat à l'approche d'un des chiens de compagnie des enfants, un sifflement venteux en provenance d'une fenêtre ou d'un conduit de cheminée. Même les pierres du donjon semblaient respirer. Comme si elles avaient emprisonné un peu du souffle des anciens occupants pour mieux se garder en vie elles-mêmes. Parfois, lorsque, épuisés d'avoir béliné jusqu'à l'aube, nous nous blottissions dans les bras l'un de l'autre, Olivier et moi, il nous semblait entendre un soupir résigné suinter d'un joint grossier. Nous échangions alors un regard complice, nous demandant lequel ou laquelle de ses ancêtres avait assisté à nos ébats tout en regrettant si amèrement les siens. Avant d'être convaincus que rien ni personne, vivant ou défunt, ne pourrait nous empêcher de recommencer encore et encore, jusqu'à ce que nos corps, trop vieux et abîmés, ne puissent plus se contenter que de baisers.

Du jour où Olivier s'est éloigné, encadré par ses amis, je suis devenue sourde. Sourde aux bruissements du quotidien, aux insignifiants murmures de cette demeure.

Comme si je craignais qu'ils ne relayent ma peur, m'y confortent.

Pour l'apaiser, je ne mettais plus à infuser des pétales de roses, mais de la verveine, de la mélisse, de la camomille et du tilleul séchés que je versais ensuite dans l'eau de mon bain. Je le prenais chaque soir, une fois les enfants couchés, imaginant les mains d'Olivier plonger dedans pour me caresser, tentant de me convaincre que bientôt il recommencerait. Je n'en sortais qu'une fois l'eau devenue trop fraîche, me glissais nue de son côté du lit, enfonçais mon nez dans son oreiller puis, emportée par son odeur, je sombrais dans un sommeil vide. Vide, oui, c'est le mot juste. Car au matin, j'émergeais comme au terme d'un combat, le corps et le visage en sueur sans plus rien autour de moi, ni coussins, ni draps, ni couverture. Tout était à terre, loin, comme si je les avais projetés pour me défendre. Je n'avais plus le souvenir de rien. Sinon du silence. D'un océan de silence. Je me levais avec le sentiment d'avoir été aspirée à l'intérieur de celui-ci et d'avoir cherché désespérément à m'en extraire.

Je m'habillais, rejoignais Auline, Bertrand, les enfants, en luttant toujours pour discerner à nouveau les bruits ambiants. Même leurs voix, leurs rires, leurs babils, ne pénétraient plus à l'intérieur de moi. Quoi que je fasse de mes journées ensuite, et Dieu m'est témoin que je n'avais guère le temps de flâner, tout me semblait flou, sans importance, décalé. Nul ne semblait s'en rendre compte. Parfois je m'arrêtais au milieu d'une pièce, d'un geste. Du moins, je pensais m'arrêter. En réalité, je me voyais continuer à parler, à agir. Emmurée dans ce silence telle une de ces recluses volontaires engoncées à l'intérieur d'une cellule à peine plus haute et large qu'elles.

J'ai pensé un moment que je devenais folle.

Qu'un de ces fantômes hantant la demeure avait profité de l'absence d'Olivier pour prendre possession de mon esprit, qu'il le retenait captif derrière ce regard, cette ouïe qui ne m'appartenaient plus. Qu'il jouissait de ma vie à ma place.

Et puis brusquement, j'ai compris. J'ai compris que si une part de moi était morte, Olivier devait l'être aussi.

C'était le 5 août de cette effroyable année 1343. Cette évidence m'a sauté au cœur de manière si violente que, réveillée en sursaut, je me suis pliée en deux pour régurgiter au pied du lit. Sitôt redressée, je me suis précipitée à la fenêtre que j'avais laissée ouverte. Le jour pointait de l'est, une aube rouge et or sur des vapeurs lilas. J'aurais dû la trouver belle. Mais mon cœur battait si fort, si vite, mon ventre était tellement noué, mes narines et mon palais tant brûlés par l'acide de cette bile remontée d'un coup le long de ma gorge, que j'ai seulement pensé à inspirer profondément, à traquer le parfum des fleurs libéré par les fortes chaleurs de l'été.

Je ne sais combien de temps je suis demeurée là, face au fleuve, tentant de reprendre le contrôle de moi-même. Jusqu'à ce que je perçoive un gazouillis dans le creux de mon oreille. Surprise, j'ai tourné la tête. Une mésange avait niché entre deux pierres, juste à côté de l'encadrement de la fenêtre. Indifférente à ma présence, elle s'égosillait, tournée vers le levant. Je me souviens d'avoir eu l'impression que mon tympan se déchirait. Ou plutôt le voile qui, jusque-là, l'avait empêché de fonctionner. Les autres bruits alentour sont revenus d'un bloc. Le chant de la rivière, les trilles dans les arbres qui en bordaient la berge, la voix puissante des premiers bateleurs ralliant la cité au pied du château, le son clair de la cloche de la collégiale Sainte-Marie.

Tout aussi soudainement, je me suis mise à rire. À rire à gorge déployée. Si puissamment que l'oiseau s'est envolé. Je l'ai suivi des yeux, écoutant sonner ma propre voix comme une victoire sur ce cauchemar. Comme si le fait d'avoir conclu à la mort d'Olivier m'avait libérée de l'angoisse qu'elle advienne.

Ce n'était que de la peur. Juste de la peur. Il va rentrer. Sauf ! Bientôt ! ai-je pensé.

À cet instant, mes yeux rouverts sur le monde, sur mon monde, ont accroché la silhouette d'un cavalier qui hélait l'un des passeurs de l'autre côté de la rivière.

L'esprit est fol parfois, qui prend des illusions pour la réalité. J'ai cru que c'était lui qui me revenait.

Las, ce n'était qu'un messager.

Le plus improbable des messagers.

34.

— Bonjour, mère, a sonné à mon espoir déçu la voix monocorde de Geoffroy.

J'avais cessé de l'appeler Junior depuis la mort de son père. Et je le voyais de loin en loin, les terres de Châteaubriant dont il avait hérité étant voisines de celles de Blain. Jamais, de son côté, il n'avait poussé jusqu'ici. Il n'était pas venu non plus à l'enterrement d'Ysabeau et je savais que depuis qu'il avait appris son existence, il m'en voulait. Probablement parce que, découverte enfin, mon infidélité avait souillé le nom qu'il portait. Ou parce que après mon mariage avec Olivier, j'avais élevé et aimé cette enfant-là quand Louise et lui étaient seulement passés dans ma vie. Même si je n'en étais pas responsable, une part de moi s'en sentait coupable. J'aurais pu m'en justifier. Mais lui raconter quel être abject avait été son père, la manière dont il m'avait faite femme sur l'île d'Yeu, ses accointances perverses avec ma famille n'auraient servi qu'à briser l'image qu'il avait de lui. Dans le meilleur des cas, il aurait douté de ma sincérité, dans le pire, il aurait haï son père, comme j'avais haï le mien après l'avoir tant aimé. Je ne souhaitais ni l'un ni l'autre. Car au fond cela n'aurait rien changé. Mon fils ne m'en chérirait pas davantage. Je resterais malgré tout celle qui avait entaché l'honneur des Châteaubriant en trompant Geoffroy, en donnant naissance à Ysabeau.

Du moins était-ce ce dont j'étais persuadée à son arrivée.

Revenons-en donc à ce petit matin du 5 août, à ces traits fermés, empreints d'une profonde gravité, qu'il me présentait dans l'aula de cette demeure trop vide. Un visage bien plus sombre que d'ordinaire. Il n'annonçait rien de bon et, à l'oppression de ma poitrine, j'ai eu le pressentiment que sa visite concernait Olivier.

Je lui ai néanmoins tendu ma main à baiser comme nous en avions coutume, me forçant à lui retourner son sourire crispé.

— Vous devez avoir soif et faim après si grande chevauchée, ai-je dit pour rompre la froideur de ces retrouvailles.

Sans attendre de réponse, je me suis tournée vers Auline.

— Veux-tu bien prendre sa pèlerine pour la brosser et ajouter un couvert ?

Il a déposé son manteau dans ses mains tendues puis a attendu, en silence, droit comme un if, que nous soyons seuls.

— Je suis porteur de méchantes nouvelles, a-t-il fini par lâcher après un raclement de gorge.

— Je m'en doutais, ai-je avoué en l'invitant d'un geste à s'asseoir, davantage par besoin, moi, d'un siège, que par civilité.

Mon cœur s'était mis à battre si violemment que mes côtes en étaient fouettées.

Il est pourtant resté debout et j'ai dû me contenter de prendre appui d'une main sur la table dressée pour le matinel. Les enfants n'allaient pas tarder à se lever.

— Je reviens de Vincennes où j'avais été convié au mariage du second fils du roi. Comme beaucoup de seigneurs bretons.

— Dont Olivier…

— Dont Olivier, oui. Il a été emprisonné, mère, au terme du tournoi qui a clos les festivités.

Je me revois peser plus lourdement sur le plateau, sentir l'œil de Geoffroy s'arrêter sur ma paume qui écrasait le bois. Mesura-t-il ainsi le poids de ma faiblesse ? Il a pris un tabouret, me permettant enfin d'en faire autant sans renoncer à ma dignité.

— Que s'est-il passé ? ai-je demandé, même si tout en moi criait déjà à la fourberie du roi.

Geoffroy a secoué la tête, comme s'il peinait lui-même à admettre ce qu'il était venu me rapporter.

— Votre époux a emporté toutes les manches avec une grande bravoure. Dernier en lice, il s'est incliné devant Sa Majesté avec humilité, lui renouvelant son hommage. Et tous, chevaliers ou membres de la cour, ont reconnu en lui le grand vainqueur de ces joutes. Quand il a relevé la tête pourtant, le roi ne souriait plus. D'un geste, il a fait signe aux sergents d'approcher puis il a annoncé haut et clair qu'Olivier était en état d'arrestation pour haute trahison.

— Haute trahison…, ai-je répété, brusquement glacée et assommée.

Je ne m'attendais pas à cela. Mais que pouvais-je espérer d'un roi qui venait de faire fi de tout usage, de toute règle de chevalerie en imposant une disgrâce publique à l'un de ses vassaux les plus aimés et puissants ?

— Je sais qu'il n'en est rien, mère, a cru bon de préciser Geoffroy.

À peine ai-je senti qu'il m'avait pris les mains et les pressait. J'ai levé vers lui des yeux effarés.

— Est-ce à cause des galères de Grimaldi qu'il a embrasées dans le port de Nantes ? ai-je demandé d'une voix éteinte.

— De cela, oui, mais je crains que l'accusation ne repose sur des faits plus graves.

— Plus graves ? me suis-je étranglée.

À ma connaissance, Olivier était irréprochable sur tout le reste.

— Cela s'est produit le jour où il a été capturé par les Anglais à Vannes. La rumeur prétend qu'il n'avait aucune raison de sortir de l'enceinte avec quelques hommes, épée levée. Qu'il l'a fait pour être saisi et favoriser ainsi la prise de la cité. Vous devez savoir que plusieurs montfortistes ont profité de la diversion qu'il leur offrait pour quitter la ville et tenter de rejoindre l'ennemi. Le duc de Normandie qui arrivait avec son armée les a interceptés. L'un d'eux, avant d'être décapité, lui aurait affirmé avoir agi sur l'impulsion d'Olivier. Comme si ce ne suffisait, un autre qui se battait à ses côtés a confirmé lui aussi cette version auprès de Charles de Blois.

— Impossible. C'est impossible. Jamais, vous entendez, Geoffroy, jamais il…

Je n'ai pu terminer ma phrase. Mes mots s'étaient étranglés dans ma gorge serrée.

— Ce n'est pas moi qu'il va falloir convaincre, mère. Aucun d'entre nous ne le conçoit coupable, mais Charles de Blois a appuyé sa condamnation en rappelant qu'Édouard III avait demandé pour sa libération une rançon dérisoire. Bref, tout concourt à sa perte.

Je lui ai repris mes mains, y ai enfoncé mon visage, l'ai secoué de droite à gauche, aussi agitée que confuse.

— Pas de sens, cela n'a pas de sens…, ai-je répété pour moi-même.

— De sens, non, mais d'intérêt pour Sa Majesté, oui.

J'ai écarté mes doigts, cherché son œil navré entre leurs interstices, refusant de lui livrer totalement la vision de ces larmes qui montaient.

— Ses terres. Il va confisquer ses terres. Nos terres…, ai-je brusquement compris.

Robert d'Artois qu'avait abattu Olivier n'avait-il pas été banni, privé de tous ses biens au motif de traîtrise ? En plus de Noirmoutier, de l'île d'Yeu et de Montaigu, Clisson était une base stratégique. Située à la frontière entre la Guyenne, l'Anjou et la Bretagne, sa nouvelle forteresse verrouillait solidement le Poitou et derrière ses portes, les marches de Bretagne. Si le roi de France mettait la main dessus en plus de nos richesses monétaires, il récupérerait un second souffle au terme de la trêve avec l'Angleterre. Voilà ce que mon esprit en détresse me hurlait. Jeanne de Flandres avait raison. Philippe de Valois n'avait pas d'honneur. Ce n'était pas même une bête. C'était un charognard. Un charognard qui, même s'il accordait à Olivier les mêmes faveurs qu'à Jean en lui épargnant les cachots du Grand Châtelet, allait le maintenir captif à vie au palais du Louvre.

À l'instant où Auline revenait, les bras chargés d'un plateau, j'ai bondi, bousculant ces perles d'eau accrochées à mes yeux comme des gouttes de rosée sous le brusque assaut d'une bourrasque.

— Je ne le laisserai pas faire. Je ne laisserai pas le roi me priver à jamais de mon mari et de nos biens ! me suis-je entendue m'écrier.

Un fracas a répondu à mon accès de colère. Comprenant ce qui se jouait, Auline venait de porter ses doigts à ses lèvres pour y étouffer un cri d'effroi, lâchant tout ce qu'elle transportait sur le plancher. J'ai détourné mon regard d'elle. Geoffroy s'était dressé, avait repris mes mains dans les siennes.

Je les lui ai retirées. Emporté par un sentiment d'urgence, mon sang courait dans mes veines telle une rivière en crue. Je bouillonnais.

— Les bannerets qui l'accompagnaient, que sont-ils devenus ? ai-je demandé.

— Emprisonnés avec lui. Péan de Malestroit et Raoul de La Guérinière ont réussi à échapper à l'étau qui se refermait sur eux. J'imagine que tout comme moi, ils ont aussitôt pris la route pour vous avertir, mais je ne les ai pas vus en chemin.

Ces deux-là, Péan, Raoul, amis loyaux et fidèles, avaient déjà dû anticiper ma réaction, ai-je pensé à cet instant. Ils savaient que je tenterais tout ce qui était en mon pouvoir pour sauver mon aimé.

— Que comptez-vous faire, mère ? s'est enquis Geoffroy, devinant que j'y réfléchissais déjà.

Je n'ai pas hésité un instant.

— Partir pour Nantes. Exiger des légats du pape qu'ils interviennent en faveur d'Olivier. Il les a soutenus à de nombreuses reprises. Ils le lui doivent.

— Alors je vous accompagne.

— Non.

Il a tiqué. Blêmi.

— Vous ne voulez pas de moi ?

La blessure que j'ai perçue dans sa voix m'a prise de court. Se pouvait-il qu'il ait saisi l'occasion de ce combat pour se rapprocher de moi ? ai-je songé. Troublée, je me suis adoucie, ai posé la main sur son épaule.

— Tous ceux qui se rallieront à moi pour sauver son honneur deviendront suspects aux yeux du roi. Je refuse de vous mettre dans sa ligne de mire, Geoffroy. Vous êtes mon fils.

— Si peu…

L'espace d'un instant, je n'ai su que répondre. Je ne m'attendais pas à des reproches, à cette douleur dans ses yeux, là, dans ces circonstances. Cela m'a semblé inapproprié. Et pourtant. Existe-t-il un bon moment pour expurger ce qui nous ronge ? J'ai appris plus tard que non. Que nous étions avant tout soumis à nos pulsions, à nos démons intérieurs, même quand la raison nous dicte la réserve. L'ai-je compris d'instinct quand je ne pensais qu'à Olivier ? Quand la peur de le perdre me labourait les entrailles ? La mère que j'avais été pour cet enfant déçu et abandonné trop tôt a brusquement refait surface dans le chaos qui m'habitait.

Je l'ai attiré contre moi. Il est resté froid.

J'ai murmuré.

— Ce n'était pas mon choix, Geoffroy.

— Je sais… mais je ne suis pas mon père. Je lui ressemble, physiquement, comme deux gouttes d'eau, c'est vrai. Mais je ne suis pas lui… Je n'ai jamais battu ma femme.

Je me suis écartée, saisie, ai plongé mes yeux dans les siens, eu le sentiment de les voir pour la première fois.

— Comment… comment savez-vous ? ai-je bredouillé.

— Des souvenirs, avant qu'il ne m'envoie à Limoges à la cour du duc. Je me les suis fait confirmer par une vieille servante du château. Elle m'a avoué qu'il vous avait fait vivre un enfer. Qu'il nous avait arrachés à vous, ma sœur et moi.

Qu'aurais-je pu ajouter ?

Doublement bouleversée, j'ai enveloppé sa joue de ma main. Il n'était pas lui. Il n'était pas son père. Pourtant, il avait raison. Une partie de moi l'avait toujours vu comme cela. Tenu écarté de ma vie ces dernières années pour cela. Alors que j'aurais pu, oui, j'aurais pu me rapprocher, me venger de Geoffroy une nouvelle fois en reprenant le cœur de ses enfants. Et les chérir enfin, comme les autres. Pour eux. Pour moi. Fût-ce trop tard, j'ai senti s'effondrer ma muraille, se ranimer en moi l'amour de l'enfançon qu'il avait été. Peut-être parce que sous ma caresse, il ne s'est pas échappé. Je l'ai suspendue pourtant, ai murmuré, la voix brisée :

— Alors, puisque vous avez tout découvert, comprenez, Geoffroy. Comprenez que je vous aime suffisamment pour que ce soit moi qui vous écarte de ma vie cette fois.

Il a incliné la tête, a pivoté d'un bloc puis sans un adieu, sans même réclamer son mantel, est passé à côté d'Auline qui s'était agenouillée pour éponger les dégâts et a disparu comme un fantôme.

Aujourd'hui encore, les circonstances ne m'ayant pas permis de le revoir, j'ignore s'il m'a crue.

Mais à dire vrai, à cet instant, face à cet abîme qui venait de s'ouvrir à mes pieds, cela me fut égal. Un seul avait de nouveau repris possession de mon cœur, de mon âme, de mes pensées.

L'homme que j'aimais et dont, une fois de plus, on voulait me priver.

35.

Je me suis mise à trembler. De tous mes membres. Sous le coup de la colère. De l'indignation. De la peur.

Sitôt que Geoffroy eut quitté la pièce, le regard d'Auline est venu chercher le mien. Il en était le reflet.

— Laisse tout ceci, lui ai-je dit en la voyant continuer, par réflexe, sans regarder, à recomposer son plateau. Cours préparer les garçons. Les voir dévastés rendra l'évêque plus perméable à mes suppliques.

Elle a hoché la tête. S'est redressée aussi vitement que le lui permettaient ses rhumatismes, puis a disparu dans l'escalier qui montait vers les chambres.

Saisie d'un vertige, je me suis effondrée sur le banc, le visage dans les mains, éprouvant de nouveau cette certitude terrible qui m'avait arrachée du sommeil en régurgitant de terreur. Étrangement je n'y ai pas cédé. Je me rappelle au contraire m'être giflée brusquement, vigoureusement, comme si une autre, jaillissant de moi, prenait le contrôle. Je me rappelle ma voix, dure, froide, inhabituelle, fendant le silence de la pièce pour m'invectiver :

— C'est sa liberté qui est en jeu, pas sa vie ! Alors cesse de te lamenter ! Agis !

C'est à elle que j'ai obéi. À cette femme que treize années de bonheur avaient ramollie. À cette femme qui, un jour, avait su tenir tête à Geoffroy.

Moins d'une heure plus tard, je cravachais ma monture en direction de Nantes, Junior sur ma selle, Petit Guillaume sur celle de Bertrand qui avait tenu à m'escorter avec quatre sergents.

Je ne voyais rien. Je ne pensais à rien. J'avais revêtu ma carapace d'autrefois, celle qui m'avait permis de supporter les coups de Geoffroy. Je serrais mon fils, qui, comme son frère, ne comprenait pas ce qui se jouait, contre mon cœur. Puissamment. Pour l'empêcher de chuter, d'être lui aussi emporté par cette course effrénée qui avalait les bosquets, les arbres, le chemin devant moi. Tout entière concentrée sur ce but : atteindre Nantes, forcer les légats à me suivre à Paris, enfoncer les portes, m'agenouiller au milieu d'eux devant le roi. Je devais laver l'honneur de mon époux. Je devais le ramener chez nous. Quoi qu'il puisse m'en coûter, à moi.

À peine ai-je entendu les appels des deux cavaliers qui venaient à vive allure à notre rencontre. À peine ai-je compris que c'était à nous qu'ils s'adressaient, en voyant Bertrand, qui me devançait de quelques encolures, les rejoindre et s'arrêter à leur hauteur. Il m'a fallu en faire autant pour reconnaître Raoul de La Guérinière et Péan de Malestroit.

Échevelés, sales, la mine sombre, le regard éteint, voilà tels qu'ils m'apparurent.

— Je sais déjà, ai-je lancé, refusant qu'ils me racontent de nouveau ce que m'avait appris mon aîné.

Je n'en avais pas envie. Encore moins le temps.

J'ai vu Raoul secouer sa belle tête à la crinière fauve, une larme au coin de ses yeux verts.

— Non, Jeanne. Hélas. Vous ne savez pas.

J'ai mis quelques secondes, je crois, à interpréter ces mots. Il a fallu qu'il les répète puis ajoute :

— Après l'arrestation d'Olivier et des autres bannerets, nous avons gagné Paris et nous nous y sommes cachés, cherchant explication et moyen de leur venir en aide. Nous n'en sommes partis qu'au lendemain. Pour vous prévenir. Le roi a condamné votre époux, Jeanne. Sans l'entendre, sans même lui accorder audience ou procès…

— Pas devant les enfants, l'a interrompu Bertrand.

Je me revois relever le menton. Je revois ma main devenir poing sur la poitrine de mon fils, aussi somnolent que son frère. Lui donner un léger coup pour le réveiller. Répondre :

— C'est leur père. Et il est innocent. Peu importe qu'ils découvrent maintenant ou plus tard ce que vaut leur roi. Parle.

J'ai vu les sourcils de Raoul se froncer sous la dureté de mon ton. Sous mon air de défi. Je n'étais pas en cet instant la Jeanne qu'il connaissait. Je ne l'étais plus. J'étais redevenue, au plus profond de moi, celle qui autrefois, près du château de Blain, s'était isolée de ses gens pour affronter seule un loup.

Il a hoché la tête. A pris une profonde inspiration. A lâché :

— Il a été condamné à la décapitation.

L'instant de sidération passé, j'ai fouetté ma jument pour la lancer de l'avant en rugissant :

— Eh bien moi je dis que cela ne se fera pas !

Parce que c'était inconcevable. Parce que le roi n'oserait pas. Et parce qu'il me fallait agir. Pour emmurer dans la forteresse que je venais de bâtir autour de mes émotions la Jeanne faible et démunie du matin, celle qui ne s'en relèverait pas.

36.

C'est dans cet état d'esprit que je suis entrée dans Nantes au grand galop. Au-delà de l'indignation et de la terreur. Fermée, farouche. Prête à prendre l'évêque par la peau du cou et à le jeter moi-même sur un cheval s'il hésitait à me suivre, s'il se montrait tel qu'à l'accoutumée, pédant avec les faibles et frileux avec les puissants. Tempérament que le pape avait accentué en plaçant la cité sous son arbitrage au début de la trêve, réduisant de fait l'autorité de notre cher ami Guillaume de Machecoul, gouverneur du lieu.

Entraînant mon fils dans mon élan, j'ai sauté de cheval devant la cathédrale Saint-Pierre[1]. Puis, sans attendre les autres qui me talonnaient, j'ai déboulé à l'intérieur avec la puissance d'une tornade. Avait-on annoncé mon arrivée ? La nef était déserte. Seul devant l'autel, suant comme une fontaine du milieu de sa tonsure jusqu'à son menton glabre, Olivier Salahadin, fidèle à lui-même, broyait ses mains l'une dans l'autre.

Sans doute s'est-il effrayé de me voir si échevelée et d'allure vindicative car il s'est signé avant même que je ne me sois arrêtée devant lui.

— C'est un bien triste jour, mon enfant…, a-t-il cru bon de m'accueillir d'une voix éteinte.

1. Cathédrale romane remplacée en 1434 par l'actuelle.

— Alors vous savez. C'est autant de gagné, m'en suis-je presque réjouie avant de poser mon fils à terre et d'ajouter, résolue : Regardez bien cet enfant, monseigneur, et osez me dire que vous ne viendrez pas avec moi jusqu'à Paris plaider la cause de son père !

Je l'ai vu pâlir plus encore, déglutir puis tirer sur son col comme s'il manquait d'air.

— Je… je… c'est…

J'ai avancé d'un pas, les yeux fous, l'index levé. Peu importait l'endroit sacré dans lequel je venais de pénétrer. En cet instant j'aurais vendu mon âme au diable en échange d'Olivier.

Et je l'ai fait ! Dieu m'en est témoin ! Je l'ai fait ensuite pour le venger ! Car, me refusant la franchise de son regard, ce couard d'ecclésiastique a cherché celui de Raoul de La Guérinière par-dessus mon épaule.

J'ai vu ses bajoues s'allonger sous un ultime flot de transpiration, ses lèvres bafouiller à nouveau.

— Trop… trop tard. Le… le mal est déjà fait.

J'ai entendu hurler la Jeanne du matin dans le tréfonds de sa forteresse. Je l'ai fait taire. Elle ne pouvait pas avoir eu raison.

Une voix s'est élevée sous la voûte romane. Tout près de mon oreille.

— Quand ? Quand le seigneur de Clisson a-t-il été décapité ? a demandé Raoul pour m'obliger à entendre cette réalité que je continuais de refuser.

— Il y a trois jours. Aux Halles. L'envoyé du roi est arrivé ce matin avec une lettre de Sa Majesté et… et… Par tous les saints, que pouvais-je faire d'autre ? a continué de se lamenter l'évêque en secouant la tête, éparpillant des gouttelettes puantes sur celle de mon fils, sur mon visage figé.

À cet instant, jaillissant d'une des portes du transept, Guillaume de Machecoul s'est mis à tonner :

— Désobéir à cet ordre indigne ! Voilà ce que vous auriez dû faire si au lieu d'un goupillon vous aviez des couillons !

La violence de son ton, la douleur furieuse qui grêlait son visage imberbe tandis qu'il avançait dans le transept à puissantes enjambées, ont eu raison de mon déni. Si lui, lui qu'Olivier aimait tant ne démentait pas l'affirmation de l'évêque, qui le ferait ?

Pour autant, je n'ai pas compris la nature de ce qu'il lui reprochait de manière si injurieuse. Salahadin devait le savoir, lui, car je l'ai brusquement vu se réfugier derrière l'autel, les mains croisées sur sa poitrine comme s'il ignorait où il devait chercher sa virilité.

Avant même que je n'aie accusé le choc, Raoul de La Guérinière avait rejoint Machecoul. Leur échange ne m'est pas parvenu. Guillaume s'était mis à pleurer, Junior à s'agripper des deux mains à mes jambes, le front contre mes cuisses. Il tremblait. Je devais réagir. Ne pas permettre à la veuve d'exister. J'ai soulevé mon fils dans mes bras, me suis tournée vers Bertrand. Il avait déjà repris Petit Guillaume dans les siens.

— Tout ira bien mon bonhomme. Tout ira bien, répétait-il.

— Ne lui mens pas, Bertrand ! Nous savons tous que ce n'est pas vrai, ai-je crissé.

Il a opiné, s'est tu devant ma douleur froide.

J'ai entendu le martèlement des bottes. J'ai pivoté vers les deux hommes qui s'avançaient d'un même pas résolu vers moi puis lancé un regard comminatoire en direction de l'évêque. Il n'avait pas bougé. J'ai attendu qu'ils l'aient rejoint pour exiger :

— Conduisez-moi à Olivier. Quoi que le roi ait demandé qu'on fasse de sa dépouille.

— Vous ne devriez pas, dame Jeanne, a osé tristement Raoul de La Guérinière.

Je l'ai nargué d'un rictus mauvais.

— Vous vous trompez, mon ami. Je le dois. Je le dois à son honneur, à sa loyauté envers moi, envers ses enfants, envers ce pays. Je le dois à ce qu'il fut pour moi. Ensuite, je déciderai qui doit payer.

Derrière l'évêque tremblant comme la dernière feuille d'un frêne sous un vent mauvais, j'ai traversé la cité avec mes enfants et mon escorte devenue silencieuse, puis ai gravi les marches qui conduisaient au sommet de la porte Sauvetout[1]. Je me souviens de m'être dit à cet instant que c'était un bien curieux endroit pour déposer un cercueil.

Comment, alors, aurais-je pu imaginer qu'à sa place, j'y trouverais le « cadeau » du roi aux Nantais ?

Un cadeau ignoble, piqué sur une lance. Défiant depuis les créneaux l'horizon des marches de Bretagne.

Face à la tête tranchée de l'homme dont le regard d'océan avait cessé de me contempler, j'ai senti tout mon être se révulser, mes doigts écraser les petites mains de mes fils brusquement blottis de terreur dans mes jambes.

J'ai senti monter de la fureur envers l'évêque qui, n'ayant pas eu le courage de s'opposer aux ordres du roi, nous imposait cette vision ignominieuse.

Puis de la haine à l'égard de Philippe de Valois.

Une haine violente, absolue qui, balayant tout sur son passage, y compris ma détresse, est venue remplacer dans mon cœur l'amour infini et lumineux qu'Olivier y avait déposé.

---

1. Ancienne porte de la cité médiévale de Nantes située au nord-ouest, en direction de la pointe de la Bretagne.

37.

Certains vous diront qu'un choc émotionnel violent altère le souvenir que l'on en garde. Ce ne fut pas mon cas.

Je me souviens de chaque bruit, de chaque odeur, de chaque raclement de gorge.

De cette cloche qui carillonnait pour annoncer la messe quelque part dans la cité derrière moi. Des soldats royaux qui gardaient cette portion de coursive et ne nous avaient permis d'y accéder que sous l'injonction conjointe de l'évêque et du gouverneur. Des charognards qui tournoyaient au-dessus de nos têtes et de celle d'Olivier, masquant l'ardent soleil qui en décomposait les chairs.

Je me souviens de l'odeur de putréfaction qui s'en dégageait, des coups de bec qui la minaient sur le haut du crâne, dans les joues, dans les paupières closes, dans les lèvres, rendant déjà méconnaissables ces traits que j'avais tant caressés.

Je revois encore ce créneau de pierre de tuffeau situé au-dessous d'elle, maculé de cheveux et de lambeaux de peau. Et ce trou au sol, à moins d'une demi-toise de mes pieds, qui accueillait la lance sur laquelle elle était plantée.

Hier encore, c'était là que se dressait la bannière bretonne. Claquant au vent en direction du large. Défiant quiconque voudrait enlever à ce pays sa farouche volonté d'indépendance.

Quelle ironie quand j'y songe !

Pas un ! Non, pas un seul de ses seigneurs ne valut mieux que mon époux ! Pas un seul, non, ne brandit cet étendard avec plus de respect, de dévouement et de loyauté envers les valeurs qu'il arborait ! En exhibant son chef tranché, ce n'était pas seulement Olivier, seigneur de Clisson et de Blain, que Philippe de Valois injuriait, c'était la Bretagne tout entière ! Elle hurlait à l'intérieur de moi et son cri de révolte, de haine, se propageait dans mes veines comme celui d'un rabatteur naviguant de canaux en rivières.

Pourtant, oui, pourtant, moi, je me taisais.

Digne. Altière. Respectable.

Voilà quelle attitude j'opposais au mépris, à l'abjection du roi. À son inqualifiable cruauté.

La mienne y répondrait. Au centuple. Je le savais déjà à ce moment-là. Mais je ne voulais pas y penser. Pas encore.

C'était à lui, à Olivier, à son honneur mutilé que je me devais.

Même si je devinais que mes fils ne parvenaient pas à voir en cette tête celle de leur père, qu'ils étaient simplement terrifiés par son horrible vision, je suis restée un long moment silencieuse, à leur broyer les doigts pour les empêcher de s'en détourner.

Nul n'a osé interrompre ce moment. Pas même Bertrand dont je sentais le souffle brisé sur ma nuque. Il s'était rapproché, presque à me toucher. Je devinai que malgré son désespoir, il essayait à sa manière de me transmettre sa tendresse, sa chaleur, sa compassion.

Il me croyait détruite. Comme Raoul, comme Péan, malgré ces larmes qui refusaient de couler, malgré ce menton qui ne tremblait pas, malgré mes yeux secs qui ne se détournaient pas des paupières molles d'Olivier. Ils se trompaient tous. Jeanne de Clisson agonisait dans la cellule où je la maintenais. Jeanne de Belleville, elle, ne se recueillait pas devant ce semblant de dépouille.

Elle fulminait de ne pas pouvoir la serrer dans ses bras en entier.

– Où est son corps ? ai-je finalement demandé, haut et clair.

– Pendu au gibet de Montfaucon, si l'on doit en croire les termes de la sentence royale, a répondu sans détour Raoul de La Guérinière.

– C'est du moins ce que les hérauts ont claironné avant que nous ne quittions Paris, a rajouté Péan, la voix éraillée par l'émotion.

– Ainsi rien ne lui aura été épargné. Aucune disgrâce, ai-je grincé en me tétanisant un peu plus sous ce nouveau coup de fouet.

Le regard, douloureux, de Guillaume de Machecoul s'est planté dans le mien.

– J'aurais empêché celle-ci si j'avais été en ville. J'y revenais et me trouvais à quelques lieues de cette porte quand j'ai croisé un marchand. C'est lui qui m'a averti de ce qu'on y voyait. Effaré qu'on ait pu prendre une telle initiative en mon absence, j'ai cavalé aussi vite que j'ai pu sans me douter un seul instant que ce supplicié pouvait être Olivier. Je le pensais encore à Paris, défendant les couleurs de la Bretagne à ce tournoi. À peine redescendu, cherchant coupable, on est venu m'informer que vous étiez déjà avec l'évêque. Pardonnez-moi de n'avoir pu vous préserver. Ni vous ni votre époux ne méritiez ceci, Jeanne.

Emportée par un sursaut de cette rage qui me consumait discrètement, j'ai pivoté vers lui.

– Prouvez-le, lui ai-je opposé bien que je le susse sincère. Décrochez-le.

– Non, non, non, non, non ! s'est excité l'évêque, prudemment resté en retrait jusqu'alors.

Sous l'ire du regard dont je l'ai balayé, il s'est empressé d'ajouter, les mains suppliantes :

– Le messager royal a été formel. Qui l'enlèvera sera passé par le fil de l'épée. Qui s'en indignera aussi.

– Alors je serai le premier ! a grondé Raoul de La Guérinière, en marchant d'un pas vif vers la pique, pour lui faire honte, lui montrer à quoi ressemblaient le courage et la véritable loyauté, celle dont il aurait dû faire preuve envers le plus intègre des Bretons de sa cité.

Si fort que fût alors mon désir de le voir détaché des remparts, j'ai lâché la main de mes fils pour arrêter celle du banneret avant que les soldats ne le fassent.

– Non ! J'ai besoin de vous, Raoul. J'ai besoin de tous ceux qui furent ses amis. Je refuse qu'un seul soit encore assassiné.

– Le laisser là ? À la vue de tous ? Vraiment ? s'est lamenté Péan de Malestroit dont le frère et le père avaient été arrêtés en même temps qu'Olivier.

Je le revois encore, si jeune, si livide. Ses yeux ruisselaient. J'ai chancelé au souvenir de ces heures joyeuses où son rire et celui des autres membres de sa famille résonnaient dans l'aula de Clisson. « Un fier Breton et un noble compagnon. Il promet », disait de lui Olivier avec une pointe de tendresse dans la voix.

Le préserver. Lui et tous les autres, ai-je pensé en me ressaisissant. *Jusqu'à ce que nous soyons assez nombreux pour agir.*

Cela impliquait que je fasse profil bas. En apparence tout du moins. Car j'entendais bien mettre la conscience de Péan en paix en lui demandant discrètement de trancher le chef d'un moribond, de le mutiler à l'exemple de celui d'Olivier et d'en faire l'échange, une fois les gardes avinés par Machecoul. Ensuite je l'enverrais à Montfaucon pour qu'il agisse de même.

Personne, homme ou bête, ne se repaîtrait plus de la déchéance de l'homme que j'aimais.

Non, me suis-je juré. *Personne.*

— Je vais écrire au roi pour qu'Olivier me soit rendu. Dans son entier. Je veux l'enterrer dignement, ai-je feinté en soutenant le regard douloureux du jeune seigneur.

— Est-ce bien nécessaire ? Je doute que vous soyez exaucée, a soupiré l'évêque.

J'ai tourné la tête vers lui. Le vent s'était levé. Il s'était écarté de nous, s'était couvert le nez avec un mouchoir brodé pour lutter contre l'odeur de putréfaction. Mon dégoût pour sa personne est monté d'un cran. Ma rancœur, elle, était déjà à son comble.

— Le roi me rendra mon époux. Car vous allez en contresigner la requête. Et l'appuyer du poids de votre nomination par le pape, ai-je ordonné.

De nouveau, il s'est décomposé.

— Je ne crois pas que ce soit très… prudent, a-t-il chouiné en baissant ses prunelles porcines sur ses souliers.

Je n'en ai pas supporté davantage.

Le temps qu'il relève les yeux, j'étais devant lui et mon poignard piquait sa carotide.

Il s'est mis à rouler des yeux terrifiés. Les miens n'affichaient aucune pitié, je le sais. Déjà il ne m'en restait plus. Pour personne. Il m'aurait fallu, sinon, commencer à en éprouver pour l'autre moi-même. Or, elle devait mourir si je voulais venger Olivier.

– Vous contresignerez ma requête et vous l'appuierez, ai-je répété d'une voix blanche. Ou, je le jure devant mes garçons, demain c'est votre tête qui remplacera celle de leur père sur ce châtelet.

Ma menace a porté. Une heure plus tard le messager du roi repartait pour Paris chargé de ma missive.

Et dans le secret de ma demeure nantaise, où m'avaient raccompagnée Raoul, Péan, Guillaume et Bertrand, sitôt les enfants couchés, je dévoilais enfin mes intentions cachées derrière cette manœuvre de diversion :

Revenir à Clisson avec mon escorte. Puis, tandis qu'Auline déménagerait en territoire montfortiste avec Jeannette, que Péan galoperait jusqu'au gibet de Montfaucon, que Bertrand irait récupérer dans mes demeures de la Garnache, de Montaigu et de Blain tout ce qui avait de la valeur et qu'il pourrait emporter, Raoul ferait le tour de nos amis pour leur apprendre la nouvelle et réunir une armée. Si je jouais de ruse, quatre cents hommes me suffiraient dans un premier temps pour dévaster la forteresse qui voisinait mes terres et que gardait un Écossais au service de Charles de Blois.

Cette place serait la première à tomber.

La première qui délivrerait mon message à Philippe de Valois : ce n'était pas Olivier de Clisson qui avait trahi le royaume de France. C'était le royaume de France qui avait trahi Olivier de Clisson.

Cher, très cher, serait le prix de cette déloyauté.

38.

Au petit matin suivant, la rumeur de l'exécution infâme d'Olivier circulait déjà. Raoul de La Guérinière me rétorqua que les Nantais y accorderaient probablement peu de crédit avant quelques jours. Olivier était trop aimé, sa renommée et son sens de l'honneur trop grands. Préférant malgré tout le vérifier, Bertrand se promena en ville tandis que je préparais les garçons.

Il revint comme nous montions en selle dans la petite cour intérieure fortifiée qu'Olivier avait fait ajouter à la demeure de ses parents, au début de nos épousailles. D'ordinaire, l'odeur sirupeuse des roses qui grimpaient à l'assaut des façades de pierre participait à mon bonheur. Là, elles me donnèrent la nausée. Peut-être parce que, me ruinant l'estomac d'effluves putrides, j'avais passé la moitié de la nuit assise au bout du lit, à fixer sordidement la tête tranchée de mon adoré que m'avait rapportée Péan.

La beauté, la douceur concouraient à la faiblesse. Je n'en voulais plus.

— Alors ? ai-je demandé à mon vieil ami.

— Pour l'heure, a-t-il répondu en installant devant lui Petit Guillaume qui lui avait tendu les bras, la nouvelle semble inconcevable à tous. J'ai bien vu quelques suspicieux lever le nez vers les hauteurs de Sauvetout mais aucun n'était prêt à admettre qu'il s'agissait là du chef de votre époux.

– Quant à moi, dame Jeanne, a renchéri Guillaume de Machecoul, je vais interdire qu'on s'en approche. Ainsi le subterfuge ne sera pas éventé avant que la sape des corbeaux ait achevé son œuvre.

– Vous restez donc, ai-je regretté.

C'était un homme valeureux dont la lame, autrefois au service de l'ordre du Temple, était redoutable. Ils étaient quelques-uns, comme lui, à l'avoir rangée pour continuer l'œuvre de Dieu dans la prêtrise, mais c'eût été mal le connaître d'imaginer qu'il l'avait fait par couardise.

Il me l'a rappelé.

– C'est ici, à mon poste de gouverneur de la cité, que je vous serai le plus utile pour l'instant. À donner le change. À protéger vos arrières. À vous avertir à la moindre alerte. Ne doutez pas de ma détermination à venger Olivier. Il était mon ami. Sitôt que votre guerre sera vraiment déclarée, je vous rejoindrai.

J'ai hoché la tête pour l'en remercier. Je n'avais aucun doute sur sa loyauté. Ni sur celle des autres seigneurs bretons dont la soif de vengeance chasserait promptement la sidération. Raoul ne serait pas long à rassembler les premiers, ceux dont j'avais besoin pour prendre la forteresse de Touffou et n'y laisser que des cadavres. J'avais prévu de frapper vite. Et fort. Je voulais que le roi tremble en comprenant qu'il y aurait autant de victimes parmi ses partisans en terre de Bretagne que de gouttes du sang d'Olivier répandu sans preuves ni pitié.

Cela impliquait d'abord que je rentre chez moi en laissant les Nantais dans le doute. Seul ce doute empêcherait la rumeur de se répandre trop vite. Il ne fallait pas que l'on puisse se préparer à ma riposte. J'avais donc, au lever, écarté les vêtements de deuil que j'avais à Nantes depuis le décès d'Ysabeau pour remettre mes habits de voyage. Je ne devais pas modifier mes habitudes.

Sitôt engagée dans la rue, j'ai répondu d'un hochement de tête léger aux saluts, aux regards suspicieux. Par intermittence, j'ai même chatouillé Junior juché devant moi pour l'obliger à rire malgré lui. J'ai accepté, aux passages les plus étroits de la cité, qu'on bouscule la tête d'Olivier enveloppée dans un linge frotté avec du benjoin et enfermée dans un sac de cuir pendu à ma selle.

J'avais craint que ce ne me soit difficile. Je me trompais. Mon cœur s'était éteint avec celui d'Olivier. La Jeanne qu'il avait aimée avait beau se tordre de douleur dans le cachot de sa mémoire, l'épouse du seigneur de Clisson, elle, a traversé puis quitté Nantes avec la froideur d'une lame d'acier.

À mon arrivée, j'ai vu Auline, bouleversée, dévaler le perron entre deux solides jouvenceaux. C'étaient Alain Manfrais et Rémi Baral, les écuyers de Raoul et de Péan qu'ils avaient laissés derrière eux à Paris.

À peine avions-nous mis pied à terre qu'ils se lamentaient. Ils avaient suivi la charrette jusqu'à la place de Grève, approché de l'échafaud, entendu les dernières paroles d'Olivier, nous dirent-ils.

— Il s'est montré tel qu'il l'avait toujours été, dame Jeanne, a ajouté Alain tandis que les palefreniers emmenaient nos montures et Auline mes deux garçonnets. Bombant le torse devant son bourreau, il a promené sur la foule son regard clair, si empreint de franchise que tous ont fait silence, médusés. Il a crié son innocence, puis en a appelé à la grâce de Dieu pour vous et ses enfants qu'il aimait tant.

— Ensuite, a repris Rémi, comme la voix d'Alain s'était étranglée, il a tendu le cou en direction du Louvre. Là, défiant ce roi félon qui n'avait pas trouvé le cran de se déplacer, il a affirmé haut et clair qu'un vent mauvais n'allait pas tarder à emporter la Bretagne, car là-bas, a-t-il ajouté, l'injustice se défendait comme l'honneur, à coups de tempêtes si violentes que rien ni personne n'en était préservé. Enfin, il s'est agenouillé et a croisé de lui-même ses mains sur ses reins tandis que le bourreau levait la hache. Il est mort en nous fixant, sans même avoir cillé.

Je les ai remerciés chaleureusement de ce témoignage. Si douloureux qu'il m'eût été à entendre, il avait renforcé ma détermination et mon propre courage : Olivier lui-même avait appelé à ce que je sois forte et suffisamment impitoyable pour que son blason soit de nouveau respecté.

Au nom de son amour et de ma vengeance, je me suis juré à cet instant que je ne m'épargnerais rien, que je n'épargnerais rien non plus à mes enfants avant d'y être arrivée. Quant aux Bretons qui me suivraient dans ma soif de justice, ils allaient découvrir en moi le plus redoutable des chefs de guerre. Frappant sans remords ni pitié.

Les deux hommes ont achevé leur récit en nous apprenant que les autres seigneurs arrêtés en même temps que lui étaient retenus dans des conditions effroyables, indignes de leur condition et de leur valeur. Un chien y aurait crevé.

J'ai vu vaciller Péan, son regard d'un sienne profond noircir jusqu'à l'encre.

Il est tombé à genoux, a levé un visage vengeur vers moi.

— Votre époux, mon père, mon frère, nos amis ! Voici trop, dame Jeanne. Laissez-moi vous accompagner à Touffou ! Laissez-moi répandre le sang de l'infamie à vos côtés. Ensuite, je le jure par-devant Dieu, je cavalerai à Montfaucon et terminerai la tâche que vous m'avez confiée.

J'ai hoché la tête, pris le sac contenant le chef d'Olivier des mains de Bertrand qui l'avait détaché de ma selle et je les ai précédés à l'intérieur du château.

J'avais besoin d'embrasser ma fille et de m'assurer que pour quelques heures Junior et Guillaume allaient retrouver leurs jeux d'enfants.

Leur rire ne tarda pas à envahir de nouveau la demeure, lors, m'enfermant dans l'aula avec mes hommes, j'ai entrepris de parachever l'attaque surprise du lendemain.

39.

L'idée était simple : prendre le prétexte d'une chasse au sanglier dans les bois de Touffou pour entrer dans la forteresse qu'ils enveloppaient. Olivier et moi avions pour habitude d'y faire halte pour abreuver nos chiens et nos montures. Je savais donc que son commandant m'accueillerait sans la moindre hésitation. Ce d'autant plus sûrement que Raoul serait invisible, caché en lisière de forêt avec son armée, et prêt, au chant du cor, à envahir la place.

Vêtue de mes habits de chasse, je me suis présentée devant le pont-levis, puis ai attendu, les mains moites, au milieu des aboiements, l'œil en direction de mes fils que Péan et Bertrand avaient pris en selle.

Leurs petits yeux étaient si cernés, leur teint si blafard malgré notre vive chevauchée que j'ai dû repousser au plus profond de moi ce sentiment de culpabilité qui m'étreignait depuis que je les avais bousculés. J'aurais pu les laisser à Clisson, mais ma vengeance devait être la leur. Cela avait été évident pour tous, même pour Bertrand, même pour Auline qui s'en était désespérée : devenus adultes quelle légitimité auraient-ils à brandir la bannière des Clisson si je leur interdisais de la défendre ? Quel honneur les porterait si je ne leur permettais pas de racheter, dans ma foulée, celui de leur père ? Leur jeune âge ne changeait rien à cela : ils étaient les fils d'Olivier. C'était leur nom aussi qu'il fallait laver. Croyez-moi, j'aurais préféré ne pas avoir à détruire leur innocence ! Mais ce n'était pas moi qui leur avais volé leur enfance. C'était Philippe de Valois. Je devais faire en sorte qu'ils le sachent, le comprennent et ne l'oublient pas.

Là était mon rôle. Celui que m'avait légué Olivier.

Croyez-vous pour autant que ce me fut facile ? Non. Il me fallut enfermer la mère avec la Jeanne éplorée, cesser en quelques minutes seulement d'être auprès d'eux celle, douce, attentive, aimante et tendre qu'ils connaissaient. Il me fallut me transformer en l'un de ces monstres cruels et sanguinaires que les contes évoquaient, l'un de ceux-là mêmes que nous combattions ensemble à coups d'épée de bois pour vaincre la peur que ces histoires terrifiantes leur avaient créée.

Ce monstre avait jailli de moi la veille, au moment du coucher lorsque, se prenant dans les bras l'un de l'autre contre les oreillers, ils s'étaient mis à réclamer leur père.

Je savais que ce moment viendrait. Qu'il me faudrait les placer devant la réalité de son exécution, réalité qui ne les avait pas pénétrés à Nantes, au sommet de la porte Sauvetout.

J'avais récupéré le sac de cuir sur le meuble où, répugnant à m'en séparer définitivement, je l'avais déposé en rentrant dans la chambre. Puis je me suis plantée au bout du lit à baldaquin.

Mes fils s'étaient glissés sous le drap. Je les revois encore. Junior bâillait, Petit Guillaume se frottait les yeux. Un instant, j'ai été prête à renoncer. Puis le timbre fluet de mon cadet s'est remis à trembler.

— Il est où papa ?

J'ai soupiré tristement.

– Je sais que vous avez déjà vu Auline prendre une hachette et trancher le col d'une volaille. Vous vous souvenez de ce qui s'est passé ? La tête de la poule a roulé sur le sol, tandis que ses membres continuaient de s'agiter. Mais à ce moment-là elle est passée de vie à trépas. Vous savez ce que cela veut dire, n'est-ce pas ?

Ils ont opiné. Petit Guillaume a même secoué ses bras repliés en gloussant pour imiter les sursauts désordonnés de l'animal. Plus d'un, lâché et décapité, tournoyait sur lui-même avant de s'effondrer. Je n'ai plus eu envie qu'il s'en amuse. Jamais.

Je l'ai foudroyé du regard. Même s'il n'a pas compris pourquoi, il s'est aussitôt pelotonné contre son frère.

J'ai à peine reconnu ma voix lorsque de nouveau elle s'est élevée.

– Je doute que tu te moques encore en entrant dans une cuisine, Guillaume. Parce que c'est comme ça, d'un coup de hache sur la nuque, que le roi a fait tuer votre père, ai-je assené en brandissant son chef pour que cette image cette fois s'inscrive dans leur mémoire.

À leurs mines hébétées ont succédé un long cri de terreur puis de violents sanglots.

Ils avaient compris.

J'avais fait ce que je devais pour que tout en eux aussi crie vengeance, même si je venais de les condamner à des nuits peuplées de cauchemars. Les mêmes que les miennes.

J'ai soustrait le macabre faciès à leurs regards terrifiés, puis j'ai ajouté :

– Demain vous aurez cessé de trembler devant lui. Demain vous viendrez avec moi et nous irons le venger.

Ensuite, oui, ensuite, le cœur écartelé, j'ai passé le restant de la nuit à les consoler et à leur expliquer que nous allions attaquer Touffou, qu'ils ne seraient pas exposés aux combats, mais qu'ils devraient regarder. Regarder le sang couler. Ils n'ont pas sourcillé. À plusieurs reprises, du temps où il gouvernait Vannes, Olivier leur avait raconté les attaques sanglantes auxquelles il avait été confronté, le prix de l'honneur, la fierté de combattre pour une juste cause, pour la justice, pour la liberté. Tout comme, dès l'instant où ils ont été en âge de marcher, Bertrand leur avait appris à manier le bâton et l'épée émoussée. Ils ont fini par s'endormir contre moi, d'un sommeil lourd, en me faisant promettre de les réveiller quand l'heure serait venue d'attaquer.

Je me souviens de m'être arrachée à ce souvenir en voyant le pont-levis de la forteresse s'abaisser, mes fils redresser leur petit dos contre les torses cuirassés de Péan et de Bertrand, leurs visages se durcir.

Et j'ai été fière d'eux. Aussi fière que l'aurait été leur père.

Connaissant l'endroit, sitôt entrés, les chiens qui m'entouraient en jappant se sont élancés vers les abreuvoirs. Mes compagnons et moi vers les soldats qui gardaient la porte. Il fallait qu'elle reste ouverte pour qu'à leur tour Raoul et notre armée puissent s'y engouffrer. Tandis que déjà le cor de Péan les appelait à la rescousse, j'ai tiré mon poignard, les autres leurs épées. Le sang a coulé.

— C'est bon, Jeanne, a crié Bertrand au-dessus de ma tête, depuis l'escalier qui conduisait au sommet de la barbacane, me signifiant ainsi que Petit Guillaume et Junior étaient en sécurité.

Le bruit du galop des quatre cents cavaliers à l'approche s'est mêlé aux cris d'alerte du reste de la garnison brusquement affolée. Comprenant ce qui se passait, des soldats ont jailli de partout, des coursives, du donjon, de l'arrière-cour.

Lors, laissant libre cours à cette fureur, à cette douleur qui me dévastaient depuis Nantes, je n'ai plus songé qu'à tuer.

40.

Je ne sais si c'est ce jour-là que la folie m'attrapa. Certains l'ont dit parmi les seigneurs qui m'ont accompagnée à ce massacre. Quelle raison aurais-je de ne pas les croire ? Le fait qu'ils ne connaissaient de moi que l'épouse enjouée, la mère attentive, l'amie dévouée de leurs propres femmes ? Sans doute avaient-ils appris mes exploits à Châteaubriant, ouï mon surnom de Tueuse de loups par le passé. Mais depuis ? Depuis mon mariage avec Olivier ? Ils ne m'avaient pas, ne serait-ce qu'une fois, entendue élever la voix. Mon calme, mon sourire, ma douceur, mon empathie, ma générosité étaient loués partout. Peut-être que cette vision tronquée de moi fut suffisante, en effet, pour fausser leur jugement ce jour-là. Mais en vérité, je n'en suis pas certaine. Tout baigne encore dans un brouillard ensanglanté.

Je me souviens seulement, à un moment donné, de la main gantée de Bertrand se posant sur mon poignet pour me forcer à baisser ma lame. Et de l'avoir regardé comme au sortir d'un songe. Hébétée.

— Il a fui par un souterrain, ai-je perçu.

J'ai dû lui demander qui, je crois, car je me rappelle qu'il m'a répondu :

— De la Heuse.

C'était le capitaine de la place.

– Le temps qu'il revienne avec des renforts nous serons loin, l'ai-je rassuré en reprenant corps, à cet instant seulement, avec ce qui m'entourait.

J'étais sur le perron du donjon. La gorge percée, un homme achevait de se vider de son sang à mes pieds. J'en ai déduit que je l'avais tué.

Face à moi, au bas des trois marches de granit, la cour n'était qu'un charnier. De chaque côté du pont-levis, des soldats gisaient sur le dos, le flanc ou le ventre. Enragés par l'injustice de la mort d'Olivier, les bannerets les avaient égorgés, percés, fendus, empalés sur une rangée de pieux, contre la roue d'une charrette, au mitan d'un tas de tonneaux renversés et éventrés, sur un rouleau de cordage. Les plus sanguinaires de nos chiens s'acharnaient sur eux.

J'imaginai sans peine que le même spectacle se retrouvait de part et d'autre de la forteresse.

Tant mieux, ai-je pensé, tout en regrettant que ce soit allé si vite.

Est-ce ce qui me fit passer mon index dans la gouttière de mon épée et le ramener à mes lèvres ?

– Le même goût, ai-je répondu au froncement de sourcils de Bertrand. Le sang des hommes a le même goût que celui d'un loup.

– Imaginiez-vous que ce serait autrement ? s'est-il troublé.

– Peut-être… non, ai-je finalement tranché en voyant Péan et Raoul rassembler sans ménagement la quinzaine de partisans de Charles de Blois qui s'était rendue.

– Homme ou bête, un loup est toujours un loup et il faut l'abattre, a murmuré Bertrand comme s'il avait lu dans mes pensées.

Je n'aurais pas voulu un autre que lui, ce jour-là, à mes côtés. Lui seul a pu réellement sentir, partager ce que j'ai éprouvé en regardant ce carnage. Mon souvenir en est intact, fait d'un mélange de jubilation morbide, d'exécration de moi-même et de soulagement. Tandis que dominait le sentiment que je n'en avais pas eu assez.

– Mes fils ? lui ai-je demandé en levant les yeux vers la barbacane.

– Ils sont toujours à l'abri dans la salle des gardes. Je les y avais enfermés pour plus de sûreté.

– Il est temps d'aller les chercher.

– Je m'y apprêtais, avoua-t-il, marquant un peu plus notre complicité.

Je l'ai suivi du regard jusqu'à ce qu'il grimpe l'escalier de l'une des tours du châtelet, puis ai apostrophé Raoul qui venait à ma rencontre.

– Des pertes chez nous ?

– Un blessé léger. L'effet de surprise a été tel que nous l'avions imaginé hier. Votre connaissance parfaite des lieux a fait le reste. La forteresse est à nous. Reste à savoir de quelle manière vous voulez que l'on s'occupe d'eux.

Son menton pointé désignait les prisonniers.

– J'y réfléchis.

J'ai attendu que Bertrand revienne avec Guillaume et Junior. J'ai vu leurs petites bottes piétiner le sang, leurs yeux briller de dégoût et de fascination mêlés devant les corps que les dogues déchiquetaient.

Marquer les esprits. Comme le leur l'a été par la faute de ce charognard de roi.

Voilà à quoi j'ai pensé à cet instant. Et j'ai su ce que je devais répondre à Raoul qui attendait au pied des marches.

– Fais-les s'agenouiller face à moi, ai-je indiqué. Je veux qu'ils se courbent jusqu'à toucher le sol de leur front. Je veux, d'ici, voir chacune de leurs nuques.

J'ai vu passer une ombre sanguinaire dans son œil vert.

— Compris, a-t-il dit.

Si j'étais folle, en cet instant, il l'était aussi.

Mes fils m'ont rejointe. Je les ai placés devant moi, ai posé mes mains sur leurs frêles épaules tandis que Péan et Raoul mettaient mes ordres à exécution.

— Je vous demande de ne pas baisser les yeux, les garçons. En hommage à votre père. Parce que c'est au nom de la justice et de celle qu'on lui a refusée, que ce qu'ils vont faire doit être fait.

Ils ont opiné en silence. Ont regardé cette mer de cous plonger vers eux, vers moi. Un simple clignement de paupières de ma part a suffi à Péan et Raoul pour qu'ils abattent leurs lames.

Et décollent une à une ces têtes sans visage.

41.

Deux jours plus tard, je mettais pied à terre dans la cour du petit manoir de Saint-Yves que nous avions délaissé ces dernières années, car il voisinait le château d'Hennebont, fief des Montfort. Olivier avait préféré en rester loin pour que, justement, on ne puisse l'accuser de connivence avec la comtesse.

Quelle détestable ironie, quand j'y songe !

Bref, sitôt descendus de cheval, les deux garçons se sont jetés dans les jambes d'Auline accourue à notre rencontre. Elle a été soulagée de voir qu'ils avaient retrouvé un teint rosé, même si dans leurs regards à tous deux flottait encore ce voile de sang qui les avait noyés.

Sans lui laisser seulement le temps de nous accueillir, ni même d'embrasser Bertrand, ils se sont mis à lui raconter le massacre de Touffou. Ils n'en avaient pas dit un mot depuis que nous en étions revenus, je n'avais pas osé, moi, leur en parler, et l'espace d'un instant, je me souviens d'avoir craint qu'ils n'aient été plus choqués qu'ils ne l'avaient laissé paraître. J'ai vite été rassurée. Bertrand, Péan et Raoul aussi. À leur façon de raconter à Auline qu'ils avaient tout regardé depuis la fenêtre de la salle des gardes, qu'ils n'avaient pas baissé les yeux devant l'exécution des prisonniers et qu'ils étaient fiers d'avoir vengé leur père, nous avons compris qu'ils se comptaient désormais en justiciers. Et refuseraient qu'on les écarte des autres expéditions que je projetais.

— Si vous croyez, chenapans, que cela vous dispensera de m'aider à cirer le plancher, vous vous trompez ! En attendant, rejoignez donc votre sœur derrière la bâtisse et ne lui chipez pas la balancelle ! Bertrand vous en installera une autre. N'est-ce pas ?

— Évidemment. Allons venez les garçons, s'est empressé de rétorquer Bertrand. Je suis sûr que ces dames ont une foule de choses à se raconter.

— Et davantage de nourriture à préparer. Accompagnez-les messires. Un beau saule ombrage le bord de la rivière. Vous y serez au frais. Je vous envoie une servante avec un pichet, a-t-elle ajouté à l'intention de Péan et de Raoul, avant de m'entraîner dans la cuisine, pour m'obliger, m'avoua-t-elle bien plus tard, à renouer avec le quotidien.

Même si je n'en ai pas eu conscience à ce moment-là, entrer dans cette pièce où flottaient des parfums de bouillon et de lard grillé m'a fait du bien. En parfaite intendante qu'elle avait toujours été, elle a donné ses ordres pour qu'on désaltère au plus vite les cavaliers tout en me versant une bolée d'infusion de menthe. Avant même que je ne m'en sois emparée, pourtant, elle m'a arrêtée.

— Hors de question que vous touchiez quoi que ce soit avec les ongles dans cet état. Et je me moque que ce sang soit incrusté. Il n'entrera pas ici. Je partage votre besoin de vengeance, Jeanne, mais il y a un temps pour tout.

— Je sais…

J'ai plongé mes mains dans une bassine et les ai soigneusement récurées jusqu'à ce qu'elles soient propres. Ensuite seulement, ma tisane bue, j'ai pris le couteau qu'elle me tendait et l'ai rejointe devant la montagne de légumes qui recouvrait la table.

— On a porté un message hier, a-t-elle lâché après quelques minutes de silence à se concentrer sur sa tâche et à me forcer à en faire autant. Un message signé de l'époux d'Ysabeau. Il vous assure de son soutien moral, et militaire si vous le réclamez.

J'ai aussitôt perçu l'inquiétude qu'elle essayait de cacher. Je lui ai souri.

— Sois sans crainte, ma bonne Auline. Je ne l'impliquerai pas. C'est une chance qu'il soit rentré de cette campagne en Provence après le départ d'Olivier pour Vincennes. Une chance que nos petits-enfants soient retournés près de lui. Je ne la gâcherai pas en les mettant dans la ligne de mire de Charles de Blois. Déjà il crie partout que l'attaque de Touffou ne restera pas impunie. Et je suis certaine que le roi fera saisir l'ensemble de mes domaines avant la fin du mois. Il n'y a que ce manoir, ici, en territoire montfortiste, qu'il n'osera pas approcher. Jeanne de Flandres ne le lui permettra pas.

— Irez-vous la voir ? m'a-t-elle demandé après un soupir de soulagement.

Je me suis écartée de la table, suis allée jeter les feuilles de chou dans le chaudron de cuivre qui frémissait au-dessus des braises, près d'un chapelet de cailles farcies en train de rôtir, puis je suis revenue vers elle pour la prendre dans mes bras.

J'avais une boule au ventre, une boule de douleur et de haine que seul son amour après mon retour de Nantes puis le sang versé à Touffou étaient parvenus à apaiser. De nouveau, déjà, elle enflait.

— Tu es une mère pour moi, Auline, tu l'as toujours été, mais j'ai besoin d'une amie. Une amie qui sache ce qu'est le poids d'une arme, le galop d'un cheval devant une armée dédiée à la vengeance, à l'honneur. Une amie qui connaisse ce manque, ce manque absolu et inhumain de l'âme sœur qu'on lui a arrachée.

Elle m'a serrée plus fort, a caressé ma chevelure désordonnée par la chevauchée.

— Je comprends, ma petite. Je comprends. Fais ce que tu dois. Moi je resterai là, à t'attendre avec les enfants. Il est bon aussi qu'ils se posent, qu'ils ne jouent à la guerre qu'avec leurs soldats de plomb. Pour quelque temps du moins, car je me doute que tu vas recommencer.

Je n'ai pu qu'approuver.

42.

— Jeanne, ma chère, très chère Jeanne ! m'a accueillie Jeanne de Flandres à peine ai-je été introduite dans sa bibliothèque qui dominait le Blavet.

Sans prendre le temps de répondre, je me suis jetée dans ses bras grands ouverts tant j'espérais cette accolade.

— J'ai si souvent songé à vous ! a-t-elle repris en me serrant à m'étouffer. Je n'ose imaginer votre douleur depuis la perte d'Ysabeau. Je me demandais même si malgré la trêve, vous reviendriez un jour par ici, Olivier et vous. Nous y avons tous passé de si merveilleux moments ! Savez-vous que j'ai encore dans ma chambre les jolis galets qu'enfant, votre chère fille ramassait pour moi sur les berges ? Elle riait si fort en courant devant nous, s'est brusquement étranglée sa voix.

Et ce sanglot que j'avais si longtemps enfoui dans la haine et le besoin de vengeance a jailli d'un coup du fond de mon ventre. Il s'est mis à déborder sur son épaule, précipitant sa main chaleureuse sur le haut de ma nuque.

— Oh, chérie ! Chérie amie ! a-t-elle murmuré en caressant mes cheveux, regrettant sans doute déjà d'avoir ravivé ma blessure.

Comment aurait-elle su qu'en cet instant, ce qui m'avait arrachée à ma carapace avait été de songer qu'au moins Olivier, lui, ne souffrait plus ?

De longues minutes durant, je n'ai pu le lui dire. Je hoquetais, je perdais souffle dans cet interminable flot qui l'inondait sans qu'elle le repousse ou songe à s'en plaindre. Loin de m'apaiser, sa douceur, sa tendresse redonnaient corps à l'éplorée, à la mère, sans que la guerrière ne puisse rien pour refermer leur cachot.

— Venez, venez-vous asseoir, a-t-elle fini par dire en m'entraînant sous la fenêtre.

Même si elle dut me soutenir, marcher me rendit mon courage. La forçant à s'arrêter, j'ai suspendu mon pas à deux coudées du coussiège[1] puis ai levé mes yeux noyés vers les siens, délavés.

— Olivier est mort, ai-je lâché d'un trait avant de m'effondrer de nouveau contre elle.

Je l'ai sentie chanceler sous le poids de cette nouvelle, me forcer à avancer pour que nous ne nous retrouvions pas toutes deux effondrées sur le parquet.

Je me suis laissée choir sur les coussins. Elle est tombée à mes genoux. Nos regards ont fusionné dans la souffrance.

— Comment ? Comment est-ce arrivé ? m'a-t-elle demandé en me prenant les mains pour les river à son cœur.

La haine est revenue nourrir mes veines, repoussant ma détresse.

— Comme vous l'aviez prédit. Par la traîtrise de Philippe de Valois.

Un cri d'effroi s'est étranglé dans sa gorge. Elle a porté mes doigts glacés à ses lèvres, m'a laissée raconter tout dans le détail, de l'arrestation de mon bel époux à la

1. Saillie de pierre, recouverte de coussins ou non, située sous une fenêtre et faisant office de banquette.

pendaison par les pieds de son corps décapité, pour finir par mon expédition à Touffou.

— … Où je n'ai laissé que des cadavres, ai-je conclu.

Je ne pleurais plus. À l'inverse, ses larmes roulaient, silencieuses, sur son visage aussi livide que le mien.

— Vous avez bien fait, m'a-t-elle dit. Et vous devez continuer à vous battre, à le venger. Sinon, vous sombrerez dans la folie, comme moi.

— Vous ? Mais ne m'avez-vous pas assuré qu'elle n'était que rumeur, propagée par le roi pour discréditer votre guerre ?

— Elle l'était quand je vous ai visitée à la Garnache. Depuis il y a eu cette trêve et la promesse du roi de libérer Jean. J'ai déposé les armes dans cette attente. Mais les jours, les semaines, les mois passent et je me tords les mains, je me vrille le cœur, je me détruis l'âme à ne le voir revenir. Ma raison s'y perd. Et le roi le sait. Il s'en rengorge, en joue, fait traîner pour que je sombre. Et à présent que je sais quel sort il fit à Olivier, je crains que Jean ne soit en réalité le prochain qu'il veuille exécuter.

J'ai voulu la rassurer.

— Que pourrait-il lui reprocher ? D'avoir, depuis sa cellule, accepté enfin de prêter allégeance à la duchesse ?

— Olivier l'a fait, lui, en se battant pour elle, en lui étant fidèle. Voyez où cela l'a mené… Non, douce sœur de misère, ce roi Trouvé[1] n'est qu'un fourbe. Il n'a pas besoin de raisons pour agir à sa manière. De toute évidence, Jean est déjà condamné.

J'ai vu son regard se perdre un instant, eu l'impression, oui, qu'elle s'égarait dans des limbes obscurs, ceux-là

1. Surnom donné à Philippe de Valois parce que, n'étant pas de la lignée des Capétiens directs, il avait été choisi, « trouvé » par les pairs de France.

mêmes qui m'appelaient depuis la mort d'Olivier. J'ai décroché mes mains des siennes, lui ai broyé les épaules.

— Je refuse d'y croire. Tout au contraire. Ce n'est pas quatre cents hommes que j'aurai derrière moi dans les prochaines semaines, c'est quatre mille ! Croyez-vous encore que Charles de Blois comptera toujours autant de soutiens quand on saura partout avec quelle ignominie le plus fier et loyal de ses partisans a été éliminé ? Quand on découvrira de quelle manière abjecte le roi retient toujours en ses geôles les bannerets qui l'ont accompagné à ce maudit tournoi ?

Elle a secoué la tête tristement.

— Moi aussi j'avais une puissante armée. Moi aussi je lui ai infligé de solides pertes. Regardez où j'en suis aujourd'hui… Vous regagnerez l'honneur d'Olivier, c'est votre rôle et je vous y encourage en vous promettant même l'appui et la protection de mes alliés, mais je resterai en retrait, Jeanne. Cela ne me garantira pas de retrouver vivant l'homme que j'aime, mais si je vous suivais…

— Vous fourniriez la meilleure des excuses au roi pour le tuer.

— M'en voulez-vous ? s'est-elle inquiétée.

— Pas plus que vous hier quand nous étions opposées. Au contraire. Je ne comptais pas vous impliquer. J'espérais juste votre autorisation pour circuler sur vos terres.

— Vous l'avez toujours eue. Tout comme mon affection et mon amitié.

Nos fronts se sont joints, puis nos mains.

Je me souviens d'avoir fermé les yeux sous la douceur de cette pause, d'avoir soupiré.

— Ce n'est pas une consolation, mais si nous devons sombrer, Jeanne, vous dans la folie, moi dans la cruauté, au moins saurons-nous pourquoi.

Elle s'est mise à rire, un rire fané quand je l'avais tant entendu caracoler.

— Oui. Pour préserver intact un amour digne des plus belles chansons. Mais l'histoire n'en retiendra rien. Le temps des troubadours s'en est allé.

Je l'ai embrassée sur la joue, de nouveau prête à me relever.

— Il reviendra, mon amie. Il reviendra. Je vous en fais la promesse. Sitôt que, chassés dans le sang, les loups auront quitté la contrée.

Le lendemain, Péan me rapportait le corps d'Olivier et je l'enterrai enfin dans le caveau de la chapelle de Saint-Yves, avec la complicité de l'abbé Guillemet qui nous avait rejoints.

Une semaine plus tard, le roi procédait à la confiscation de mes biens, signant définitivement sa déclaration de guerre.

Elle commença pour de bon le 30 septembre qui suivit. Avec autant d'hommes que je l'avais prédit à Jeanne, j'enlevais la cité de Lannion par la ruse. Afin que de nouveau mon message au roi de France et à Charles de Blois soit clair, je fis exécuter tous leurs partisans. Jusqu'au dernier.

43.

La riposte du roi fut immédiate. Immédiate et injuste. Sans plus de procès qu'il n'en avait autorisé à Olivier, il fit décapiter publiquement l'ensemble des bannerets qu'il avait fait arrêter en même temps que lui.

Crut-il ainsi effrayer ceux qui me suivaient désormais, convaincus de ma légitimité ? Il ne fit que les enrager davantage, Péan et Raoul les premiers.

Quant à moi ! Dieu m'en soit témoin, je connaissais à présent l'addiction des fauves pour le sang. Ce qui n'avait été qu'un besoin de vengeance m'était devenu une nécessité vitale.

Fini les robes aux belles étoffes, les colliers, les bracelets ! Tout ce qui avait une quelconque valeur avait été enlevé de mes châteaux avant que Charles de Blois n'y pénètre. Or, argent, pierres précieuses, tout, je destinais tout au financement de ma guerre. Qu'il n'en reste rien m'était indifférent pourvu que l'honneur l'emporte ! Afin que j'en serve au mieux la cause, Auline m'avait retaillé les habits d'Olivier. Je les revêtais du matin au soir, déterminée à ce qu'on le voie à travers moi, à ce qu'il vive à travers moi. Fini aussi les gorgets, les voiles ou les guimpes. Dénouées au vent mauvais, mes boucles rousses cascadaient sur mes épaules au rythme de mes chevauchées, auréolant mon visage sans fard.

Je ne portais pas de bannière. J'étais une bannière. Ainsi naquit mon surnom de Tigresse bretonne.

Jeannette et Petit Guillaume étaient en sécurité à Saint-Yves qui nous servait de base entre deux combats. Junior, acclamé par mon armée, ne voulait plus la quitter. Aurais-je voulu revenir en arrière que c'était impossible. En vérité, cette idée ne m'a pas seulement effleurée. Fini la dame de la Garnache, de Montaigu, de Blain, de Clisson, de l'île d'Yeu.

Au lendemain de l'annonce de cette exécution arbitraire, je ne fus plus que moi, Jeanne de Belleville, veuve d'Olivier. Moi dressée sur mes étriers, face à cette mer d'hommes qui attendaient mes ordres, une main sur la fusée de l'épée, l'autre sur le cœur et l'œil brûlant d'autant de respect que d'envie d'en découdre.

Ce que j'ai ressenti à ce moment-là, croyez-moi, ne fut ni orgueil, ni jubilation. C'était ce qu'avait éprouvé Jeanne de Flandres en guerroyant au nom de son époux. Le sentiment d'avoir été embrasée de l'intérieur. D'être devenue une flamme ardente. Une flamme avide de tout dévorer sur son passage.

– Le roi a fait exposer les têtes de nos amis, de nos frères à la porte principale de Rennes comme il l'avait fait à Nantes de celle d'Olivier. Il veut montrer à ses habitants, à ceux qui sont toujours fidèles à Jean de Montfort, qui, réellement, gouverne la Bretagne. Mais il se trompe ! Les Bretons n'obéissent qu'à un seul roi : la liberté ! Allons la regagner en décrochant ces chefs de leurs piques ! Haro ! Haro, bannerets ! ai-je hurlé, debout sur mon cheval, l'épée brandie et la folie dans les veines.

Un cri sauvage m'a répondu, aussi puissant qu'un roulement de tonnerre. Le cri de quatre mille bouches, aussi affamées de justice que je l'étais.

Nous n'avions parcouru que quelques lieues depuis Saint-Yves lorsque Raoul se rapprocha de mon cheval que je maintenais au pas, permettant ainsi à tous ceux que nous croisions, paysans, marchands ambulants, clercs ou notables de mesurer la puissance de notre détermination et d'en répandre l'avance.

— Vous vous souvenez sûrement que l'on a accusé Olivier d'avoir encouragé des blésistes à quitter Vannes pour rejoindre le camp des montfortistes le jour où il a été capturé par les Anglais, commença-t-il.

Comment aurais-je pu oublier ? Cela avait été un des principaux arguments qui avaient emporté sa condamnation.

— L'homme qui rapporta ce mensonge à Charles de Blois s'est vu récompensé par le roi. Jusqu'à ce matin, j'ignorais de quelle manière. Son nom lui-même m'était inconnu.

Je commençais à bien connaître Raoul. Il ne m'aurait pas livré cette information si je n'avais pu en tirer bénéfice.

— Laisse-moi deviner. Valois lui a offert l'un des domaines saisis aux Montfort et celui-ci est sur notre route.

Il s'est mis à rire.

— Tout à fait. Un castelet piqué en haut d'une motte féodale dans le village du Gué. Il n'est protégé que par une modeste douve et une poignée d'archers.

Enfin. Enfin, ai-je pensé. Enfin allais-je pouvoir arracher le cœur de l'un des responsables directs de la perte d'Olivier.

— Ce scélérat a également reçu Beignon. Il y abrite une petite troupe. Voulez-vous aussi que l'on s'y arrête pour la saluer ? a ajouté Raoul devant mon sourire carnassier.

J'ai tourné la tête vers lui, l'œil embrasé.

— Oh oui ! Comme en tous les châteaux, qui, entre ici et Rennes, ont été confisqués par le roi.

44.

Le capitaine des gardes de Beignon nous a ouvert les portes à la simple vue de notre avant-garde. Il espérait ainsi avoir la vie sauve. Pauvre fol ! Il mourut le premier, traversé par la lame de Péan qui le connaissait bien et lui gardait une vieille rancune. Les autres tombèrent en suivant, submergés en quelques secondes par le flot des cavaliers.

Le château du Gué fut à peine plus difficile à prendre. Que pouvaient une vingtaine d'archers terrifiés contre un tel nombre ? Bien vite leurs boucliers furent criblés de plus de flèches qu'ils n'en pouvaient tirer. Les survivants quittèrent les chemins de ronde pour se réfugier dans la cour. Probablement pour veiller à ce que le pont-levis reste levé.

Comme si cela pouvait m'arrêter !

J'ai fait abattre deux arbres dans la forêt voisine, puis rapporter leurs troncs pour les jeter en travers du fossé. Ne resta plus qu'à coller les échelles à la muraille et à grimper. Quelques téméraires remontés aux créneaux tentèrent bien de repousser les montants et de nous précipiter dans le vide. Ils n'obtinrent que de périr plus vite que les autres.

Les gardes défaits, le pont-levis baissé, plusieurs bannerets firent un bélier avec l'un des troncs qui nous avaient servi à traverser. La porte du donjon n'y résista pas. Sa piteuse défense non plus qui s'effondra sous le mors de nos lames.

C'est ainsi que j'ai ouvert, d'un violent coup de botte, la porte verrouillée de la chambre où le nouveau seigneur des lieux s'était réfugié. Ce traître, ce menteur, ce parjure, qui après s'être battu au côté d'Olivier l'avait vendu contre quelques terres.

Je l'ai trouvé debout, à l'angle de la fenêtre qui donnait sur la cour dévastée, protégeant de ses bras sa femme et son fils terrifiés. Il n'avait rien perdu de notre attaque. Il m'attendait. Désarmé.

Entrés à ma suite, Péan et Raoul ont voulu l'arracher à sa famille. Coupant net leur élan, j'ai écarté les bras pour les en empêcher. Ils se sont immobilisés aussitôt. Ils me connaissaient désormais assez pour deviner que ce n'était pas là un élan de magnanimité. Je voulais savourer ce moment. Ce moment où, à l'égal de Dieu ou du roi, la vie de cet homme m'appartenait.

— Tout ira bien, a murmuré ce scélérat sur les lèvres tremblantes de son épouse.

J'ai affirmé ma prise sur la poignée de mon épée, me suis avancée, amère.

— Faut-il donc que tu mentes encore ? Et aux tiens cette fois ? Quel monstre es-tu pour décimer ainsi le cœur de deux familles ? ai-je grincé.

— Pitié ! Pitié pour lui, m'a suppliée sa femme.

— Pourquoi en aurais-je ? Mon époux est mort à cause de son faux témoignage.

— Croyez ce que vous voulez, dame Jeanne. Mais je n'ai répété à Charles de Valois que ce que j'ai entendu de la bouche même du seigneur de Clisson, a plaidé ce fourbe en relevant le menton.

— Tu oses ? Tu oses encore le bafouer ? Devant moi, sa femme ? Moi qui le connaissais mieux que quiconque ? ai-je explosé en me jetant sur lui.

Il ne s'est pas dérobé au poignard que je lui ai piqué au col. Bras et jambes écartés, il protégeait les siens.

— Vous n'y étiez pas, a-t-il continué de me narguer, la voix étranglée.

Ses traits étaient ceux d'un homme qui se sait condamné.

J'ai entendu Raoul fulminer derrière moi :

— Moi ! Moi j'y étais ! Et je te reconnais, ignoble pourceau, pour l'être abject que tu es ! Préférant salir la mémoire d'un héros plutôt que de perdre face devant ton fils. Laissez-le-moi, Jeanne ! Laissez-le-moi que je le dépèce lentement jusqu'à lui faire rentrer son discours en gorge.

— Non, ai-je hurlé. Il est à moi !

Sans baisser ma lame, je l'ai tiré de l'avant pour le détacher des siens.

Le garçonnet a éclaté en sanglots. La femme s'est précipitée dans mes jambes pour s'y agripper. Levés vers moi, ses yeux ruisselaient.

— Pitié, dame Jeanne ! Vous souffrez, je le vois. Vous vous consumez de la perte de votre époux. Alors, je vous en supplie, laissez-moi mon vaurien. Je l'aime tant que si vous me le prenez, je ne serai plus rien. Non, plus rien. Vous le comprenez n'est-ce pas ? Je suis sûre que vous le comprenez…

Cette peur dans ses yeux. Cette douleur dans sa voix. Oui, je les comprenais. Trop bien. Je ne pouvais pas lui accorder ce qu'elle souhaitait alors j'ai fait la seule chose qui, en cet instant, m'a semblé appropriée.

J'ai fait signe à Péan et à Raoul de me délester de mon prisonnier. Les mains libres, je me suis penchée vers elle.

Je me revois encore lui relever le menton, puis sans la quitter du regard, lui trancher la gorge si proprement qu'elle est morte avant même de s'en être rendu compte.

– Pourquoi ? Pourquoi ? s'est mis à beugler son époux, dévasté, en se débattant avec furie.

– Pour lui épargner de devenir ce que tu as fait de moi, ai-je répondu d'une voix éteinte avant de marcher, lame rougie au poing, vers son fils.

45.

Je l'ai écrit à l'ouverture de ces Mémoires : je ne regrette rien. Et certainement pas ce que j'ai fait ce jour-là.

Quand, la chemise, le visage, les mains et les cheveux couverts de sang, j'ai de nouveau fait face à mon prisonnier, il était à genoux là où le désespoir l'avait jeté. Les poignets liés dans le dos, il sanglotait face à sa famille perdue. J'ai remis mon poignard à ma ceinture, me suis accroupie devant lui, le forçant à me regarder. Pendant quelques secondes, j'ai soutenu, sans sourciller, en silence, la douleur haineuse de son œil.

Puis je me suis relevée et, depuis le seuil de la porte où m'attendaient Péan et Raoul, j'ai annoncé d'une voix calme, posée :

— Tu n'en es pas digne, pourtant, je vais t'accorder ce dont ton mensonge m'a privée : le droit de te recueillir près d'eux une nuit durant. Je reviendrai à l'aube. Et tu mourras.

Le lendemain, son corps sans tête se balançait par les pieds à la barbacane. Et, tandis qu'une poignée de mes hommes laissés à la garde du castel enterraient dignement la femme et l'enfant, je poursuivais ma route vers Rennes, m'emparant de manoirs et de petits châteaux, massacrant qui m'opposait résistance et récupérant sur mon passage des gens ulcérés par l'attitude et les crimes inqualifiables du roi.

De sorte qu'ils furent plus de trois cents, armés de fourches, de piques ou de bâtons qui marchaient derrière mes soldats quand j'atteignis la ville. Je n'eus pas besoin de la prendre. La révolte y grondait depuis que le roi leur imposait la vue de ces Bretons salis dans leur honneur par la décapitation. Nous ne trouvâmes que des amis, saluant notre cause, huant le roi et Charles de Blois. Philippe de Valois avait voulu faire d'Olivier un traître ? De ses compagnons des exemples pour qui voudrait contester son autorité ? Il n'avait réussi qu'à soulever contre lui ceux qui, hier encore, lui étaient acquis et le servaient.

Même à Vannes, appris-je, on se détournait désormais de la duchesse en titre et de son époux. L'imposante garnison établie par les légats du pape avait été chassée à coups de pierres. Et pour rendre hommage à Olivier, quelqu'un avait piqué en haut des remparts le drapeau des Clisson près de celui de la Bretagne.

Il n'avait suffi que de quelques jours pour que les plus grands seigneurs bretons se rallient à ma cause, faute de preuve de la culpabilité d'Olivier et de celle des autres seigneurs exécutés. Ils continuaient de réclamer qu'on leur en fournisse et, n'obtenant rien, devenaient de plus en plus enragés. Pour ajouter à leur colère, Charles de Blois condamnait sans réserve mes actions, refusant de leur reconnaître la moindre légitimité. Lorsque, à la confiscation de mes biens vint s'ajouter mon bannissement, partout, du nord au sud de la Bretagne, on se mit à le honnir au même titre que le roi. Et j'en vins à craindre, comme Jeanne de Flandres s'en était effrayée, que Jean n'en fasse les frais.

Certes, jusque-là le roi avait pris grand soin de lui, le logeant au Louvre au lieu d'une des geôles infamantes du Grand Châtelet, refusant de donner le moindre prétexte de courroux au roi d'Angleterre pour rompre la trêve entre leurs deux royaumes. Philippe de Valois avait encore trop besoin de cette paix relative pour reconstituer ses troupes.

Mais si Jean disparaissait, au moins n'y aurait-il plus de contestation de légitimité sur le trône du duché. Bien sûr, ses partisans se rangeraient derrière ma chère Jeanne pour que leur fils soit reconnu à sa place, mais quand ? Jeannot n'avait que quatre ans. D'ici qu'il soit capable de réclamer lui-même le duché, la folie aurait emporté sa mère.

C'était en vérité ce que je redoutais le plus. La voir sombrer, tant je savais la puissance de son amour pour Jean. Tant moi-même, sans cette fuite éperdue dans le combat, j'aurais cessé d'exister.

Si je voulais continuer, je devais laisser la Bretagne respirer. Ne plus impliquer les montfortistes. Réduire cette guerre à ma seule vengeance. Et tout à la fois ramener de l'équité et de la justice là où le roi les bafouait.

Je me rendis à Hennebont, vis Jeanne. Elle me serra à m'étouffer lorsque je lui annonçai ma décision de consacrer ce qu'il restait de la vente de mes bijoux et autres biens récupérés par Bertrand à l'achat d'un navire.

— J'ai bien l'intention d'attaquer les nefs qui ravitaillent Paris depuis l'embouchure de la Seine. Il est temps que Philippe de Valois ait le ventre creusé, comme les Bretons qu'il ne cesse d'affamer. Je veux qu'il sache que je n'en ai pas terminé avec lui. Puis-je compter sur vous, mon amie, pour veiller sur Auline et Jeannette qui resteront à Saint-Yves ?

Elle m'a écartée, m'a embrassée sur la joue.

— Bien sûr. Aucun de nos ennemis communs ne s'en approchera, vous avez ma promesse. Et vous pourrez embarquer d'ici avec les garçons et ceux que vous aurez choisis pour vous accompagner.

Ne me resta plus dès lors qu'à concrétiser mon idée en rendant visite à un vieil ami, armateur et constructeur de navires à Nantes.

— J'ai récemment fait l'acquisition d'une cogue de commerce. Elle a survécu à une tempête mais pas son propriétaire. Si vous m'accordez un mois, dame Jeanne, j'en ferai un solide bateau de guerre. Quand on saura que c'est pour vous et l'honneur de messire Olivier, il ne me sera pas difficile d'enrôler un équipage capable aussi bien de manœuvrer que de jouer du sabre d'abordage, m'a-t-il assuré après avoir tiré sur sa pipe de corne.

J'ai vidé d'un trait le hanap empli d'hydromel de pomme qu'il m'avait servi, puis l'ai reposé vigoureusement sur le plateau usé de la table devant laquelle nous étions installés.

— Il me faudra trois valeureux équipages en plus des deux cent cinquante soldats que je compte embarquer.

— Trois ? Foutredieu, que voulez-vous en faire ? s'est-il étranglé.

— Pour l'instant rien. Mais d'ici à ce que vous ayez terminé, j'entends bien obtenir une lettre de course de la part du roi d'Angleterre. Et deux navires de plus. Croyez-moi Robert, Philippe de Valois n'est pas près de dormir en paix.

Son rire, aussi fracassant qu'une déferlante sur un rocher, a empli l'échoppe où il traitait ses affaires. Il a fermé cette paupière qu'une mouette lui avait un jour déchirée pour m'offrir un clin d'œil complice, puis il m'a demandé, l'œil pétillant et la main s'emparant à nouveau du pichet :

— Et comment que vous comptez l'appeler la beauté que je vous destine ?

— *Ma Vengeance*, ai-je répondu, malicieuse, en lui tendant mon gobelet.

46.

J'ai toujours aimé naviguer. Avec Olivier nous ne nous contentions pas de faire du canotage le long des rivières. Chaque fois que nous nous rendions sur l'île d'Yeu ou de Groix, j'éprouvais ce même sentiment de liberté. Je ne pouvais m'empêcher de me placer à la proue du navire, de me blottir de dos contre son torse, et là, solidement protégée du tangage par l'étau de ses bras puissants, d'inspirer les embruns à pleins poumons en regardant s'ébattre les dauphins. Ces dernières années, à cause de cette guerre, nous n'en avions plus eu l'occasion. De sorte que nos fils n'avaient guère connu que le plaisir tranquille des petites barques de pêche sur la Sèvre Nantaise ou la Moine, quand leur père, habile conteur, leur avait narré chacune de nos escapades comme une aventure.

Sitôt que je leur avais eu annoncé que j'achetais un navire, je n'avais pu les tenir. Auline avait bien tenté de me convaincre de lui laisser Petit Guillaume, mais il m'avait si vivement suppliée de l'emmener en course avec Junior que je n'avais pas eu le cœur de le lui refuser. D'autant plus qu'au fil des jours, à partir de notre installation à Saint-Yves, il était devenu souffreteux. Je n'ai pas voulu à cette époque accepter l'idée que j'en sois responsable. Que la vision horrible de la tête coupée de son père, puis de celles de Touffou ait pu tant le hanter et le tourmenter que sa santé s'y soit perdue. Aujourd'hui, je n'en suis plus aveugle et c'est une part de moi qui ne guérira jamais. Mais à ce moment-là, face à son insistance à prendre la mer avec nous, je n'ai vu que l'occasion, entre deux abordages, de stimuler sa constitution devenue fragile. Rien de tel que l'air du large pour fortifier le tempérament, me disait ma mère quand j'étais enfant avant de me faire déguster une huître ou une palourde.

J'étais convaincue que sur l'eau, dans les criques où nous ne manquerions pas de mouiller, j'aurais quelques moments heureux avec mes fils. Des moments qui les feraient renouer avec leur part d'enfance. Des moments où je pourrais leur parler de leur père, de ma mère et partager avec eux ce qui, à moi, m'avait conféré force et vitalité.

Et puis le roi d'Angleterre avait validé ma requête. Ma « Flotte de représailles de la Manche » telle qu'on ne tarda pas à l'appeler, se flattait à présent de trois vaisseaux ronds qui, s'ils ne pouvaient remonter le vent, n'en étaient pas moins rapides et maniables près des côtes. Selon mon ordre de course, je resterais à proximité de celles de Normandie et du Cotentin pour m'emparer des navires destinés au ravitaillement de Paris. Outre le fait qu'ils étaient des proies faciles, le roi de France n'avait pas les moyens d'entrer en représailles. Une grande partie de son armada avait été perdue à la bataille de l'Écluse[1] et l'autre par la colère d'Olivier envers l'amiral Grimaldi dans le port de Nantes. Si toutefois nous devions être pris en chasse, m'avait assuré Raoul, il nous suffirait de nous rapprocher de l'Angleterre si le vent le permettait

1. 24 juin 1340. L'un des premiers affrontements de la guerre de Cent Ans, il opposa la France à l'Angleterre dans la rade de l'Écluse (Pays-Bas).

ou, malgré la distance, de gagner l'embouchure du Blavet et là, de remonter le fleuve jusqu'à Hennebont. À aucun moment, non, à aucun moment, en arrivant sous les murailles de Jeanne de Flandres où m'attendaient mes bateaux, je n'ai eu le sentiment que j'allais mettre mes fils en danger. Ni au travers de ma guerre, ni lorsqu'il s'agirait d'affronter l'hiver et la mer démontée. Ma cogue avait été renforcée pour supporter le gros temps et mon équipage était suffisamment aguerri pour tout encaisser.

Il me suffit de me souvenir de la joie avec laquelle mes deux garnements se sont élancés le long de la rampe qui séparait le quai de *Ma Vengeance* pour repousser ce sentiment de culpabilité qui m'étreint toujours à l'heure où j'écris. En quelques minutes, ils étaient partout, escaladant les énormes rouleaux de corde, courant de l'avant à l'arrière, interpellant les matelots et les soldats avec respect et fierté, réclamant qu'on les hisse en haut de la vigie ou qu'on leur laisse manœuvrer la roue. Il me semble encore les entendre s'émerveiller de tout, en éprouver une joie douce dans le vent vif de cette fin octobre 1343 et prendre possession de mes quartiers avec le sentiment qu'Olivier aurait approuvé ma décision de les emmener.

L'armateur nantais avait été à la hauteur de sa réputation en rénovant entièrement le château arrière. Fonctionnel, luxueux sans ostentation, il comptait deux chambres. Bien que contiguë à celle des enfants, la mienne me réservait une précieuse intimité. J'y trouvai une écritoire, des coffres pour ranger mes vêtements et même une petite coiffeuse qu'Auline, dépitée par l'état désastreux de ma chevelure rousse, avait pris soin de faire garnir de peignes et d'huiles précieuses. Tout était rivé solidement au plancher ou aux boiseries.

Je me revois caresser de la paume une des fourrures qui recouvraient le lit, regrettant soudain qu'un corps d'homme ne puisse la remplacer lorsque le froid se ferait trop mordant. Puis, troublée par cette pensée inopportune, remonter vivement sur le pont à l'appel des enfants et les trouver, l'un sur les épaules, l'autre dans les bras de Raoul, observant les matelots remonter l'ancre et déjà, sur le Blavet, s'éloigner les deux nefs de ma flottille.

Je revois Raoul tourner son visage hâlé vers moi, ses grands yeux verts me sourire.

C'est à ce moment-là que j'ai su. Su qu'il me fallait quelqu'un à mes côtés. Quelqu'un qui, tout en m'aimant, ne trahirait jamais en moi la mémoire d'Olivier.

L'a-t-il lu dans mon regard ?

Trois jours plus tard, après un abordage sanglant qui n'avait laissé sur les flots qu'un navire incendié, il toquait à ma porte au cœur de la nuit et de cette crique des îles de la Bernières où nous nous étions réfugiés.

47.

— Un souci, Raoul ? ai-je demandé après lui avoir permis d'entrer.

D'une main, il tenait une lampe-tempête, de l'autre une bouteille d'hypocras. Il a posé l'une, a soulevé l'autre depuis le seuil, face à ce lit dans lequel je m'étais redressée.

— J'avais emporté ceci pour célébrer notre première prise… Mais l'heure est peut-être trop tardive…

Un sourire, en réponse au sien.

— Pour vous, elle ne l'est jamais. Prenez deux godets dans le petit coffre au pied du lit et venez vous asseoir près de moi.

Je me suis décalée à son approche. Un reste de bienséance, sans doute, parce que nos regards posés l'un sur l'autre étaient sans équivoque.

Il m'a tendu le breuvage. Nos doigts se sont effleurés.

— Vous savez, Jeanne, il est facile pour un chevalier de bien manier l'épée ou l'arc, a-t-il commencé après avoir avalé une gorgée. Mais rares sont ceux qui y parviennent en mer. D'où la sélection rigoureuse que nous avons dû faire avant d'embarquer. Or, chacun de vos tirs a fait mouche et vous n'avez cédé votre place à personne lors de l'abordage, jouant du sabre avec une dextérité peut-être plus grande encore qu'à terre. Je voulais que vous sachiez que vous les avez tous impressionnés aujourd'hui, du plus modeste matelot au plus aguerri de nos soldats. En passant par le capitaine que je viens de quitter et qui ne jure plus que par votre courage et votre témérité.

J'ai rosi de fierté avant de poser ma main sur son avant-bras aux manches relevées.

– Et vous, Raoul ? Vous ai-je esbroufé aussi ?

Son œil s'est embrasé. Il a recouvert le dessus de ma main, l'a caressé délicatement de son pouce.

– Moi ? J'ai su ce dont vous seriez capable le jour où, avec Péan, je vous ai rejointe sur la route de Nantes. Mais je vous connaissais d'avant. Olivier ne m'a pas seulement fait l'honneur de m'offrir son amitié. J'ai souvent reçu ses confidences. La première fois qu'il me parla de vous, c'était au retour de l'île d'Yeu après que l'arrivée abrupte de votre père et de Geoffroy de Châteaubriant l'en avait chassé.

Des larmes sont venues piquer mes yeux.

– Je l'ignorais.

– Je vous l'avoue aujourd'hui pour que vous sachiez à quel point je vous respecte. Autant que je le respectais. Autant qu'il vous respectait… Il m'a demandé de veiller sur vous, Jeanne. Le jour de sa mort, juste avant que le bourreau n'officie.

Je me suis mise à trembler. Il a resserré ses doigts autour des miens.

– Je ne comprends pas…, ai-je murmuré.

– Mon écuyer. Il a vu Alain, mon écuyer, près de l'échafaud. Il vous a recommandée à moi à travers lui, en insistant pour que l'on ne vous en dise rien. Par crainte peut-être que vous ne me repoussiez. Quoi qu'il en soit, je crois qu'il savait… qu'il a toujours su…

– Su quoi ?

Son regard franc, loyal, si doux à cette heure est venu cueillir le mien, bouleversé.

— Qu'à l'entendre vanter vos mérites et votre beauté puis à les découvrir par moi-même, j'avais fini par vous aimer.

Ma gorge était si nouée que je n'ai su répondre. Il a porté mes doigts à ses lèvres, y a déposé un baiser tendre.

— Je suis à vous, Jeanne. Je l'étais bien avant de vous rencontrer. Mais c'est à lui que vous appartiendrez toujours. C'est ce que je veux. Sans doute même est-ce ce qu'il voulait aussi. Tout en m'accordant le droit, si vous me cédiez, de vous choyer.

À cet instant m'est revenue en mémoire la lettre que m'avait fait lire Guy de Penthièvre après m'avoir annoncé qu'il voulait rompre nos noces. Cette lettre dans laquelle Olivier évoquait leur accord à mon sujet.

Et je me suis mise à pleurer doucement. Parce qu'il était ainsi mon bel amour. Tant épris de moi qu'il avait placé sur ma route des hommes pour me protéger, pour prendre soin de moi. Des hommes à aimer par défaut. À sa place.

Raoul m'a attirée contre lui. Je me suis accrochée à son cou, à son odeur, à sa peau. J'ai fermé les yeux et dans le creux de son oreille, je lui ai demandé, puisqu'il me connaissait si bien, de me prendre, là maintenant.

De me prendre et, surtout, surtout, de me garder.

48.

N'ayant aucune raison de dissimuler cette liaison, je ne l'ai pas fait. Je crois même qu'affirmer ma volonté de survivre à Olivier y compris dans la chair me rendit plus estimable encore auprès de mes hommes. Quant à mes enfants, ils s'étaient déjà tellement attachés à Raoul qu'ils ne s'étonnèrent pas, le matin suivant, de le découvrir en ma couche. Ils lui sautèrent dessus comme ils le faisaient avec leur père, l'entraînant dans une de ces batailles d'oreillers qu'ils affectionnaient. Ils étaient si jeunes encore. Junior avait sept ans et demi, Petit Guillaume un peu plus de cinq. L'air du large, de l'aventure les stimulait. Chaque jour, Junior grimpait à la vigie avec Péan. Il pouvait y passer des heures, l'œil collé à la lunette, s'excitant comme un lévrier sitôt qu'une nef lui apparaissait. Si sa voix, trop fluette, ne parvenait à nos oreilles, obligeant Péan à la relayer, il agitait ses bras pour nous alerter. Petit Guillaume n'était pas en reste. L'un des matelots lui avait confié son papegault[1] lors de la première attaque. Depuis, il le portait sur l'épaule, lui parlant comme à un ami et riant quand le volatile aux couleurs bigarrées lui répondait en roulant des *r*. Mais sitôt que son frère nous prévenait, il prenait l'oiseau à

1. Perroquet.

pleines mains et l'envoyait crier aux oreilles des archers pour leur enjoindre de se préparer.

Bientôt ce fut un rituel. Junior et Péan hurlaient de concert :

— Navire en vue !

Petit Guillaume se précipitait auprès du capitaine pour assister aux manœuvres et la chasse commençait, lancée par la nef la plus légère et la plus apte à couper la route du marchand. Ma réputation de cruauté n'ayant pas encore franchi les mers, une fois encerclée, notre proie finissait par se rendre. Le capitaine nous livrait sa cargaison, espérant clémence. Je ne lui en offrais aucune. Le navire incendié sombrait avec ses cadavres.

Cela dura deux semaines.

Puis, à l'aube d'une de ces nuits où Raoul réveillait mon corps défunt par de subtiles caresses, j'ai pris conscience de l'inutilité de mes saccages. Que pouvait en connaître le roi de France ?

— Il faut changer de tactique, ai-je murmuré sur l'épaule nue de Raoul.

Il somnolait encore mais tel qu'en lui-même, toujours sur le qui-vive. J'ai perçu sous ma paume le frisson d'inquiétude qui courut sur sa peau. Je me suis écartée pour le laisser pivoter sur le dos, me livrer son froncement inquiet de sourcils.

— Tu n'aimes plus mes manières ? me demanda-t-il.

J'ai repoussé une mèche brune qui lui barrait les yeux.

— Ce sont les miennes que je veux reconsidérer.

Il a souri. Affirmé :

— Seule maîtresse à bord. Toujours.

J'ai glissé ma main sous la couverture, ai refermé mes doigts sur sa verge dressée.

— Qui passerait cette porte ne verrait rien, n'est-ce pas ?

Une fossette s'est creusée dans sa joue, au coin de sa bouche.

— Mais il se douterait fortement…

— Certes. Pour ce qui nous concerne. Maintenant imagine que ce mât soit celui d'un navire et cette couverture la surface de la mer.

— Son naufrage serait invisible. Et nul n'en parlerait, a-t-il aussitôt compris.

— Voilà mon problème. Je veux qu'on en parle. Et je veux que le roi de France entende.

Il a écarté le drap d'un geste vif, révélant ma main jouant avec son membre.

— Fort bien. Mais cela signifie ne plus embraser à tout va. En seras-tu capable ?

J'ai retiré mes doigts.

— C'est bien ce que je craignais, a-t-il soupiré, faussement marri.

Je l'ai enfourché, me suis penchée sur lui puis ai noué mes doigts aux siens de chaque côté du lit.

— Trêve de métaphores, mon bel amant. Tu sais que je termine toujours ce que je commence, ai-je murmuré sur ses lèvres en faisant voluptueusement coulisser mes hanches sur les siennes.

Est-ce la perspective de ces vaisseaux fantômes que je comptais désormais faire danser sur les flots, de leurs mâts reconvertis en gibets ou de ces corps sans tête que je voulais y pendre en guise de message au roi de France ?

J'ai joui avec une violence telle, qu'il m'a fallu quelques minutes, abattue sur le torse épais et palpitant de Raoul, pour reprendre mon souffle.

Lorsqu'il se mêla de nouveau au grand vent, ce ne fut plus la Tigresse bretonne que l'on me nomma, mais la Lionne sanglante.

D'un bout à l'autre des terres de France.

49.

Tandis que ce surnom claquait comme une bannière en répandant la terreur, le spectacle de ces vaisseaux fantômes, des chairs pourrissantes de leurs marins offertes aux cormorans, avertissait les navires marchands des risques qu'ils encouraient à ne pas se faire escorter. Vint un jour où ma flottille dut faire face à des mercenaires armés de sabres et de poignards en place de matelots effrayés. Les combats devinrent plus équitables. Plus violents aussi, même si nous conservions l'avantage. Mais désormais, pour plus de sécurité, avant chaque abordage, j'enfermais les garçons dans le château arrière, ne les autorisant à sortir qu'une fois le silence retombé.

Là, seulement, ils participaient au pillage.

Au soir venu, nous nous réfugiions dans des criques, à l'abri des regards et des fortes houles de l'hiver. Quand le temps s'y prêtait, les hommes descendaient sur la grève. Ils cuisaient au-dessus des feux les denrées que nous ne cédions pas aux villageois pour réduire leur famine, puis une fois les tonnelets percés, fêtaient bruyamment notre victoire. La plupart du temps je me joignais à eux. Il m'arrivait aussi de rester à bord, seule avec mes garçons. Je m'étendais entre eux, à même le pont, sous des peaux de bêtes. Là, dans le lointain chahut des rires et des jurons, nous regardions les étoiles et les constellations. Nous parlions d'Olivier, d'Ysabeau et de Jeannette restée à Hennebont avec Bertrand et Auline. Tous me manquaient. Tous nous manquaient. Mais pendant quelques heures, sous la voûte étoilée, nous réinventions ces moments heureux où nous étions ensemble, unis. Junior et Petit Guillaume finissaient par s'endormir dans le creux de mes bras. Et dans leur chaleur, le nez au vent glacé, je redevenais une mère.

Juste une mère.

Las, comme tout ce qui fut bon et doux dans ma vie, cela ne pouvait durer.

Cela arriva au tout début de décembre. Des cris m'éveillèrent en sursaut. Des cris d'alerte en provenance de la grève. Aussitôt, bousculant mes enfants, je fus debout. Le temps que je me précipite au bastingage avec les matelots restés à bord, le vent nous portait le bruit d'une bataille. La lune était au quart, des nuages la voilaient par intermittence. Tout ce que je pus distinguer fut la danse macabre de mes hommes autour du feu. Descendre aurait été vain. Il me fallut attendre que le combat cesse, qu'une de nos chaloupes quitte la côte, que Péan et Raoul, furieux et la lame ensanglantée, reviennent à bord.

— Des paysans. Armés de piques, de faux, de fourches. Ils nous ont surpris en plein sommeil. Vingt d'entre nous ont été tués avant qu'on ne riposte et les réduise à merci ! Sacrebleu ! s'est indigné Raoul en frappant du poing sur un tonneau de salage solidement arrimé au pont. Je croyais pourtant que les petites gens avaient compris le sens de notre guerre ! N'en profitent-ils pas en retour ? Ne leur cédons-nous pas ce que nous avons de trop ? Faut-il que j'aie été sot ! Au nom du roi ! ont-ils beuglé comme des furies en se jetant sur nous !

— Un roi qui n'a pourtant cessé, lui, de leur mentir à propos de votre époux, de mon père, de mon frère et de tous ceux qu'il a fait décapiter ! Un roi qui, pour continuer de mener grand train, n'hésite pas, lui, à les ruiner ! À les affamer ! a renchéri Péan en essuyant une goutte de sang qui coulait de son arcade sourcilière.

Je me revois serrer les poings à m'en blanchir les jointures, l'œil en direction de la crique. Puis crisser, aussi fort que les cordes ficelant la grand-voile au mât :

— À l'aube, je marcherai devant vous jusqu'au village. Quand nous en repartirons, ma lame aura la couleur des vôtres cette nuit. Et de loin, de très loin, l'on verra l'immense feu que nous allumerons de chaumes en chaumes pour saluer la mémoire de nos amis.

Ainsi fut fait. Cette fois et d'autres encore.

Car à dater de ce jour, afin que nul ne surprenne plus mes hommes en plein repos, afin aussi de faire rentrer en gorge le nom de ce roi honni, je fis jeter mes canots sur les villages qui s'en recommandaient.

Ne laissant que des cadavres d'hommes aux branches des arbres devenus gibets.

50.

Des semaines durant, j'ai défié les tempêtes debout, le regard tourné vers l'horizon et les lendemains sanglants qu'il me promettait. La mer et les bourrasques se déchaînaient, la pluie cinglait ? L'on restait au mouillage dans le port de Plymouth si le vent nous y avait poussé ou dans le secret d'une crique normande. Tout se calmait ? L'on reprenait la course, en quête d'un nouveau navire à piller.

Vint février 1344.

Quoi que l'on fît, la plupart du temps désormais, les enfants restaient dans leur chambre. Sur le pont, l'air était devenu trop vif. Lainages et fourrures ne suffisaient plus à atténuer la sensation de froid provoquée par l'humidité ambiante. Elle s'insinuait partout, jusque dans le doublage de bois du château arrière. De nouveau, Petit Guillaume y perdait sa santé. Il toussait fréquemment, verdissait sur une houle trop violente.

Un matin, je l'ai discrètement surpris assis sur son lit, dans les bras de son frère. Le visage en larmes, il disait vouloir rentrer à Saint-Yves.

Mon cœur s'est pincé. Je ne me suis pas montrée. S'il ne m'en avait pas fait part, c'était pour masquer sa faiblesse, continuer de se montrer digne de son père. Je n'ai pas voulu tout gâcher. Mais je me suis demandé s'il n'était pas temps, oui, d'en finir avec ma vengeance. N'avais-je pas, largement déjà, lavé dans le sang l'honneur d'Olivier ? Je pouvais redevenir une femme, une mère. Même si le roi avait saisi mes domaines, il me restait Saint-Yves. Il me restait Auline, Bertrand. Il me restait mes enfants. Et Raoul. Je pouvais encore être heureuse à défaut d'être riche.

Lorsque Péan est venu me chercher pour m'annoncer que nous approchions d'Arromanches[1], fief dévoué à Charles de Blois, j'en étais arrivée à me convaincre que cette attaque à terre pourrait être la dernière. La dernière avant de tout recommencer.

J'ai descendu l'échelle de corde, ai posé le pied dans la chaloupe, me suis assise à l'avant, près de Raoul qui hissait la voile, me promettant de lui en faire part lorsque nous nous retrouverions seuls au coucher.

J'ai regardé s'approcher le rivage.

Je n'étais pas inquiète. Je ne l'étais jamais avant une expédition. La simple vue de mes trois navires au mouillage suffisait pour que les habitants de la côte fuient notre arrivée. De plus en plus souvent, nous trouvions les hameaux désertés. De sorte que je ne déplaçais plus à présent dans mon sillage qu'une trentaine d'hommes, mais si teigneux et déchaînés à faire rendre gorge aux partisans du duc et du roi qu'ils en valaient cent.

Les barques échouées, la voile repliée, nous nous sommes avancés sur l'immense plage de sable blond. Des pieds y avaient inscrit des traces fraîches, toutes en direction du village dont la petite enceinte de pierre sèche nous défiait.

— On nous a repérés, m'a souri Raoul qui marchait à mes côtés, l'œil pétillant à l'idée d'en découdre.

1. Sur les côtes du Bessin.

— Ne te réjouis pas trop vite, compagnon, s'est mis à rire Péan derrière nous. Tu pourrais bien n'avoir personne à passer au fil de l'épée comme la fois dernière.

Les portes de l'enceinte étaient grandes ouvertes, semblant lui donner raison. Nous sommes entrés sans méfiance, attirés par des hennissements.

— Voici ce qui nous permettra de nous enfoncer plus rapidement dans les terres et de rattraper ces couards, ai-je aussitôt décidé.

— Tous aux enclos ! a crié Péan à la troupe qui nous suivait.

Nous sommes arrivés devant, avons ouvert. Habituée depuis quelques mois à chevaucher à cru, j'ai sauté sur le dos d'une jument à la robe rouge[1], Péan sur un ferrant[2] et Raoul sur un noir si luisant qu'on l'eût dit parcouru de reflets bleutés. Je comptai une bonne quarantaine d'autres chevaux, tous vigoureux et soigneusement bouchonnés, bien que tellement à l'étroit dans le clos que nos hommes se bousculaient en voulant les monter.

C'est beaucoup trop de têtes, ai-je brusquement songé.

Raoul et Péan aussi, sûrement, car au même moment, ils ont arraché leurs épées.

— Un piège ! C'est un piège ! ai-je entendu Raoul s'exclamer.

Mon cœur s'est aussitôt affolé. Sortant de partout quand la minute précédente le lieu semblait désert, des paysans armés de faux, de haches, de fourches, de tridents et de piques se sont mis à courir vers nous au milieu d'un groupe de soldats.

— Hardi ! Hardi ! ai-je beuglé, précipitant les derniers de mes hommes sur les bêtes.

1. Entièrement marron en réalité. Désigné aujourd'hui sous le terme d'alezan.
2. De couleur grise.

Si nous restions à l'intérieur, si près les uns des autres que nous pouvions nous toucher, nous serions faits.

Tous le comprirent, s'armèrent.

Le plus proche de l'issue la franchit, interdisant à l'un des paysans de refermer la barrière et de nous emprisonner, rejetant aussitôt les autres qui se précipitaient, outils levés, à la rencontre de son épée. En quelques minutes, nous arrachant tour à tour à ce traquenard, nous vînmes lui prêter main-forte, déchaînant la furie de nos assaillants. Ne pouvant nous piquer au travers du clos, ils entreprirent de nous faire choir.

Une fois à terre, ai-je deviné, nous ne pourrions leur échapper, ils étaient trop nombreux.

Hurlant au repli, j'en ai repoussé plusieurs en faisant jouer des sabots à ma monture. Mon initiative porta, ouvrit une brèche dans cette marée humaine et déchaînée. Une main agrippée à la crinière, l'autre tailladant qui se rapprochait, je me suis jetée en avant, m'assurant d'un regard par-dessus mon épaule qu'on me suivait. J'ai galopé jusqu'au portail, puis sur la plage sitôt que je l'ai eu franchi. J'ai sauté sur le sable devant les chaloupes, attendu les autres, angoissée, les faisant embarquer au fur et à mesure.

Soldats et habitants jaillissaient du village, pourchassaient les retardataires. Raoul fut le dernier.

— Vite ! Il faut embarquer, lui ai-je lancé.

J'ai vu son sourire navré délivrer un filet de sang, Péan se précipiter vers lui en criant, affolé :

— Touché ! Raoul est touché !

La minute suivante nous l'emportions sur les flots en direction du navire.

Et ma main sur son cœur qui avait cessé de battre, aussi droite et digne que je l'avais été pour Olivier, une fois de plus, je renonçai à la paix.

51.

Les trois mois qui suivirent, je les offris à la mémoire de Raoul. Déployant cette fois l'intégralité de mon armée, je ravageai le pays du Val de Saire, tout le nord-ouest de Caen, puis une bourgade près des falaises de Flamanville, semant dans mon sillage plus de cadavres qu'auparavant.

Bien vite, les rumeurs glanées à terre par quelques espions m'annoncèrent, si j'en doutais encore, que Philippe de Valois bouillonnait de fureur devant ma renommée sanglante. Même le pape lui avait enjoint de la faire taire.

Six vaisseaux. Six vaisseaux s'étaient mis à ma poursuite, battant les côtes pour m'y dénicher, apprit-on bientôt. Une part de moi savait que l'un d'entre eux au moins finirait par me trouver. Mais, privée des caresses tendres de Raoul, privée de sa complicité, j'étais redevenue un fauve. J'avais même, au soir de sa mort, rangé dans un sac les peignes et les huiles que j'avais recommencé à utiliser pour dompter ma crinière. Juste avant que l'on ne bascule son corps dans les profondeurs marines, je les avais glissés sous la toile qui lui servait de linceul, entre ses bras croisés. Cette féminité, cette sensualité qu'il m'avait rendues, la mer les avait absorbées avec lui. Comme elle avait, depuis que j'avais pris pied sur *Ma Vengeance*, absorbé les derniers sursauts de mon âme.

Il me restait à sauver celle de mes fils. Leur vie aussi. Lors, je donnai l'ordre au capitaine de mettre cap sur la Bretagne et Hennebont où je les débarquerais avant de reprendre la mer. J'avais trop défié le roi pour ne pas lui tenir tête encore. L'honneur. L'honneur avant tout. Si la peur me faisait y renoncer, alors Olivier et Raoul seraient morts pour rien. Je ne sais, sincèrement, si pourtant, c'était encore le leur que je défendais.

J'étais allée trop loin.

Trop loin dans la haine. Trop loin dans la vengeance. Trop loin peut-être aussi dans la folie.

J'avais reproché à Geoffroy son besoin de sauter au cul d'un cheval, de tirer l'épée, de pourfendre. J'avais exécré au plus haut point sa violence, imaginant qu'il la déployait sur moi à défaut de ne pouvoir combattre. J'étais devenue pire que lui.

Il me suffit de me souvenir du regard vide de Petit Guillaume après la perte de Raoul pour m'en convaincre. J'aurai dû le ramener chez nous dès cet instant. Ne pas le laisser sombrer dans le chagrin, dans le tréfonds de ma noirceur. Junior, lui, s'y complaisait. Ce n'est pas pour rien qu'un jour, devenu adulte, ses exactions lui vaudraient le surnom de « Boucher ». Pas pour rien qu'il effacerait la devise de son père pour graver la sienne « Pour ce qu'il me plaist » sur le blason des Clisson.

Mais Petit Guillaume. Si fragile. Si frêle. Je l'avais détruit bien plus sordidement que ne m'avait détruite Geoffroy. Au moins, lui, avait-il écarté nos enfants du logis, espérant qu'ils ne le verraient jamais frapper.

Arrivée à ce constat, croyez-moi, je me sentais incapable de revenir en arrière, de reprendre une vie normale à Saint-Yves. Quand bien même le roi me l'aurait permis. Mieux valait que j'aille au bout, que l'océan emporte ma légende. Peut-être au fond était-ce l'ultime cadeau que je pouvais faire à mes petits. Disparaître, leur permettre d'oublier mes yeux injectés du sang de mes victimes. Leur permettre de m'oublier. Et de se reconstruire dans l'amour qu'Auline et Bertrand ne manqueraient pas de leur donner.

C'est à cela que je pensais, oui, sincèrement, tandis que le capitaine barrait vers le golfe de Saint-Malo.

Sauver mes fils puisque rien, plus rien, ne pouvait, moi, me sauver.

52.

Hasard fâcheux ou poids de cette malédiction qui me poursuivait toujours ? Je l'ignore, mais nous aperçûmes trois des navires français dès le lendemain, au sortir d'une tempête qui nous avait forcés, des heures durant, à longer la côte déchiquetée et à composer avec ses étocs. Ils suivaient une route parallèle à la nôtre, au large. La constance de leur trajectoire ne tarda pas à nous confirmer qu'ils nous avaient vus et surveillaient, à distance, notre progression. Aussitôt, je fus sur mes gardes. Le roi de France était trop excédé par le récit de mes hauts faits pour laisser passer la moindre chance de me capturer. Tôt ou tard, ces vaisseaux se rapprocheraient. Je les devinais chargés d'archers et d'hommes aussi aguerris au combat que les miens. Mais nous étions à égalité de force. Et les deux nefs manœuvraient déjà pour protéger *Ma Vengeance* par tribord.

— Que faisons-nous, dame Jeanne ? s'est enquis le capitaine.

— On maintient le cap et notre objectif. Avec un peu de chance, mes fils seront en sécurité à terre avant qu'ils ne nous serrent.

Il a hoché la tête, est retourné donner ses ordres au barreur.

Je suis restée quelques minutes à scruter les nuages épais qui cendraient le ciel. Par intermittence, une salve de gouttes épaisses s'en échappait. Tout comme ces lames de fond qui agitaient violemment la coque, cette pluie froide, cette semi-pénombre indiquaient que les éléments n'étaient pas encore calmés. Je m'en suis détachée pour parler aux garçons. Je devais leur annoncer l'imminence de notre séparation. Je pensais le faire à quai, sous les murailles d'Hennebont. J'avais trop tardé.

Si Junior s'est aussitôt renfrogné, Petit Guillaume sembla se ranimer. D'un bloc, ses yeux éteints se sont remis à briller, ses joues à rosir et sa poitrine à la respiration sifflante à se gonfler comme si un air neuf, vivifiant, en avait brusquement chassé les miasmes.

Son papegault sur l'épaule, ami inséparable, il s'est mis à courir vers le matelot qui le lui avait confié pour lui demander s'il pouvait l'emmener à Saint-Yves et le montrer à sa petite sœur, et à Auline, et à Bertrand.

J'ai vu le marin lui froisser la tignasse d'une main lourde, hocher la tête :

— Pour sûr, mon p'tit gars ! L-est à toi ! Pis, y s'ra plus en sécurité là-bas qu'sur c'rafiot !

Junior ne m'a pas laissé le temps de m'en émouvoir. Se détournant de l'agitation de son frère, il venait de ramener vers moi sa frimousse contrariée.

— Je suis obligé d'aller avec lui, maman ?

Je me suis accroupie devant lui. J'avais le cœur serré.

— Oui, chéri. Tu as bien assez vengé ton père à mes côtés. Il est temps que tu apprennes autre chose que l'art de la guerre.

— Mais vous m'avez déjà appris à lire, à écrire, à compter. Et Raoul m'a même enseigné la géométrie, a-t-il insisté.

— C'est loin d'être suffisant, crois-moi. Fin de la discussion, mon garçon. Tu pars avec ton frère, c'est tout.

Il a soufflé, a tordu la bouche puis s'est éloigné vers la proue, les mains profondément enfoncées dans ses poches et la tête dans son col de fourrure. Croisant un matelot occupé à changer un cabillot[1] dans un râtelier, il a donné un coup de pied rageur dans le maillet qu'il avait posé près de lui.

– Ben alors, qu'est-ce qui te prend ? s'est étonné le marin, peu habitué à de telles manières de sa part.

– Demande à ma mère ! lui a-t-il rétorqué sans s'excuser.

Si, à cet instant, du haut de la vigie, Péan ne s'était mis à hurler : « Ennemi par l'arrière ! Ennemi par l'arrière ! », je l'aurais rattrapé pour le corriger.

Au lieu de cela, tournant les talons, j'ai foncé à la poupe pour juger par moi-même.

Deux autres bâtiments battant pavillon français fendaient à présent l'écume. Tout indiquait qu'ils venaient de se détacher d'un repli de la côte. Or, aucun port ne se trouvait à proximité.

Ils ne pouvaient mouiller là par hasard. Ils nous attendaient, ai-je conclu, glacée, devant la certitude que l'amiral chargé de la flotte royale avait des relais à terre. Des chevaucheurs qui longeant le littoral devaient surveiller nos manœuvres depuis plusieurs jours. Sinon, comment auraient-ils pu anticiper ? Préparer ce piège ?

Quoi qu'il en soit, cette recrudescence de navires changeait la donne.

J'ai fait demi-tour, gravi prestement l'échelle de corde jusqu'au sommet de la vigie.

– Pour l'instant, ils gardent tous leurs distances, m'a annoncé Péan en me tendant la lunette.

1. Grosse cheville en bois.

– Dans combien de temps penses-tu que nous atteindrons l'embouchure du Blavet[1] ? ai-je demandé après avoir jeté un coup d'œil dedans.

– Deux, trois heures, si le vent ne tombe pas. Mais le capitaine devrait être plus précis.

– Alors il nous reste à espérer qu'ils n'attaqueront pas avant, mais j'en doute. Ils ne prendront pas le risque de nous voir remonter l'estuaire et nous placer sous la protection de la comtesse de Montfort. Passe ton quart à un autre matelot. Je veux que tu te tiennes prêt à descendre une chaloupe et à y embarquer avec les enfants. Une fois à terre, je compte sur toi pour les emmener sains et saufs à Hennebont.

– Sans vous ? a-t-il tiqué.

– Sans moi, ai-je affirmé en me glissant dans le filet pour lui interdire de répliquer.

1. À hauteur de Lorient.

53.

Je suis descendue de la vigie aussi lestement désormais que n'importe lequel de mes matelots. En quelques mois, j'avais appris à faire corps avec mon navire et m'y sentais aussi à l'aise que sur terre ou sur un cheval. Aucune bourrasque ne m'en déracinait plus. Je n'avais pas encore atteint le gaillard d'arrière où se dressaient le capitaine et son barreur que les nuages crevaient de nouveau en une pluie torrentielle. Douchée, j'ai grimpé l'échelle jusqu'à eux. L'arête du nez servant de torrent, j'ai eu l'impression de me noyer sous une cascade en voulant parler. Un éclair a déchiré ce qu'il restait d'azur, y gravant la promesse d'une fin de journée dantesque.

Elle le serait.

Mais pour l'heure, je ne songeais encore qu'à mes fils, à cette grosse chaloupe vers laquelle, sous cette averse glacée et crépitante, Péan se dirigeait à larges enjambées. Il criait ses ordres dans le vent redevenu brusquement tempête. La cogue bondissait sur les lames comme un cheval cabré.

Voyant que le capitaine maîtrisait lui aussi ce nouveau grain, je m'en fus, satisfaite, retrouver les garçons dans leur chambre.

Ils se chamaillaient sur le lit, Junior refusant la gaieté revenue de son frère. Mon arrivée a fait taire leur rivalité.

— Rassemblez ce qui vous est cher. Un ballot, pas davantage ! ai-je réussi à me faire entendre dans le vacarme ambiant.

Pour aller plus vite, je les aidai.

Nous finissions et au-dehors les éléments semblaient à nouveau se calmer lorsque Péan a ouvert la porte.

— Vous devriez venir, Jeanne, m'a-t-il dit. Maintenant.

Son chapeau à larges bords ruisselait. J'ai renfoncé le mien sur mon crâne et l'ai suivi dehors.

La pluie avait cessé de crépiter, mais ce n'était qu'une accalmie. Le vent continuait de siffler, glacial, à mes oreilles. Tout indiquait qu'une nouvelle salve reviendrait s'abattre sur nos têtes et ce pont lessivé.

— La vigie vient de signaler deux nouveaux bâtiments français, m'a-t-il crié à l'oreille. Ils nous coupent la route.

La nouvelle ne m'a pas surprise. Le piège se refermait.

— Les autres ?

— Ils se rapprochent. Par tribord et par l'arrière.

— Descends la chaloupe. Je vais chercher les garçons, ai-je décidé.

Il m'a retenue par le bras.

— Non, Jeanne. Les écueils sont trop nombreux. La mer trop agitée. Si je m'y risque, nous serons fracassés avant d'atteindre la rive.

Pour la première fois depuis le début de ma guerre, j'ai paniqué.

— Alors quoi ? Attendre ? Attendre qu'ils nous abordent ? Qu'ils tuent mes enfants sous mes yeux ?

Il m'a saisie par les coudes, a plongé son regard sombre dans le mien.

— Attendre, oui. Le plus longtemps possible. Jusqu'à croiser une crique qui nous offre une chance de les garder en vie. Le capitaine scrute la côte à la lunette. À la moindre occasion, il s'en approchera et me fera signe. Alors nous partirons.

C'était raisonnable. J'ai hoché la tête, calmée.

Il a ajouté :

— Je ne laisserai plus un seul Clisson mourir, Jeanne. Vous avez ma parole.

Je l'ai cru, lui ai retourné son sourire confiant. M'occuper. C'était tout ce que je pouvais faire à présent que le bagage des enfants était prêt.

— Recrute une plus grande escorte. Nous ne savons pas de quel camp sont les habitants de cette côte. Je ne veux pas que les enfants et toi couriez le moindre risque, ai-je décidé.

Moins d'une heure plus tard, mes deux navires de garde s'interposaient entre ceux de France et *Ma Vengeance* pour protéger la lignée d'Olivier. Le crépitement des flèches empoissées se mit à déchirer un ciel à l'agonie, ne tardant pas à se piquer sur le pont de mes nefs, à embraser leur voile, à affoler mes combattants. On s'était préparé, côté français, à cet affrontement.

Il serait sans pitié, ai-je compris.

Angoissée, j'ai continué à guetter le signal du capitaine.

De longues minutes s'écoulèrent encore avant qu'il ne le donne, me précipitant enfin vers les enfants, et Péan vers les cordes permettant de descendre la chaloupe. J'avais la gorge nouée, la peur au ventre. Peur que le moment passe, que mes petits ne puissent quitter le navire à temps. Peur qu'ils comprennent, en ne me voyant pas monter dans la barque avec eux, que j'allais périr à la tête de mes hommes, comme Olivier l'aurait fait.

Je n'étais plus qu'à quelques pas du château lorsqu'un choc violent me rejeta en arrière, m'envoyant me casser le dos sur le tonneau de salage. Je me suis redressée, les côtes melues. Un regard anxieux en direction du capitaine me l'a montré penché au-dessus du plat-bord.

Un récif. Nous avons heurté un récif, ai-je aussitôt compris.

Le navire était perdu.

Au même instant, la porte qui me faisait face s'est ouverte sur Junior, trempé et terrifié :

— Maman ! Maman ! Guillaume est coincé dans l'eau ! s'est-il mis à hurler en me voyant.

Mon cœur de mère s'est emballé.

Et je me suis précipitée.

54.

J'ai l'impression, à l'heure où je rédige ces lignes, d'avoir vécu cette scène au ralenti tant le temps me filait entre les doigts. Pourtant, cela s'est joué en quelques minutes à peine.

Hurlant à Junior de rejoindre Péan, j'ai dévalé l'escalier du château. Arrivée à mi-parcours, j'avais de l'eau aux chevilles. Et je distinguais sur ma droite, à la faveur de la lampe-tempête qui dodelinait au plafond, le bouillonnement significatif de la voie d'eau.

Le navire allait sombrer par là.

— Guillaume ! Guillaume ! me suis-je affolée en me jetant de l'avant.

— Là ! Là, maman ! ai-je entendu entre deux toussotements.

Il recrachait. Il était à la limite de la noyade.

— Où, chéri ? ai-je insisté en contrôlant au mieux cette terreur qui brisait ma voix.

Je ne le voyais toujours pas.

J'ai finalement aperçu sa petite main qui jaillissait des remous. J'ai fendu l'eau qui envahissait la pièce, mais, à quelques pas seulement de lui, j'ai buté contre une imposante pointe rocheuse. Traversant le plancher de la chambre, elle avait décroché le coffre qui s'y trouvait rivé et l'avait basculé vers le lit. Petit Guillaume était pris en étau entre les deux, ai-je aussitôt compris.

Je l'ai vu s'agiter à ma vue, tenter plus vivement encore de s'extraire de ce piège, mais il peinait à maintenir sa tête hors de l'eau.

Je n'ai pas réfléchi. Ou du moins je ne m'en souviens pas.

— Tiens bon ! J'arrive ! J'arrive ! ai-je tenté de le rassurer.

Me détournant de lui, j'ai gagné le lit, ai grimpé dessus. Je parvenais de l'autre côté lorsque les voix de Péan et du capitaine ont traversé l'espace.

— Jeanne ! Guillaume !

Ils venaient à notre rescousse.

— Par ici ! ai-je beuglé en leur faisant signe.

Je me suis empressée de sauter près de mon fils, de tenter de le redresser. Sans leur aide pourtant, je ne serais pas parvenue à repousser suffisamment le coffre. Sa jambe était bloquée dessous. Je ne sais plus comment nous avons fait. Je n'ai gardé en mémoire que l'affaissement progressif de la poupe dans mon dos, la froidure de l'onde tandis que Péan poussait d'un côté, que le capitaine tirait de l'autre et que moi, faisant écran à ces bulles gigantesques qui crevaient à la surface, éructant de l'eau, toujours plus d'eau, je maintenais à l'air libre le menton de mon petiot.

Soudain, il fut dans mes bras, agrippé violemment à mon cou. Libre. Il pleurait. Il gémissait. Il claquait des dents sous l'effet du choc, du froid, de la peur. Du sang empourprait l'eau autour de sa cuisse. Impossible d'évaluer la gravité de sa blessure. Tout en lui m'indiquait qu'il souffrait même si pour l'heure sa terreur était si vive qu'elle endormait tout.

— Il faut évacuer le navire. Maintenant ! a crié le capitaine tandis que nous regagnions l'asile précaire du matelas.

J'ai compris qu'il avait déjà donné des ordres en ce sens.

— Partez devant ! On vous suit ! l'y ai-je conforté.

J'ai serré plus fort Petit Guillaume dans mes bras, posé mes pieds à terre, senti un tourbillon s'enrouler autour de mes jambes. Au même instant, un craquement est remonté des profondeurs de la coque, sous mes pieds, vrillant le plancher. Il fallait sortir de là. Vite. Chaque nouvelle lame nous fracassait un peu plus sur l'étoc. Ses arêtes de granit continuaient, telles des mâchoires avides, de déchiqueter les clins.

Ma Vengeance ne serait pas longue à couler.

M'efforçant de garder mon sang-froid, j'ai commencé à avancer en direction de la porte. Le capitaine l'avait laissée ouverte mais sous l'assaut du vent, elle battait sur ses gonds, me livrant des bribes de débâcle. À défaut de silhouettes que l'obscurité me masquait, je voyais courir des lanternes. J'entendais des appels, des ordres sans pouvoir deviner qui les passait.

— Junior ? ai-je crié par-dessus mon épaule, rattrapée brusquement par l'idée qu'il puisse être en danger à son tour.

— Dans la chaloupe. Notre escorte veille à ce qu'il ne la quitte pas. Vous devriez me passer le petit. Vous avanceriez plus vite, a proposé Péan en me voyant lutter contre la déclivité, de plus en plus prononcée, du bâtiment.

Conserver mon équilibre était devenu un défi.

Je me suis tournée vers lui. Il a tendu les bras. Petit Guillaume a resserré les siens autour de mon cou, presque à m'étrangler.

— Non ! Non ! a-t-il hurlé, de nouveau déchiré de terreur à l'idée de me quitter.

Je n'ai pas insisté. Péan m'a soutenue. Nous a soutenus. Pour regagner l'escalier, le remonter.

Au-dehors, c'était le chaos. On descendait les autres barques à toute allure, on se laissait glisser le long des échelles et des filets pour les remplir plus vite. Par bâbord, c'était au mépris du brisant sur lequel nous nous étions embrochés, par tribord, de la proximité de la plus petite de nos nefs, engagée dans le combat. Malgré notre avarie, elle tenait bon, nous protégeait. Des cloches d'alerte sonnaient, agitées par des mains fantômes ou par le vent sans que je puisse en définir la provenance.

Entraînée par Péan, je me suis mise à courir. Le pont glissait. Au-dessus de nous, le ciel était devenu d'encre. Une encre déchirée par des arceaux de feu. Les archers royaux répondaient toujours à ceux de mes autres navires. Sans discontinuer. Les flèches qui manquaient leur cible crevaient les flots, d'autres porteuses de feu grégeois propageaient des nappes enflammées à la surface.

Bientôt, ayant enfin rejoint Junior et les hommes de notre escorte dans la chaloupe, nous dûmes louvoyer entre ces incendies flottants et les écueils.

La côte nous semblait si proche.

Nous pouvions l'atteindre.

Malgré l'aspiration de la cogue qui sombrait et nous ramenait vers elle. Malgré la violence des paquets de mer qui chahutaient notre esquif, le déroutaient, l'emplissaient, épuisant ceux qui ramaient, ceux qui écopaient. Malgré les cris d'abordage et le choc des sabres qui nous parvenaient comme une sentence. Oui. Nous pouvions l'atteindre. Malgré tout. J'en étais persuadée.

Je me souviens d'avoir regardé en arrière, perçu jusque dans ma chair le long gémissement d'agonie de *Ma Vengeance*. Senti une larme tomber sur ma joue.

Une larme douce. Trop douce.

La pluie, ai-je compris.

J'ai levé les yeux. Un éclair a déchiré la voûte de nuages. La seconde suivante, c'étaient eux qui perçaient. En des traits si cinglants, si opaques que nous ne nous distinguions même plus entre nous.

Tout ce que je pus faire pour protéger mes fils blottis contre moi fut d'ôter ma pelisse de cuir huilé, de courber la tête et de nous la rabattre dessus.

En évitant de penser à la blessure de Petit Guillaume que je ne pouvais ni regarder ni soigner dans ces ténèbres.

En évitant de penser à ces matelots, ces soldats qui, sur mes navires, se battaient au corps à corps contre les soldats du roi. À cette mer en furie, qui, à chaque nouveau rouleau, manquait un peu plus de nous faire chavirer.

Et à cette peur, cette peur revenue se nicher au creux de mes entrailles. Comme au jour de la mort d'Ysabeau. Comme au jour de celle d'Olivier.

55.

Lorsque la pluie s'est arrêtée un long moment plus tard, j'ai sorti la tête. Ne comprenant pas pourquoi nous ne nous étions pas échoués sur la côte, j'avais fini par conclure que le vent avait dû tourner au moment du changement de marée, nous éloignant aussi des navires dont les bruits de combats s'étaient peu à peu estompés. Mais d'autres chaloupes avaient dû être mises à l'eau depuis *Ma Vengeance*. La tempête ne pouvait pas avoir tout avalé.

Je n'ai pu le vérifier. La nuit était tombée. Une nuit de sienne brûlé, lourde, sans étoiles. Les enfants s'étaient endormis contre moi, près du mât, épuisés par la violence des événements qui avaient précédé. La mer était toujours démontée, brutale contre la coque, la faisant danser, tourner au gré des courants contraires, des lames de fond. À la faveur d'un éclair, j'ai pu apercevoir les hommes. Assis dans le fond, sur les rames, ils avaient l'air de somnoler.

J'ai essayé d'en faire autant. Je n'y suis pas parvenue. Lors, j'ai continué de scruter le ciel et l'horizon, espérant qu'ils cesseraient de se confondre et que la terre, bientôt, m'apparaîtrait. Nous avons continué à dériver, au gré des courants, dans des creux vertigineux. À chaque crête, je tendais le cou pour voir plus loin, sans succès.

Un matin gris, presque blanc, a fini par s'installer. Cette fois plus de doute. Nous étions seuls, seuls au milieu d'une immensité liquide, sombre et rugissante. Et j'ai dû me convaincre que ce n'était pas grave. Sans compter les enfants, nous étions neuf sur cette grosse et solide barque. Neuf qui, si l'on ne pouvait hisser la voile, rameraient jusqu'à trouver un endroit où accoster.

Péan s'est éveillé le premier. Dans un grondement de tonnerre au-dessus de nos têtes. À cet instant seulement, en le regardant s'étirer, j'ai remarqué que trois d'entre nous manquaient.

Mon cœur s'est de nouveau serré.

– Basile. Cox. Alarel. J'imagine qu'une vague les a emportés, ai-je soupiré.

Péan a hoché la tête.

– Nous avons essayé de les repêcher, mais dans cette obscurité, avec ces hauts fonds, nous avons vite compris que c'était inutile. Persister nous aurait mis nous aussi en danger. Pour rien. Tout ce que nous pouvions faire était de quitter les bancs pour plus de sécurité et attendre. Attendre que cela se calme et qu'une aube claire nous ouvre l'horizon. Visiblement ce ne sera pas pour aujourd'hui.

J'étais arrivée au même constat. Les nuages se ramassaient par intermittence. À peine, par instants, un rai de lumière en franchissait-il la barrière avant de disparaître. Au loin, une douche blanche perçait le front noir, signe d'une pluie battante sur la mer.

– Combien de temps pouvons-nous tenir ? ai-je demandé.

Péan a plongé l'écope devant lui, a bu une gorgée, m'a semblé soulagé.

– Je craignais que l'eau ne soit saumâtre, mais ce déluge y a remédié. Si nous ne la souillons pas, en nous rationnant et sans manger, quatre, cinq jours… davantage s'il pleut à nouveau. Gardez confiance, Jeanne. Il suffit que le soleil, la lune ou l'étoile Polaire nous apparaisse pour que nous sachions dans quelle direction barrer.

J'ai opiné. Il était trop tôt pour se désespérer.

Les garçons ont bougé. Ils avaient passé la nuit assis à mes pieds, leurs têtes sur mes genoux, mes bras autour de leurs épaules. Écouter la respiration régulière de Petit Guillaume durant son sommeil m'avait rassurée sur la gravité de sa blessure. Le fait que Péan ait garrotté sa jambe, un peu après que nous avions embarqué, aussi. Il avait aussitôt cessé de saigner. Mais il me tardait malgré tout de juger par moi-même. J'ai attendu qu'il soit totalement réveillé, qu'il se plaigne d'avoir mal pour l'examiner complètement.

Il avait des contusions sur toute la jambe, le flanc et le bras gauche, mais rien de cassé. Et l'estafilade, sur le dessus de sa cuisse, n'était pas profonde même si elle était longue d'une main.

Par contre, comme son frère, comme nous tous, il était trempé et glacé.

— On va bander tout cela, a annoncé Péan.

Il a déchiré un pan de sa chemise puis s'est approché de lui.

— Ça va faire mal ? s'est inquiété Petit Guillaume en agrippant la main de son frère qui voulait s'écarter un peu.

— Pas plus que ce que tu as déjà enduré, bonhomme. C'est que t'es un vrai dur, maintenant ! Un vrai de vrai !

— Et un vrai dur, ça chouine pas, c'est ça ? a-t-il demandé, le menton tremblant, à Alain Manfrais, l'ancien écuyer de Raoul qui venait de l'encourager depuis la proue.

— Exactement ! a répondu ce grand gaillard à l'allure de Viking.

Tout en ravalant ses larmes, Petit Guillaume lui a retourné son sourire confiant.

Moi aussi. En signe de reconnaissance. Alain avait dit ce qu'il fallait pour aider mon garçon à prendre sur lui.

Durant un moment, voulant se montrer à la hauteur du courage qu'on lui prêtait, il a serré les dents, bougeant le moins possible une fois soigné pour que sa souffrance reste supportable.

Puis, brusquement, il a redressé cette tête qu'il était revenu poser sur ma cuisse.

— Mon papegault ! Il est où, maman ?

Prise de court, j'ai dû avouer que je ne l'avais pas vu quand j'étais venue le secourir. Et nulle part depuis. Il s'est souvenu qu'il l'avait sur l'épaule au moment de l'impact. Je n'ai pas eu le cœur de lui dire qu'il n'y avait sûrement pas survécu.

— Bah ! T'inquiète pas pour lui. C'est un oiseau ! Ça ne se noie pas un oiseau. Je suis sûr qu'il est à notre recherche ! a brusquement affirmé Junior, me venant, à son tour, en aide.

Petit Guillaume l'a cru. Il a entrepris de scruter l'horizon avec son frère. Et parce que j'ai voulu le croire aussi, je me suis mise à fredonner.

Péan et les hommes ont repris ma chanson.

Elle s'est élevée vers ces nues menaçantes, comme une prière. Une prière emplie d'espoir et de confiance en demain.

Mais, sans doute parce qu'il avait légitimé le roi de France, et, *de facto,* désavoué ma cause, Dieu n'a pas daigné l'écouter.

56.

La pluie s'est remise à tomber en fin de journée. Toute la nuit, elle nous a détrempés, nous glaçant jusqu'aux os. Les enfants grelottaient de nouveau. Je les ai frictionnés vigoureusement à tour de rôle, sans cesse, mais le simple fait de baigner dans le fond de la barque, où ils étaient le plus en sécurité, empêchait qu'ils ne se réchauffent.

Au lendemain, devant leurs lèvres bleuies et leur teint cireux, nous nous sommes déplacés sur le banc central. Il y avait plus de place pour que Petit Guillaume allonge sa jambe et reste au sec entre deux averses. Me dégageant de contraintes pour que je puisse m'occuper d'eux, la journée durant, Péan et les hommes se sont relayés à la barre et aux rames. Refusant de rester sans rien faire, ils ont maintenu un cap illusoire, comptant sur la chance à défaut du soleil. Peut-être afin de garder l'illusion d'un contrôle sur nos vies. Nous en avions tous besoin. Moi la première. Mais une nouvelle nuit est tombée sans que l'horizon n'ait changé.

Elle s'est avérée aussi sombre, humide et glaciale que la précédente. Nous nous étions pourtant regroupés autour du mât, sous la voile que nous avions affalée. Épuisée de scruter cette mer toujours en colère, épuisée de serrer mes enfants pour empêcher qu'elle ne me les vole, j'ai fini par m'endormir, le menton sur la poitrine, expirant sans que je ne m'en rende compte un peu d'air chaud sur mes petits.

Je me suis réveillée en sursaut, croyant entendre la voix d'Olivier m'enjoignant de rester vigilante. Il faisait jour. Les hommes étaient retournés à leurs postes dans une brume fine. Je me souviens que depuis la poupe où il tenait la barre, Péan m'a souri, qu'il y avait du soulagement dans son regard. J'ai pensé alors que dormir enfin avait dû rafraîchir ma mine, même si ma longue chevelure rousse gorgée de sel ressemblait plus que jamais à une crinière. Même si j'ai eu l'impression, malgré l'humidité ambiante, de m'être desséchée de l'intérieur.

Quelques minutes plus tard, les enfants ont surgi à leur tour de dessous la toile. Un peu réchauffés par mon souffle, ils avaient repris des couleurs malgré le manque de nourriture.

La pluie avait cessé, le vent était devenu moins fort, son souffle plus régulier. Junior a insisté pour aider Péan à hisser la voile. Petit Guillaume s'est mis à rire en le voyant tirer la langue sous l'effort. Un rire clair. La toile a claqué. Notre esquif s'est mis à bondir sur l'écume. Des dauphins se sont invités dans notre sillage et pendant quelques heures, croyant qu'ils nous guidaient vers un rivage, je me suis sentie presque légère.

Et puis brusquement, en début d'après-midi, un mur d'eau s'est dressé devant nous. Ils ont disparu dedans. Et j'ai compris que nous allions en faire autant.

— Accrochez-vous ! a hurlé Péan en protégeant Junior.

D'une main, j'ai agrippé Petit Guillaume, de l'autre le bas du mât. Nous avons pris la vague, encaissé un paquet d'eau. Nous sommes ressortis trempés. J'ai regardé autour de moi, affolée. Personne ne manquait. Mais notre réserve d'eau potable était perdue.

À cet instant, je le jure, tordant mes vêtements après ceux de mon fils, j'ai voulu croire que ce n'était pas si grave. Que nous pouvions tenir.

Quelques heures plus tard, pourtant, Petit Guillaume s'affaissait contre moi, le front brûlant, et Péan se précipitait pour regarder sa blessure.

Elle s'était infectée.

— Il faut trouver terre, ai-je supplié.

Il a hoché la tête. Mais nous savions tous deux que cela ne dépendait pas de lui.

De nouveau j'ai scruté l'horizon.

De nouveau l'obscurité s'est emparée du monde.

De nouveau sous la voile, j'ai serré mes petits.

Comme eux, comme tous, je sentais à peine les extrémités de mes doigts flétris. Comme eux, comme tous, mes vêtements mouillés et salés me collaient à la peau. Toute la soirée, les bourrasques y avaient planté des lames de glace. Nous claquions tous des dents, gelés jusqu'à la moelle.

Pourtant Petit Guillaume était de plus en plus chaud.

Au matin suivant, il était amorphe et cette angoisse qui m'avait prise en montant dans la chaloupe, cette angoisse que j'avais refoulée pour survivre, est remontée du tréfonds de mes entrailles nouées. J'allais le perdre, lui aussi. Ce n'était qu'une question d'heures.

Je n'ai rien dit. J'ai fait face.

J'ai tenté de lui faire boire un peu d'eau saumâtre. Il l'a régurgitée aussitôt. Je n'ai pas insisté.

J'ai levé les yeux au ciel.

Aide-moi, Olivier, ai-je prié en silence.

À défaut d'avoir attiré la clémence divine, je pouvais espérer la force de son amour.

A-t-elle écarté les nuages, permis enfin à ce soleil tant espéré d'apparaître ? Il a surgi. Il a surgi et nous avons su où aller.

Maintenir le cap. Maintenir Petit Guillaume en vie. Nous n'avons tous plus songé, plus vécu que pour cela la journée durant. Puis la nuit qui a suivi, guidés par les étoiles au firmament.

À l'aube, Péan n'était plus que l'ombre de lui-même. Les yeux cernés, la barbe hirsute, les lèvres gonflées, il avait barré sans discontinuer.

— Là ! Là, Jeanne ! l'ai-je entendu hurler en même temps qu'une mouette.

Elle volait en rase-mottes au-dessus des flots, annonçant la terre toute proche. Je me suis mise à pleurer en silence. J'ai secoué les garçons pour la leur montrer. Junior a réagi aussitôt. Petit Guillaume n'a pas bougé sous la pression de mes doigts. Laissant son frère rejoindre Péan, j'ai touché sa joue, senti ma terreur céder sous sa chaleur. Il vivait encore. Il a ouvert les yeux péniblement, a demandé d'une voix pâteuse si c'était son papegault qu'il entendait.

— Oui, chéri. Il est venu nous chercher. Il va nous guider vers le rivage, ai-je menti.

Il a souri, s'est rendormi aussitôt. J'ai caressé ses cheveux, oublié qu'ils étaient poisseux. J'ai offert mes larmes au vent pour qu'il les sèche vite, que Junior ne les voie pas. Mais je crois qu'il avait compris depuis la veille. Car il est revenu vers moi, a déposé un baiser sur la joue de son cadet puis m'a enlacée de ses petits bras.

Toute la journée il est resté près de moi et de son frère. Lui parlant comme s'il pouvait encore l'entendre. Me parlant comme si tout allait bien. Faisant fi de sa soif, de sa faim, de sa gorge et de sa bouche irritées, de sa langue gonflée.

Il est resté contre nous jusqu'au lendemain.

Il a émergé d'un sommeil lourd au cri de Péan.

— Terre ! Terre !

J'ai ouvert les yeux à mon tour. Je l'ai vue apparaître dans une aube rouge.

Une aube d'écume et de sang.

Junior a bondi vers la poupe. Moi j'ai serré les dents. Petit Guillaume s'était éteint dans la nuit.

Sitôt que je l'eus annoncé, un silence terrifiant a succédé aux « hourras » éraillés. Un silence dans lequel n'exista plus que le cri, strident, des oiseaux de mer et les pleurs sans larmes de Junior.

Moi, j'avais épuisé les miens sous la voûte céleste, sitôt après avoir senti dans mon cœur, dans mon ventre, que j'avais perdu un autre de mes enfants.

Le ramener au rivage ? Risquer, si ce territoire était aux mains de mes ennemis, qu'ils m'arrachent son petit corps, qu'ils m'interdisent de l'enterrer par moi-même ? Je ne l'aurais pas supporté.

C'en était trop.

Je l'ai soulevé dans mes bras, l'ai porté jusqu'au plat-bord.

Là, j'ai déposé un baiser sur son front puis, tandis qu'une prière s'élevait, je l'ai laissé glisser et disparaître.

Doucement.

57.

Des heures, des jours qui ont suivi je garde peu de souvenirs. Nous avons accosté, trouvé la force, celle de l'instinct de survie, de marcher au-delà de la grève. Je ne me rappelle ni le relief ni le décor. Juste avoir entendu des cris de femmes, d'enfants, et à cet instant avoir pensé que là finissait ma route.

Quoi qu'il advienne.

J'avais tué des dizaines de gens au nom de ma vengeance. Je n'en regrettais pas un seul et aujourd'hui encore, je l'ai écrit, pas davantage. Des inconnus sacrifiés sur l'autel de ma vengeance, au nom de mon amour pour Olivier, au nom de l'injustice dont il fut victime, au nom de l'honneur des Clisson et de l'infamie de Philippe de Valois. Je le répète.

Mais j'avais aussi tué mon fils.

Pour n'avoir pas su m'arrêter à temps.

Je pouvais toujours invoquer la malédiction de mon père. Et je continue de penser qu'elle pesa davantage sur ma vie et celle de ma famille que l'ire du roi de France. Il n'en reste pas moins que Petit Guillaume aurait survécu si, après la perte de Raoul, j'avais aussitôt mis fin à mes carnages.

Vivre avec cette culpabilité fut comme vivre en permanence avec une épine ardente dans le cœur. Elle y est encore pour s'y être profondément enfoncée dès que mon fils a disparu dans les flots. Une part de moi aurait voulu glisser avec lui. En finir. Et je l'aurais fait sans doute si Junior n'avait pas enroulé ses bras autour de mes jambes, comme s'il avait compris qu'il était le seul à pouvoir me retenir.

Là encore, sur cette bande côtière dont j'appris plus tard qu'elle était celle de Bretagne et fief des montfortistes, ce fut l'idée de le sauver, de négocier sa liberté, si nécessaire, qui me maintint debout.

Mais après ?

Je n'étais plus qu'une ombre. Une ombre rousse. J'avais perdu ma flamboyance au long de ces six jours de dérive. Mais ma dérive intérieure, elle, avait commencé, je crois, depuis la mort d'Ysabeau.

Un homme nous a recueillis, le gouverneur de Morlaix, sitôt que Péan eut convaincu les villageois de nous conduire à lui. Il s'est montré prévenant, a dépêché un médecin, veillé à ce que ses consignes soient appliquées avant de me désoler en m'apprenant n'avoir recueilli aucun autre survivant du naufrage ou de l'attaque. Il n'en avait pas même entendu parler. Après qu'il m'eut promis de se renseigner, je me suis abandonnée aux mains des servantes, ne parlant qu'à Junior qui ne me quittait pas, de jour comme de nuit. Lui parlait sans arrêt. Je fus vite convaincue qu'il avait peur du silence. Peur qu'en se taisant, celui-ci ne l'emporte comme il avait emporté son cadet. Ses cauchemars le prouvaient. Nous étions dans des draps parfumés, sous un toit réchauffé par un âtre crépitant, garni en permanence de fruits séchés, de noix, d'amandes, de massepain, de tisanes, d'hydromel et d'hypocras. Nous étions en sécurité, ne manquions plus de rien. Pourtant il s'agitait dans son sommeil. Il hurlait. Il hurlait quand sur le canot il ne l'avait pas fait.

Il fallait que je survive pour le guérir de cette épreuve. Parce qu'il sombrait avec moi, n'ayant d'autre repère que celui que depuis des mois je lui avais donné.

Alors, oui, j'ai recommencé à manger, à boire du vin, à sourire. J'ai accepté de me regarder dans un miroir et de me haïr pour le monstre que j'étais.

Ensuite, seulement, grâce à ces petits bras autour de mon cou, ces baisers sur ma joue et sa voix d'enfant qui me promettait que tout irait bien désormais, que nous allions rentrer, retrouver Auline, Bertrand et Jeannette, tel que le voulait si intensément son frère, je me suis remise à m'aimer.

Suffisamment en tout cas pour sortir enfin de cette chambre, remercier une nouvelle fois cet homme que ma terrifiante réputation impressionnait et lui demander d'avoir l'amabilité de nous faire escorter jusqu'à Hennebont où je savais que Jeanne de Flandres serait soulagée de me voir arriver.

58.

Je la retrouvai telle qu'en mon souvenir. Chaleureuse, affable. Mais la moitié de ses traits trahissait la douleur intérieure qui la rongeait quand l'autre, désormais, était déformée par un rictus disgracieux et figé.

Après m'avoir serrée dans ses bras, elle m'apprit que cette paralysie lui était apparue un matin à son réveil, sans que personne ne lui apporte remède. Depuis, elle peinait à mémoriser les choses, restait parfois bloquée sur un mot ou une idée, ajoutant de la vérité à cette rumeur toujours persistante qui la voulait folle.

— Une part de moi l'est chaque jour davantage. L'autre en a conscience et lutte pour ne pas être aspirée à son tour. C'est un duel sans fin, sans pitié et sans issue, ma chère, si chère Jeanne, a-t-elle soupiré avant de secouer la tête et de poursuivre : J'admire votre force face à la perte de vos enfants, de votre époux. J'ignore comment vous arrivez à l'accepter, à redresser la tête, à avancer encore. Pour moins que cela, regardez-moi ! Je ne suis plus que l'ombre de celle qui hier embrasait le campement de Charles de Blois, répandant crainte et respect sur son passage.

Son œil bleu, autrefois étincelant, était à présent flouté par un voile de brume. Moi j'étais restée dans celle qui avait obscurci mon horizon six jours durant. Même si j'avais repris de la vigueur durant ma convalescence à Morlaix.

Je n'eus pas le cœur de lui mentir.

– Je n'y arrive pas, ai-je murmuré, navrée. Je n'y arrive plus. Je fais semblant depuis mon retour à terre. Je n'ai pas le choix.

Nous étions attablées devant une tisane de sauge et quelques biscuits qu'elle avait fait servir dehors, au pied du château, sitôt qu'on lui eut annoncé mon arrivée. Entraînant son regard, le mien courut jusqu'à Junior qui jouait avec son fils. Le garçonnet approchait de ses cinq ans. Sitôt qu'il l'avait vu, Junior avait couru vers lui, me prouvant, si j'en doutais encore, combien son frère lui manquait. Depuis quelques instants, tous deux cherchaient des galets rouges sur la berge, les plus beaux, les plus rares, s'exclamant dès qu'ils en découvraient un. Comme Ysabeau autrefois.

– Je tiens pour lui, ai-je repris. Comme vous tenez pour votre petit Jeannot.

– C'est vrai. Pourtant je redoute le moment où je ne serai plus en mesure de l'élever par moi-même. Il approche, j'en suis consciente.

– Pas si vous le refusez de toute votre âme.

Elle a lâché un petit rire désabusé. Sa main, toujours gracieuse bien que parsemée de taches brunes, s'est envolée, embrassant son domaine : les hautes tours du castel, les remparts qui enfermaient cette portion de rivière par deux ponts fortifiés filtrant le courant à l'aide de solides herses, ce verger qui nous abritait.

– Croyez-vous sincèrement que mon âme soit en sécurité entre ces murs ? Non. Non. Ils sont sa prison. Les rumeurs les plus sournoises circulent sur la santé de Jean, sur le sort que lui réserve le roi, sur d'éventuels supplices.

Mensonges qui y entrent et n'en sortent plus, happés par mes cauchemars. Je n'ai plus de vitalité, plus de courage, plus d'espoir. Philippe de Valois a atteint son but en le gardant prisonnier. Me maintenir dans des limbes obscurs. Il m'y terrorise à l'envi. Je le sais. Je sais que tout cela n'est que calcul de sa part pour m'affaiblir, m'empêcher de reprendre la lutte contre Charles de Blois. Ma raison tente de s'accrocher à cette réalité, mais cela fait trois ans, Jeanne. Trois ans que mon époux m'a été arraché et que le roi de France joue avec mes nerfs pour me punir d'avoir osé le défier. Savez-vous ce qui m'a empêchée de sombrer totalement ces derniers mois ?

J'ai recouvert ma main de la sienne sous ce rayon de soleil qui traversait les branches d'un pommier voisin. Des fleurs en grappe parfumaient la brise qui les faisait se balancer.

— Dites-moi.

Elle m'a souri, de ce côté toujours vivant qui rappelait à quel point, autrefois, sa beauté était vantée partout.

— Vous, Jeanne. C'est vous. Vous ne mesurez pas l'impact qu'a pu avoir votre vengeance. Vous êtes devenue une légende pour les Bretons. On vous loue, on vous vénère, on vous acclame. Il n'y a pas un seul abordage de votre flottille, pas une seule de vos expéditions punitives sur le littoral qui n'ait été rapportée dans le détail, de bouche en bouche, partout. Vos victoires étaient les nôtres. Le sang que vous répandiez, celui que nous aurions aimé voir couler. Vous avez été ma revanche. Le seul rempart solide contre la perfidie du roi. Le seul qu'il ne pouvait prévoir. Qu'il ne pouvait imaginer. Sans vous, sans ce que vous avez fait au nom d'Olivier, vous me compteriez parmi ses victimes.

Elle s'était enflammée brusquement et j'ai senti mon cœur se réchauffer sous sa verve.

– Je croyais avoir été trop loin.

Elle a ri, méchamment.

– Trop loin ? Pas assez ! Pas assez au regard de ce que le roi nous a pris, à vous, à moi, à la Bretagne ! Mais je comprends que vous ayez décidé de ranger votre épée.

J'ai hoché la tête. Elle a enveloppé ma joue de sa paume. Une de ses mèches blondes détachée par un souffle printanier est venue caresser mon front.

– Le roi est furieux. Votre flotte est détruite, mais vous avez échappé aux fers qu'il vous réservait, à la mer qui aurait pu vous engloutir. Il vous cherche. C'est ici, à Hennebont, que vous et les vôtres serez le plus en sécurité. Alors j'ai pris la liberté, sitôt qu'on est venu m'annoncer votre approche, de dépêcher un messager à Saint-Yves. Auline, Bertrand et Jeannette ne devraient plus tarder avec leurs malles. Profitez d'eux. Reposez-vous. Ragaillardissez-vous. Vous êtes ici chez vous. Autant que vous le voudrez.

Mes yeux se sont embués.

– Merci...

– Ne me remerciez pas, Jeanne. En vous sauvant du roi Trouvé, c'est cette étincelle de vie en moi qu'il n'a pas encore tuée, que je sauve. Demain, dans une semaine, dans un mois, cette complicité qui nous a toujours permis de nous retrouver nous rendra à nous-mêmes. Lors, ensemble, nous déciderons de ce qui doit, ou non, être fait.

Trois heures plus tard, mon cœur que je croyais éteint explosait de joie dans ma poitrine sur laquelle Jeannette était venue se blottir. Et le regard d'Auline et de Bertrand, embrassant Junior, me couvrant d'amour et de chagrin mêlés, confirmait les paroles bienveillantes de Jeanne de Flandres.

Il existait un possible.

Un possible dans lequel je pouvais peut-être continuer à exister.

59.

Les deux mois qui ont suivi m'ont confortée dans cette impression.

Ma fille avait grandi. Elle venait d'avoir quatre ans, me ressemblait. Même petit nez retroussé, mêmes taches de rousseur, mêmes boucles soyeuses et rousses. Seul le regard, d'un bleu profond, d'océan, était celui de son père. Elle était telle qu'en mon souvenir : belle, rieuse, affectueuse. Curieuse de tout. Elle me rappelait Ysabeau au même âge. J'avais espéré qu'elle ne manquerait de rien durant mon absence, pas même de moi ou de ses frères. Auline et Bertrand y avaient réussi à merveille. Jeannette avait vécu dans un cocon de douceur et de tendresse, loin de ma sanglante réputation et pourtant, dans le respect de la mémoire de son père et de ma décision de le venger. Le parfum de sa peau, son petit rire qui cascadait s'avérèrent un baume merveilleux sur mes plaies.

Quant à Auline et Bertrand, si ce n'étaient ces chevelures blanches qui leur recouvraient désormais les épaules, ils n'avaient pas changé. Ils voulurent tout savoir, faire la part entre la réalité, celle que j'avais éprouvée, ressentie au long de mes batailles et ce que la rumeur en avait rapporté. Eux seuls pouvaient tout comprendre sans juger. Sans me juger. Je pensais que raconter me serait difficile, surtout lorsqu'il me fallut évoquer ces six jours de dérive après le naufrage. Au contraire, ce fut comme si partager avec eux cette terreur et cette détresse m'avait permis d'accepter ma culpabilité quant à la mort de Petit Guillaume. Je n'en fus pas soulagée pour autant. Mais j'appris à vivre avec. À l'empêcher de me détruire davantage.

Jeanne de Flandres ne fut pas en reste pour m'y aider. Elle se révéla une hôtesse attentionnée bien que discrète, comprenant la nécessité pour moi de passer plus de temps avec les miens qu'avec elle, alors que sa présence m'était un bienfait. Tout comme l'était le fait de voir nos enfants s'amuser ensemble. Junior ne quittait plus Jeannot ; et les deux Jeannette, n'ayant qu'un an d'écart, partageaient les mêmes jouets.

M'estimant suffisamment entourée, Péan avait décidé, fin juin, de repartir dans ses fiefs. Je crois qu'il avait, lui aussi, besoin de retrouver un semblant de vie normale après ces dix mois de lutte sans pitié. Je savais pouvoir compter sur lui au moindre appel et il n'avait pas manqué de me le rappeler en me serrant fraternellement dans ses bras. C'était suffisant à mon cœur. Il avait vingt-cinq ans. Il était temps qu'il vive. Qu'il fonde une famille. Que lui aussi se mette en paix.

Aussi me suis-je étonnée, fin juillet de cette année 1344, de le revoir franchir si tôt et au grand galop les murailles d'Hennebont.

Profitant du plein été, je venais, en compagnie de Jeanne de Flandres, de rentrer d'une chevauchée au travers des bois et des prairies de son domaine.

Nous apercevant à son tour devant l'écurie, il a foncé droit sur nous pour sauter de selle à nos pieds.

— Valois ! s'est-il écrié sous le joug d'une colère qu'il peinait visiblement à maîtriser. Ce chien a encore frappé !

J'ai tourné les yeux vers Jeanne de Flandres. Elle était devenue livide. À l'instant où il a pris conscience de la terreur dans laquelle cette annonce venait de la plonger, elle s'est effondrée, inanimée, sur le pavé.

Elle s'est réveillée sur une banquette, dans l'antichambre où Péan, contrit, l'avait aussitôt emportée.

– Ce n'est pas sur Jean que le roi s'est acharné, me suis-je empressée de la rassurer.

Ses joues ont retrouvé un peu de couleur.

– Sur qui ? Sur qui alors ? a-t-elle aussitôt demandé.

Je me suis assise près d'elle, lui ai tapoté les doigts :

– Henri de Malestroit. L'oncle de Péan.

Elle s'est tournée vers lui.

– Dieu du ciel ! Racontez-moi.

Tandis qu'elle se redressait avec dignité, Péan lui rapporta en détail ce qu'en quelques phrases, durant le trajet des écuries à cette pièce, il m'avait confié.

Rageant de ne plus pouvoir m'atteindre, Philippe de Valois avait de nouveau jeté son dévolu sur les Malestroit qui, avec les Clisson, étaient une des familles les plus puissantes de Bretagne. Maître des requêtes de l'hôtel du roi, docteur en droit et diacre à Paris, Henri avait pourtant pris soin d'écarter tout soupçon ou reproche en évitant de commenter l'exécution de son frère et de son neveu. Il n'en avait pas moins été arrêté de manière aussi ignominieuse qu'eux avant d'être livré à l'évêque de Paris. À ce moment-là, il s'était cru sauvé. On l'accusait lui aussi de traîtrise. Il était innocent. L'Église allait le soutenir. L'évêque l'en avait rapidement détrompé. Servant fidèlement la volonté du roi, il l'avait fait enchaîner, placer dans un tonneau, traîner sur une claie, puis promener au long des rues jusqu'à Notre-Dame où on l'avait fait grimper en haut d'une échelle dressée sur le parvis. Là, un héraut avait lu sa condamnation, incitant une foule aussi inculte qu'avide de distraction à lui lancer œufs pourris et excréments au visage. Seule la tombée de la nuit l'en avait délivré. Au lendemain tout recommençait. Finalement, on l'avait jeté, puant et irrémédiablement humilié, au fond d'une geôle épiscopale.

— C'était il y a dix semaines. Il fut si bien traité depuis, qu'il est mort voici huit jours. Cela n'a pourtant pas suffi au roi ! Sur l'ordre de l'évêque, sa dépouille a été transportée en place de Grève et jetée en guise d'amusement à la populace qui l'a traînée dans les rues, la démembrant à force de se la disputer et lapidant enfin ce qu'il en restait ! a achevé Péan en frappant du poing sur une table.

Jeanne de Flandres avait verdi, plaqué ses doigts sur ses lèvres pour y étouffer ce même souffle d'effroi qui faisait trembler les miennes.

— Combien de temps faudra-t-il encore avant que Jean, mon Jean ne soit le prochain ? a-t-elle fini par gémir, les yeux soudainement noyés.

Elle avait raison. L'acharnement du roi confinait à la folie. Mais en était-ce une ? N'était-il pas, au fond, plus fin stratège que nous ne l'avions cru ? Jusque-là, il s'était servi de la menace de l'exécution de Jean pour prévenir toute action de la part du roi d'Angleterre. Mais il pouvait changer d'avis, considérer que, privée de ma vengeance et des seigneurs bretons les plus attachés à son indépendance, la Bretagne était désormais suffisamment affaiblie pour qu'il la plie tout entière. Qu'il la prive aussi de Jean, une fois sa colère et son indignation passées, elle s'inclinerait devant Jeanne la Boiteuse et Charles de Blois. Et prendrait son parti contre Édouard III.

— Je ne le permettrai pas, me suis-je entendue rugir, ressuscitant, contre mon gré, la Tigresse bretonne. Non. Je ne le permettrai pas !

Jeanne de Flandres a levé ses grands yeux éplorés vers moi ; Péan les siens, endiablés.

J'ai soutenu leur étonnement sans ciller, emplie soudain d'évidence et j'ai annoncé :

— Nous allons le faire évader.

60.

Parmi ceux qui nous avaient servi d'escorte après le naufrage se trouvaient deux hommes : Rémi, l'écuyer de Péan, et Alain, celui de Raoul, qui, après m'avoir raconté les derniers moments d'Olivier, avaient choisi de vouer le restant de leur existence à ma cause.

C'est l'un d'eux qui, si vous vous en souvenez, avait encouragé Petit Guillaume à prendre sur lui au moment où, dans la chaloupe, il avait fallu bander sa blessure. Alain ne possédait rien sinon son grand cœur. De sorte que, n'ayant nul endroit où aller et plus de guerre à mener puisque je cessais la mienne, il m'avait demandé l'autorisation de rester à mon service à Saint-Yves. J'avais accepté, regrettant de ne pouvoir lui offrir davantage qu'une bourse bien garnie. Quant à Rémi, le roi n'ayant saisi que mes domaines, Péan avait pu, de son côté, le récompenser par un petit lopin de terre proche de Malestroit.

Leur loyauté, leur fidélité et leur courage n'étant plus à démontrer, ce fut de nouveau vers leur aide que Péan et moi nous nous tournâmes lorsque mon idée, jaillie comme un coup de tonnerre, prit corps dans la réalité.

Pour avoir séjourné à Paris au moment de l'arrestation d'Olivier, ils y avaient glané des informations dans le but, nous avaient-ils avoué piteusement à l'époque, de le ravir à la hache du bourreau. Elles allaient nous servir. Nous savions que Jean avait très vite été extrait du Châtelet pour être confortablement installé au Louvre dans l'une de ses tours. Il pouvait quitter celle-ci pour se promener et faire un peu d'exercice dans la cour. Impossible pourtant de s'échapper de l'enceinte. Quatre gardes l'escortaient et deux autres veillaient en permanence devant sa porte. Il ne voyait donc personne d'autre à part le roi et, chaque jour, un marmiton étranger au palais, puisqu'il commandait et payait ses repas sur ses propres deniers au patron d'une auberge située dans une des rues parallèles à la Seine.

Si Jeanne de Flandres s'en était fortement indignée en le découvrant, ce jour-là, nous y vîmes une aubaine. L'occasion, pour Alain, d'obtenir la confiance de l'aubergiste, de se faire engager, de prendre la place du marmiton et, une fois face à Jean, dont il possédait les mêmes corpulence et allure générale, de se substituer à lui. Bien évidemment, tout cela méritait d'être affiné. Mais après plusieurs heures autour d'une table à évoquer toutes les possibilités, et bien que Jeanne soit devenue silencieuse depuis un long moment, Péan, Alain, Rémi et moi étions arrivés à la conclusion que c'était la seule option possible. L'échange permettrait à Jean, dans les habits et sous la coiffe du marmiton, de sortir du palais, d'atteindre le fleuve et là d'embarquer en toute sécurité.

Ne nous restait plus qu'à tout planifier. Nous nous y apprêtions lorsque ma chère amie est finalement sortie de ce mutisme que j'avais pris pour de l'inquiétude à voir notre plan échouer.

Elle nous en détrompa en faisant preuve de cette grandeur d'âme que j'avais perdue, moi, depuis la mort d'Olivier.

— Non. Non, je ne peux accepter cette solution, s'est-elle brusquement élevée en secouant la tête. Certes, mon époux serait sauf et libre, Alain, mais vous ? Une fois le subterfuge éventé, vous serez condamné. Et nous savons de quelle manière le roi traite ceux qui le défient. Non. Non. Ce ne serait pas juste.

Son intervention nous avait tous ramenés à cette réalité que nous avions préféré occulter. Durant quelques secondes, elle a flotté en silence autour de la table. Puis soudain, Alain s'est levé, a bombé le torse et, soutenant d'un œil gris celui de Jeanne, a frappé son cœur de son poing fermé.

— Vous ne m'imposez rien, dame de Montfort. C'est mon choix. Celui d'un Breton, empli de fierté à l'idée de donner sa vie pour que la justice triomphe. Vous m'insulteriez en refusant ce sacrifice dont j'avais conscience avant que vous ne le releviez. Et puis, avait-il souri, de vous à moi, si je peux cracher à la gueule puante de ce simulacre de roi quand il me démasquera, alors j'aurai gagné mon paradis !

Ainsi était cet homme, emporté derrière ces mots par un rire tonitruant, tel que la vie aimait les entendre. Tel que la mort aimait les prendre.

Un homme que nous serrâmes tour à tour, émus et reconnaissants, dans nos bras.

Quelques jours plus tard, avec Rémi et Péan, il quittait Hennebont pour Paris. Mon cher ami avait tenu à être de l'aventure, m'avouant avec un clin d'œil qu'il s'était découvert davantage fait pour elle que pour la tranquillité d'un foyer.

— Un jour peut-être, avait-il ajouté avant que je ne l'embrasse sur la joue. Pour l'heure et en ce qui me concerne, la lutte n'est pas achevée.

Je l'en avais remercié puis lui avais remis la cassette contenant les généreux subsides qu'en juin, Jeanne de

Flandres avait reçus par la Manche. Une somme replète en monnaie d'or et d'argent que le roi d'Angleterre destinait à la lutte clandestine que continuaient de mener les montfortistes contre Charles de Blois. Lutte qui avait pris la forme de brigandage, à cause de la trêve instaurée entre les deux royaumes. Jeanne pourvoyant à mes besoins, à ceux de mes enfants, d'Auline et de Bertrand, l'entretien de Saint-Yves restant assuré par ce que rapportait le fermage de ses terres, j'ai aussi remis ma part de ce trésor à Péan.

Ce que j'avais obtenu en paiement de mes courses devait servir à continuer le combat.

Et puis, l'évasion de Jean n'allait-elle pas m'offrir ma plus belle vengeance ? Le plus grand camouflet, la plus ardente piqûre d'orgueil que nous pourrions infliger elle et moi, Jeanne à deux têtes, à Philippe de Valois ?

Que pouvais-je espérer de mieux avant de tirer ma révérence ?

61.

Un mois plus tard, ayant abandonné Hennebont et Saint-Yves à la surveillance des montfortistes, nous nous installions à Londres pour nous placer sous la protection du roi d'Angleterre avant l'évasion de Jean.

Si elle réussissait, elle inciterait Édouard III à briser la trêve et à l'aider à reconquérir le duché.

Je n'avais rien à craindre de la part des montfortistes, mais la guerre reprenant, n'importe quel fourbe à la solde de Charles de Blois pourrait s'infiltrer dans leurs rangs et m'atteindre, moi, mes proches ou mes enfants au moment où je m'y attendrais le moins. Ce d'autant plus sûrement que j'avais chargé Alain de transmettre mon bon souvenir à Philippe de Valois lorsque, inévitablement, il serait fait prisonnier. Je voulais qu'il sache. Qu'il sache qu'il n'avait détruit que mes navires, pas ma détermination à venger Olivier. Je me doutais que dans la foulée, ma tête serait mise à prix. Or, m'exposer, exposer les miens était un risque que je refusais de prendre. J'avais payé trop cher mon sentiment d'impunité.

Sitôt arrivée à Westminster, et tandis que Jeanne prenait ses quartiers avec les enfants tel qu'en ses autres séjours, j'ai été conduite devant Édouard III que mon époux m'avait dépeint en homme intègre et généreux.

Il avait oublié de me dire qu'il était aussi fort séduisant avec ses yeux rieurs couleur de mousse, même si la barbe et la tignasse qu'il avait héritées des Plantagenêts lui mangeaient le visage. Séduisant et courtois, à l'exemple des personnages des romans arthuriens que son aïeule, Aliénor d'Aquitaine, avait introduits dans toutes les cours d'Europe et dont il raffolait.

J'ai tout de suite reconnu, sous la fenêtre dominant la Tamise, l'échiquier dont Olivier m'avait fait la description après sa captivité. Et cela m'émut, pendant un instant, de l'imaginer devant. Plus encore de découvrir qu'Édouard III ne m'avait pas accueillie dans cette pièce sans, lui-même, y penser.

De fait, plus d'une heure durant, il fit référence à leurs parties, à leurs longs échanges, le couvrant d'éloges, m'assurant qu'il n'avait jamais trahi son serment au roi de France, quand, secrètement, lui, l'avait espéré.

– Je n'ai jamais douté, sire, de la droiture de mon époux, ai-je répondu à son discours, même si l'entendre m'avait fait du bien.

– Et vous avez honoré sa mémoire de la plus tenace et convaincante manière. De sorte, dame Jeanne, que j'éprouve désormais pour vous autant de respect que j'en eus pour lui. Je ne peux vous rendre encore les terres que Philippe de Valois vous a prises, mais soyez assurée que je n'ai pas l'intention de renoncer à cette couronne de France qu'il méprise en exécutant ses plus loyaux sujets. Si Jean de Montfort parvient à s'évader, à rallier la Bretagne derrière moi comme déjà l'est l'Aquitaine, je chasserai ce roi félon de son trône et vous rentrerez en vos domaines. Dans l'attente, vous êtes en ce palais comme chez vous. De même que la comtesse de Montfort et vos enfants à toutes deux, qui, dès demain, seront élevés avec les miens.

— C'est un honneur, sire, l'ai-je remercié en m'inclinant.

Il m'a reconduite jusqu'à la porte, élégamment, avant d'ajouter sur le seuil :

— Vous voici désormais, la plus belle et la plus insoumise des femmes de mon royaume. Je vous offrirai les moyens de le rester, Jeanne de Belleville.

Je l'ai quitté sur ces mots, mais en longeant les couloirs derrière son valet, j'ai été saisie par une brusque sensation de malaise.

Sa promesse était-elle intéressée ? Et si c'était le cas, que pouvait-elle signifier ?

Refusant de m'en inquiéter, je me suis empressée de l'oublier pour prendre possession de mes nouveaux quartiers qui dominaient eux aussi la Tamise et qui m'offraient ainsi qu'à mes enfants un cadre bien plus luxueux que je ne l'avais espéré.

Impatiente de me rencontrer et de revoir Jeanne de Flandres, dès le lendemain, la reine, Philippa de Hainaut, nous manda dans sa chambre qu'elle gardait depuis son accouchement quelques jours plus tôt.

Olivier me l'avait dépeinte jolie, empathique, éprise de justice et d'une belle probité. Selon lui, elle participait activement à toutes les décisions politiques de son époux avec lequel elle partageait une grande complicité. Je savais donc, avant même d'entrer, qu'elle me plairait.

Nous l'avons trouvée assise sur le bord du lit, sa petite Marie dans les bras et refusant d'un geste que nous nous déployons en révérence.

— Pas plus qu'Édouard, je ne vous ferai l'injure, mes dames, d'une quelconque charité, nous annonça-t-elle après que nous l'eûmes chaleureusement louée pour son accueil et ses bonnes grâces. Vous méritez qu'à défaut de vos biens, l'on vous rende, dès aujourd'hui, le rang qui fut le vôtre avant la disgrâce de vos époux. Mais je serais heureuse que vous acceptiez ces quelques présents en remerciements de vos actions d'éclat, lesquelles ont vigoureusement contribué à renforcer la confiance et l'enthousiasme de notre armée, la rendant prête à affronter, demain, celle de notre ennemi commun.

Un signe du menton en direction de la double porte a suffi pour que les deux valets qui nous avaient introduites écartent les battants et que d'autres viennent déposer à nos pieds malles et mallettes.

— Ouvrez, mes dames jolies ! s'est mise à rire la reine. Ouvrez et dites-moi si j'ai bien choisi !

Nous avons obéi. Et je l'avoue, ma surprise s'est changée en ravissement.

Les deux plus grands coffres contenaient des robes de soie ou de brocart aux teintes subtiles dont cette guède qu'affectionnait particulièrement Olivier. Les plus petits recelaient des bijoux d'or incrustés de pierres fines ou précieuses. Tout était d'un goût exquis, à l'image de cette femme qui, malgré ses couches récentes, resplendissait de féminité et de sensualité.

— Alors ? a-t-elle insisté en se mordant la lèvre inférieure, les yeux pétillants d'impatience.

Jeanne de Flandres a répondu à ma place.

— Ce sera un honneur de paraître, ainsi en beauté, à vos côtés, Majesté.

— Et vous, Jeanne de Belleville ? Plus de Tigresse ici ? Bien que, m'a-t-on rapporté, vous portiez à merveille les vêtements de votre époux.

— Je les ai déjà troqués, comme vous le constatez, pour une tenue plus seyante. Même si elle s'avère, en effet, bien modeste au regard des exigences de votre cour, lui ai-je concédé.

Elle s'est levée pour confier sa fille, endormie contre son sein, à sa nourrice. Puis est venue me prendre les mains. Point de malice dans son regard. Il était franc, bienveillant et doux.

— Vous vous trompez, mon amie. Cette robe que vous portez est parfaite. La vôtre aussi, comtesse de Montfort. D'autant plus que votre prestige à toutes deux vous précède. Mais vos fils les connaissent pour les avoir déjà vues sur vous. Or, je crois qu'il est temps que vous vous tourniez vers l'avenir l'une comme l'autre. En leur montrant, en montrant à tous, que les guerrières et les mères n'en sont pas moins des femmes. Des femmes capables de mettre le monde à genoux avec de magnifiques armes. M'en voulez-vous d'y avoir pensé pour vous, Jeanne de Belleville ?

Des larmes sont venues piquer mes yeux. Ces mots-là, je les avais déjà entendus. Dans la bouche d'Olivier. J'ai raclé ma gorge brusquement serrée pour lui répondre.

— Non, Votre Majesté. Au contraire. Mon époux me voyait et m'aimait de cette manière. Mais vous le saviez déjà, n'est-ce pas ?

Elle m'a attirée, serrée dans ses bras.

— Oui. Oui, car il me fit l'honneur de me dire à quel point il tenait à vous. Vous ramener au souvenir qu'il avait de vous, voilà la seule chose que j'ai trouvée pour, moi, vous rendre hommage.

J'ai porté ces robes et ces bijoux, tout comme Jeanne de Flandres. En regagnant chaque jour davantage un peu plus de féminité, de grâce et de beauté intérieure. Car tel que je l'avais prédit un jour, était revenu pour nous le temps des troubadours.

Nous en avons profité malgré notre préoccupation constante. Nous n'avions aucune nouvelle concernant

Jean. Rien d'anormal à cela, nous étions convenus avec Péan, Rémi et Alain qu'ils ne devaient nous écrire sous aucun prétexte afin que leur courrier ne soit pas intercepté et leur initiative déjouée. Nous savions aussi qu'il faudrait du temps avant qu'Alain ait suffisamment gagné la confiance de l'aubergiste pour qu'il le charge de la livraison des repas à Jean. Ensuite, une fois embarqués sur la Seine avec lui, il leur faudrait être plus prudents encore, débarquer discrètement de la barge, le plus loin possible de Paris, progresser à pied ou à cheval en évitant les grands axes qui, très vite, seraient contrôlés, gagner la Bretagne en s'y méfiant plus encore des alliés de Charles de Blois. Et enfin prendre la mer pour arriver jusqu'à Londres.

Un périple qui pouvait durer des mois.

Et de fait, ce ne fut qu'à la mi-avril de l'année suivante que Jeanne de Flandres put enfin, éperdue de bonheur, se jeter dans les bras de son époux rendu méconnaissable par sa longue barbe et les guenilles qu'il avait, comme Péan et Rémi, fini par revêtir. C'était cette allure pouilleuse de crève-la-faim qui leur avait finalement permis de traverser les mailles étroites du filet que, voulant à tout prix reprendre Jean, Philippe de Valois avait tendu.

Jeanne de Flandres les vit à peine quant à elle. Son amour lui était revenu, en vie, après avoir souffert des salissures plus ignobles que celles de ses habits.

En la voyant s'accrocher à son bras pour se diriger vers le roi et la reine, émue, j'ai mesuré enfin la portée des présents de Philippa de Hainaut.

Elle avait vu juste.

Nous resplendissions.

Jeanne de Flandres parce que malgré son faciès déformé, Jean la couvrait d'un regard ardent et passionné.

Moi parce que les compagnons d'Olivier me revoyaient, dans ces atours, telle qu'il m'avait aimée.

Telle qu'il aurait voulu que je redevienne.

Un cadeau précieux qui me fit toujours chérir cette reine magnifique.

Malgré ce qu'il advint ensuite.

62.

Car cette félicité, initiée par le retour de Jean, ne dura pas. Si depuis son arrestation, son épouse n'avait attendu que de pouvoir à nouveau vivre à ses côtés, lui ne sut se contenter de passer ses journées à se distraire de cours d'amour, de canotage sur la Tamise, de jeux courtois ou de chasse dans les forêts avoisinantes. Pas davantage de jouer avec ses enfants entre deux des leçons de leurs précepteurs. Ils étaient trop petits quand il en avait été séparé. Jeannot n'avait que deux ans et demi alors, Jeannette, un à peine. Pour eux, il restait un étranger. Il nous l'avoua un soir, alors que les éclairs de chaleur sur le fleuve avaient précipité la cour dans les jardins du palais, livrant un spectacle aussi fascinant que terrifiant. Tout au long de ces années de captivité, il n'avait pensé qu'à Jeanne et à son combat avorté. Il avait retrouvé l'une, il devait reprendre l'autre pour se sentir à nouveau entier.

J'ai vu ma chère amie blêmir, s'appuyer discrètement sur mon avant-bras avant de se ressaisir aussitôt. Nous savions, elle et moi, que l'honneur bafoué d'un Breton ne trouvait de répit que dans la réparation de l'injustice dont il avait été victime. N'avions-nous pas, toutes deux, usé nos lames et nos âmes à cela ? Jean était de la trempe d'Olivier. La Bretagne lui était tout. Ses rivières coulaient dans ses veines. Les couleurs insensées de ses paysages formaient l'éclat de ses prunelles. Rien n'aurait pu le retenir.

— Si tu rentres, je rentre aussi, l'ai-je entendue lui répondre.

Je revois encore leurs visages tournés l'un vers l'autre avec, en arrière-plan, cette bataille céleste, lumineuse et silencieuse, comme une invitation au combat qu'il voulait recommencer à mener.

— Non. Non, Jeanne. Je ne peux me permettre désormais de trembler pour toi, alors que te savoir à l'abri, avec mes enfants, d'un enlèvement ou de pire encore, me rendrait invulnérable. De grâce, entends-le et reste ici. Le duché reconquis, tu y reviendras en conquérante, l'a-t-il suppliée.

Contre l'élan de son cœur, elle a cédé. Parce qu'il avait raison. Entouré de ses troupes, il ne serait pas facile à capturer. Il faudrait pour l'atteindre que Charles de Blois emploie un autre moyen de pression sur lui. Et Jeanne n'était plus celle de sa légende. La moitié figée de son visage en témoignait. Une part d'elle était fracassée. Même si je doutais de plus en plus que la folie en soit responsable – elle était bien trop lucide dans ses propos, dans sa façon d'être – elle n'aurait plus été en mesure de se défendre seule si on l'avait attaquée. Jean l'avait compris et il avait peur de la perdre. Au moins autant qu'elle avait craint de le perdre, lui.

Trop nouée sans doute par l'émotion, elle s'est contentée d'un clignement de paupières en signe d'assentiment. Il l'a prise par les épaules, tendrement, a accolé sa tempe à la sienne. Et devant moi qui tenais les mains de Junior et de Jeannette émerveillés par le spectacle des épées de feu, ensemble, ils se sont tus et ont regardé.

J'en ai fait autant, le cœur broyé. Car à écouter Jean parler, il m'avait semblé être revenue deux ans en arrière, au moment où Olivier m'avait annoncé son départ pour Vincennes. Je venais d'éprouver la même sensation que ce jour-là. La sensation que Jean ne reviendrait jamais. Mais c'eût été inhumain que de m'en confier à Jeanne.

Quelques jours plus tard, le 20 mai 1345, après avoir prêté allégeance à Édouard III en le reconnaissant pour son suzerain, Jean partait pour Brest, emmenant Péan et Rémi, tout aussi pressés de reprendre le combat.

À eux non plus la paix n'apportait aucun bonheur.

Sous l'élan vengeur de Jean et de ses alliés que soutenait l'armée allouée par Édouard III, il ne fallut que quelques semaines de lutte avant que Vannes ne soit reprise aux blésistes. La nouvelle nous réjouit. Et je me suis convaincue que mon intuition n'avait été guidée que par le déchirement de Jeanne à se séparer si vite de l'homme qu'elle avait tant attendu.

Fin août, ce fut au tour de Quimper d'ouvrir ses portes devant lui. Et deux nuits durant, des cris de liesse parvinrent aux oreilles de Charles de Blois, basé non loin, fulminant de voir la Bretagne lui échapper à nouveau. Décidé à en rabattre, il attendit à peine que Jean se soit installé dans la cité pour l'assiéger et l'isoler du gros des troupes anglaises qui poursuivaient, en son nom, leur marche conquérante.

Comme toutes les autres villes bretonnes, Quimper souffrait de cette paix relative que la trêve entre les deux royaumes autant que la captivité de Jean lui avaient offerte. Les réserves d'eau et de nourriture étaient insuffisantes pour permettre aux habitants de tenir longtemps sans secours extérieur. Quant aux soldats de garnison, ils étaient devenus mols. Jean déploya les siens en haut des coursives, armés d'arcs et d'autant de flèches à pointe d'acier que l'on put en fabriquer. Durant les deux jours qui suivirent, ne ménageant ni son courage ni ses hommes, il repoussa les attaques des blésistes décidés à lui reprendre la cité. Au troisième pourtant, une brèche était ouverte dans la muraille et les routiers de Charles de Blois entraient comme des forcenés, affolant les habitants, les traquant et les tuant comme du gibier. Jean se démena encore, déployant tout son art guerrier et vengeur. Las, il ne put rien pour empêcher le massacre. À son tour, il fut acculé. Blessé par une flèche, il continua pourtant de se battre dans la boue, sous la pluie, jusqu'au lendemain. Jusqu'à ce que, vidé de ses forces par la gravité de sa blessure, Péan le voie décliner. Comprenant que seule la fuite lui permettrait de le sauver, mon jeune ami l'avait soutenu et entraîné malgré lui à l'arrière de la ville. Il était parvenu à voler un cheval dans une écurie. Cheval qui les avait tous dcux cmportés.

— Je l'ai tenu devant moi, mes dames Jeanne, j'ai senti sa vie filer au rythme du galop. À mon arrivée à Hennebont, elle l'avait quitté, a achevé de se lamenter Péan revenu, en personne, nous donner le récit de sa triste fin.

Il n'avait pas voulu envoyer de courrier. Par respect pour Jean. Par égard pour son épouse.

Elle s'est abattue dans mes bras, a levé un regard égaré vers le mien.

— Fini. C'est fini..., a-t-elle murmuré avant de s'évanouir.

Nous l'avons étendue sur sa couche, l'avons veillée, en larmes et en silence. J'avais le cœur écartelé. À travers la perte de Jean c'était celle d'Olivier que je revivais. Une part de moi priait même pour que Jeanne ne se réveille pas, qu'elle n'ait pas à affronter ce que j'avais enduré. Car tout, tout montrait la douleur innommable qu'elle aurait à surmonter. À peine reprenait-elle connaissance qu'elle poussait un hurlement et replongeait. La fièvre ne tarda pas à monter. Au petit matin, le médecin de la reine, dépêché à son chevet, m'annonçait qu'il doutait de la voir se remettre. Comme pour lui donner raison, à midi, elle était prise de convulsions. Comme moi, Péan ne l'avait pas quittée. Philippa de Hainaut non plus. Quant au roi, il passait régulièrement la tête par l'encadrement de la porte, réclamant des nouvelles entre deux ordres à donner. Il devait remotiver ses troupes affaiblies moralement par cette tragédie. Pour cela, il avait besoin d'alliés, d'argent ; préparait, pour les obtenir, une table ronde à Windsor.

Jeanne de Flandres délira, prisonnière de limbes infernaux, quatre jours durant.

À l'aube du cinquième, la fièvre tomba brusquement, les tremblements cessèrent et elle ouvrit les yeux sans crier.

— Est-ce vrai ? me demanda-t-elle en me voyant penchée sur son front pour le rafraîchir une énième fois. Est-ce vrai que Jean m'a quittée ?

— Oui, mon amie, ai-je murmuré en lui caressant la joue.

Elle a refermé les paupières. Un instant j'ai cru que c'était, cette fois, pour trépasser. Mais elle a murmuré :

— Je n'offrirai pas ma mort au roi de France. Non. Il reste mon fils. Le fils de Jean. Et le vôtre, ma douce amie, ma sœur d'infortune. Ils sont, ils doivent être l'avenir de la Bretagne. Vous m'aiderez, n'est-ce pas ? Vous m'aiderez à survivre pour les y préparer…

Comment aurais-je pu refuser ?

63.

Je m'y employai donc, chaque jour, chaque instant, la relevant quand elle s'effondrait brusquement, la serrant dans mes bras quand la rage l'emportait. Un jour elle voulait mourir, l'autre elle réclamait des troupes, voulait retourner en Bretagne et reprendre les armes. Le matin elle composait des lais enflammés, l'après-midi, elle tirait son épée et m'imposait de me battre contre elle dans les lices. Ce n'était pas de la folie. C'était du désespoir. Le même qui m'avait poussée à frapper, à tuer.

Je ne pouvais pas le réduire. Je pouvais juste lui apprendre à vivre avec. Sans savoir, en vérité, comment moi, j'avais fait, sinon en brûlant mon âme.

Peut-être était-ce au fond ce qu'il lui fallait. Retourner à Hennebont. Mourir transpercée par une lance ou une épée en fonçant vers l'ennemi tête baissée et en hurlant le nom de Jean.

J'en étais sincèrement, comme elle, à l'envisager, nous en avions même parlé au roi, lorsque sa décision à notre encontre nous prit de court. Il se présenta devant nous un matin de novembre, pour nous annoncer qu'il était inquiet.

Des rumeurs lui étaient parvenues selon lesquelles on cherchait à attenter à nos vies et à celles de nos enfants. Ici même, à Londres. Il ignorait si elles étaient fondées ou non. Mais la menace serait plus grande encore si l'on quittait l'Angleterre. Par prudence et dans la mesure où il préparait son départ pour l'Aquitaine, désirant y rassembler suffisamment de troupes pour s'emparer du trône de France, il préférait nous placer en sécurité au château de Tickhill dans le comté d'York. Le temps qu'une enquête fasse la part des choses.

Il était vrai que l'on entrait et sortait de Westminster comme en un moulin tant les domestiques y étaient nombreux et les nécessités de l'intendance importantes. Chaque jour, la cour était pleine de charrettes et de gens livrant les différents hôtels. Activité qui se retrouvait dans les couloirs et les innombrables pièces du palais. À moins de nous verrouiller dans nos appartements, sous bonne garde, quelqu'un de malintentionné pouvait facilement nous atteindre, l'une ou l'autre. Quant à la perspective que l'on s'en prenne à nos enfants, elle acheva de nous convaincre de remercier la reine pour ses bons soins, le roi pour son initiative, et de faire nos bagages.

À mesure pourtant que nous nous enfoncions, sous bonne escorte, dans les landes et forêts anglaises, un sentiment détestable prenait corps en moi. Il parvint à son apogée lorsque les lourdes portes de l'enceinte fortifiée se refermèrent sur notre voiture arrêtée dans la cour. Tickhill se trouvait au milieu de nulle part, encerclé par une rivière qui faisait fonctionner deux moulins, l'un à l'est, l'autre à l'ouest tandis qu'un troisième posé sur une butte au nord-est tournait au gré d'un vent glacial. Une cité existait bien à proximité, resserrée autour de son église, mais nous n'eûmes jamais l'autorisation de nous y rendre. La chapelle que nous vîmes à notre droite en descendant de litière suffisait au culte. Et l'imposant donjon circulaire construit en pierres au sommet d'une motte, à notre emprisonnement.

De quoi pouvait-il s'agir d'autre ?

Certes, Tickhill avait été aménagé avant notre arrivée pour en faire une résidence confortable. Mobilier élégant, peaux de bêtes au plancher, coffres débordant de toilettes, couvertures de fourrures, cuisine raffinée et cheminée soigneusement entretenue par des domestiques zélés qui logeaient dans un bâtiment situé contre le mur d'enceinte. Un autre, bâti face à la tour portière, abritait les dix soldats qui avaient constitué notre escorte et qui devenaient désormais nos geôliers sous le commandement d'un des chevaliers de la garde royale.

Dès le dîner que l'on nous fit servir dans l'aula centrale, ce dernier eut la décence de nous donner la raison de notre captivité. Malgré ses discours et sa générosité, Édouard III voulait faire main basse sur la Bretagne. Or, toutes deux, nous nous étions battues pour qu'elle conserve cette indépendance si chère à nos époux, autant vis-à-vis de lui par le verbe que du roi de France par l'épée. Nous élevions nos fils pour qu'ils continuent. Tôt ou tard, nous aurions pris conscience de son parjure et nous nous serions levées. Il ne pouvait nous le permettre. Le souhait de Jeanne de retourner au combat l'avait décidé, plus tôt qu'il ne l'aurait voulu, à nous écarter. Trop de Bretons, de nouveau, nous auraient suivies aveuglément. Au seul souvenir de notre courage.

— Vous ne manquerez de rien, mes dames. Vos enfants non plus. Et je puis vous assurer que mon respect à votre égard n'a d'égal que l'admiration que je vous porte, a conclu notre nouveau geôlier.

Je l'ai deviné sincère. Mais il n'en restait pas moins le valet d'un roi qui nous avait trahies. J'ai senti peser dans l'œil de Jeanne de Flandres le poids du renoncement. Tandis que dans le mien, de nouveau, s'est allumé celui de la vengeance.

64.

Il m'a fallu presque deux années avant qu'elle ne puisse s'exprimer. Grâce, une fois encore, au dévouement sans relâche d'Auline.

Entre-temps, nous avions organisé notre quotidien autour de l'éducation des enfants, convaincues, Jeanne de Flandres et moi, que les Bretons accepteraient volontiers qu'Édouard III chasse Philippe de Valois du trône de France et s'y installe. Mais que très vite, s'il faisait mine de réduire la Bretagne à son autorité, il trouverait à qui parler. Bien que trop jeune pour emporter le duché à la place de son père, Jeannot de Montfort redeviendrait leur seul espoir. Et il aurait besoin de Junior à ses côtés. Comme Jeanne de Flandres aurait besoin de moi pour s'imposer en qualité de régente.

Les événements, dont notre gardien se fit l'écho, nous confortèrent en ce sens. Avec son fils que l'on surnommerait ensuite le Prince Noir, Édouard III emportait de nombreuses batailles sur le continent. Le 12 février 1346, il brûla Barfleur pour faciliter le débarquement de ses troupes dans le Cotentin, puis avec ce renfort conduit par Godfroy d'Harcourt[1], il avança jusqu'aux portes de

1. Puissant seigneur normand qui contribua à de nombreuses reprises aux succès anglais après que Philippe de Valois l'avait mis en disgrâce.

Paris. Ne parvenant à les forcer, il continua sur Crécy où Philippe de Valois s'était retranché. Le 26 août, il lui infligeait défaite et le forçait à détaler. Fort de ce camouflet, il s'en fut dévaster le nord du pays, pour, finalement, s'emparer de Calais après onze mois de siège, ne laissant la vie sauve à ses représentants que sur la supplique de son épouse, ma chère Philippa de Hainaut.

L'élément pourtant qui me décida, moi, à agir, fut la capture de Charles de Blois. Elle intervint en juin 1347, près de Lannion, libérant d'un coup pour Jeannot et sa mère le trône du duché de Bretagne.

Je l'ai dit, je m'étais mise en paix avec moi-même, avec mes actes passés, avec ma cruauté. J'avais reconstruit ma féminité à la cour de Londres et décidé de ne pas y renoncer à Tickhill. Pour que Junior et sa sœur continuent de me voir forte et belle et s'en forgent le caractère, mais aussi parce qu'il me fallait des alliés pour m'évader.

Seule, je ne pouvais rien. On ne me laissait aucune arme à portée, pas même un couteau, connaissant ma dextérité à m'en servir. Tout m'arrivait découpé dans l'assiette. Il en était de même pour Jeanne de Flandres. Auline et Bertrand avaient bien essayé, discrètement, de m'en fournir un, mais ils étaient si bien surveillés aussi qu'ils avaient vite dû renoncer. L'aide que j'espérais ne pouvait donc arriver que de l'extérieur.

Auline étant autorisée à se rendre dans la cité voisine pour me procurer quelques ouvrages à lire, onguents et potions, je lui avais recommandé, sitôt notre « incarcération », de faire circuler mon nom et celui de Jeanne de Flandres, l'assortissant de quelques-uns de nos exploits pour rafraîchir les mémoires.

Quelqu'un finirait forcément par s'y intéresser.

Cela arriva à la fin de l'été.

Un homme s'annonça aux portes de Tickhill. Ignorant que nous étions captives puisque rien d'officiel ne le prétendait, il sollicita l'honneur de nous saluer. La chance voulut que le chevalier Thomas Hankeston, chargé de notre surveillance, ait engagé quelques batailles à ses côtés. Il le connaissait donc comme un homme d'honneur, vaillant combattant et lieutenant du roi d'Angleterre en Bretagne. Hankeston n'avait aucune raison de se méfier de lui qui venait de rentrer dans ses terres, voisines de Tickhill par le nord.

Il l'introduisit dans l'aula où, assis sur le tapis, Auline, Jeanne de Flandres, Bertrand et moi jouions aux devinettes avec les enfants. Sa belle allure, son visage doux et franc de quinquagénaire servi par des prunelles de sienne et une bouche charnue, me plurent aussitôt.

— Quel honneur pour moi, mes dames, de rencontrer enfin celles dont la Bretagne tout entière loue les mérites, lança-t-il en s'inclinant devant nous sitôt que nous nous fûmes levées.

— La Bretagne tout entière ? Vraiment ? ai-je souri.

— Vraiment, me répondit-il, l'œil pétillant et en breton. À l'exception évidemment de quelques korrigans mal embouchés. Mais ils sont du côté des Français.

C'est ainsi, enveloppée par ce trait d'esprit trahissant un réel attrait pour mon pays et une parfaite maîtrise de sa langue, que je fis la connaissance de Walter de Bentley.

65.

Il s'avéra respectueux et charmant. Ce d'autant plus qu'il s'était battu aux côtés de Jean à Quimper. Il avait été de ceux qui avaient couvert sa retraite avec Péan, espérant sa blessure guérissable. Apprendre sa mort quelques jours plus tard, alors que lui-même se remettait d'une saillie de lance dans le mollet, l'avait bouleversé. Un moment, il avait pensé que les bannerets allaient se ranger du côté de Jeanne la Boiteuse puisque leur prétendant à la succession au trône de Bretagne n'était plus. Il les avait découverts plus enragés encore, voulant reprendre le duché pour l'héritier de Jean. Leur fidélité était restée si grande que l'arrestation récente de Charles de Blois avait provoqué des clameurs de joie dans toutes les villes.

— Croyez bien, dame de Clisson, que votre époux non plus n'est pas oublié. J'ai vu flotter sa bannière à Nantes et à Vannes, près de celle du seigneur de Montfort. Tels que je les ai connus tous deux, hardis et fiers, ils auraient été touchés par cet hommage.

— Vous avez connu Olivier ? me suis-je troublée en lui resservant à boire, de même qu'à Thomas Hankeston qui s'était invité.

— En effet. Durant sa captivité à Londres. Il m'avait donné du fil à retordre à Vannes. J'avais tenu à le rencontrer. Je n'ai pas été déçu. Il était de ces hommes que l'on est fier de combattre et plus encore de rallier à sa cause. Je m'y suis essayé, tout comme mon bon roi avant moi. Je savais pourtant, d'avance, que ce serait peine perdue. Savez-vous ce qu'il m'a répondu ?

J'ai secoué la tête pour le laisser parler, même si, connaissant Olivier et devinant déjà la nature de notre visiteur, je pouvais aisément le supposer.

— Eh bien, dame de Clisson, votre époux s'est mis à rire. Puis, comme je m'évertuais à ne pas en comprendre la raison, il a ajouté, l'œil amusé, qu'avant de lui poser cette question j'aurais mieux fait de me la poser à moi-même, car il était certain d'avoir devant lui son reflet.

Je ne m'étais pas trompée.

— Il avait raison, a renchéri Walter de Bentley joyeusement. Qui m'aurait demandé de trahir mon roi aurait reçu le même accueil. Nous sommes devenus amis. Et c'est avec beaucoup de douleur et de colère que j'ai appris l'effroyable sort que sa fidélité au roi de France lui avait valu. J'ai suivi avec d'autant plus d'intérêt la guerre que vous lui avez déclarée en retour, sur terre comme sur mer. Ne manquant aucune occasion d'en relayer les mérites. Vous comprendrez donc, mes dames, qu'apprenant votre séjour à Tickhill, si proche de Pontefract où je réside, je ne pouvais manquer de venir me présenter.

Le restant de l'après-midi s'est passé à évoquer Jean et Olivier, puis il a pris congé en proposant de revenir prochainement.

Je l'y ai vivement encouragé.

Un mois plus tard, nous en étions à trois visites par semaine. Hankeston n'en ratait aucune. Elles le distrayaient autant que nous. Peu nous importait, pourtant, qu'il s'impose et écoute nos conversations.

Dans l'abri de nos chambres, Jeanne de Flandres et moi préparions lentement mais sûrement nos armes. Polissant par nos allures, nos attentions et cette flamme que Bentley avait réveillée en nous au souvenir de nos défunts époux, le plan de notre évasion.

Le 16 novembre de cette année 1347, j'étais fin prête à le mettre à exécution. Et aux regards langoureux que me retournait Walter de Bentley, j'étais certaine que lui aussi l'était.

66.

Une semaine durant pourtant, je me rongeai les sangs. À sa dernière visite, j'avais glissé un billet dans sa main au moment où il avait soulevé la mienne pour prendre congé. Ses traits avaient marqué la surprise, mais en homme courtois, il s'était empressé de le glisser discrètement dans sa poche. Il devait revenir deux jours après. Nous ne le vîmes pas. Pas davantage le mercredi suivant tel qu'il en avait pris l'habitude.

Et j'en vins à me demander si je n'avais pas présumé de l'intérêt qu'il me portait. Peut-être avais-je été trop directe dans ma prose, m'étais-je angoissée. Peut-être le mettait-elle face à un cas de conscience trop important.

Elle disait ceci :

« *À présent que je vous connais mieux, je peux l'avouer : votre roi m'a trahie comme celui de France a trahi Olivier. Il me retient captive, avec Jeanne et nos fils. Ici, à Tickhill. Pour que la Bretagne nous oublie. Mais la Bretagne n'oublie rien, vous le savez. Ni ses morts, ni ceux qui en réparent l'outrage. Le roi se fourvoie. Ne vous en faites pas complice. Délivrez-nous.* »

Le lundi en dix, il s'est enfin annoncé, aussi fringant que d'ordinaire, dans l'encadrement de la porte de l'aula.

La voix pure et mélodieuse de ma Jeannette qui chantait une des complaintes de son père l'a forcé à attendre poliment sur le seuil. À sept ans, elle resplendissait de joliesse, de douceur et de talent, captivant aussi bien Junior que Jeannot et l'autre Jeannette, tous trois assis en cercle autour d'elle.

D'un geste, je lui ai fait signe de nous rejoindre près de l'âtre crépitant pour écouter la fin de la chanson. Au sourire qu'il m'a retourné, mon cœur, un instant suspendu d'inquiétude, s'est remis à battre. Bien qu'accompagné par Hankeston, j'ai été aussitôt convaincue qu'il n'était pas venu pour dénoncer notre projet comme j'avais fini par le craindre, mais pour le soutenir.

Ou, à défaut, me suis-je dit, *pour nous donner ses raisons de ne pas le faire.*

Nous étions convenues, Jeanne de Flandres et moi, que, le cas échéant, nous les accepterions, sans négocier. Quel que soit son choix, nous connaissions la valeur de cet homme et tenions à son amitié qui rendait notre réclusion plus douce.

Les doigts enfantins de Jeannette ont bientôt abandonné les cordes de la harpe dont elle s'accompagnait, permettant enfin aux garçons de se précipiter pour le saluer et lui réclamer une anecdote concernant leurs pères. Walter en avait toujours une en réserve, au point que, depuis le temps, j'avais fini par me demander s'il n'en inventait pas pour continuer de leur plaire.

— Allons, allons, me suis-je interposée. Ne pouvez-vous donc attendre que nous ayons servi un peu d'hydromel ?

Avec cette pluie qui tombait sans discontinuer depuis plusieurs semaines, pénétrant d'humidité les vieux murs du donjon et ruinant notre santé, Auline avait regarni nos réserves. Reprenant une vieille recette de ma mère, elle ajoutait une cuillère de vinaigre de miel au thym dans nos bols. Il n'y avait rien de mieux, avec les vertus de l'hydromel, pour limiter les maux de l'hiver. Walter, qui en avait découvert le secret avec nous, en était devenu fort gourmand.

– Hydromel et pain d'épices, a rectifié ma vieille amie qui en avait sorti un du four avant de venir écouter Jeannette. Mais si vous en voulez, il va falloir m'aider, les garçons.

Cela a suffi pour que nos garnements la suivent en cuisine, permettant à Bentley de fouiller dans sa besace et de me tendre un paquet.

– Vous m'aviez parlé d'un ouvrage que vous aimiez lire à Clisson. J'ai profité de quelques jours à Londres, voyage qui m'a empêché de revenir plus tôt, pour vous en trouver un exemplaire.

J'ai pris cette attention pour un élégant moyen de me signifier qu'il avait probablement parlé au roi, s'était rangé à son idée, et, ne pouvant nous secourir, espérait à la fois que je ne lui en garderais pas rancune et que cela me distrairait.

Je me trompais. Le papier soulevé, j'ai découvert un exemplaire de l'*Énéide* de Virgile. Nous ne l'avions jamais évoqué. J'ai, malgré tout, fait semblant d'en être enchantée.

– De quoi cela parle-t-il ? a demandé Thomas Hankeston, dont je savais le peu d'intérêt pour la lecture.

– Un récit de bataille, chez les Grecs. Il y est question d'amour et d'un cheval de bois. Tout cela en vers, a résumé très succinctement Bentley en se dirigeant vers le foyer pour inciter Hankeston à le suivre.

L'évocation m'avait été, à moi, suffisante.

Sitôt que les deux hommes ont été occupés à présenter leurs paumes aux flammes pour les réchauffer, et sachant désormais ce que je devais chercher dans le livre, je l'ai ouvert au chant II[1].

J'y ai trouvé un mot inséré entre deux enluminures. Court, efficace, il répondait au mien :

« *Demain.* »

1. Le héros, voulant prendre la cité, fait construire un énorme cheval creux qu'il fait placer devant les portes de la ville. Croyant à un présent, les gardes le tirent à l'intérieur. À la nuit tombée les soldats qui sont cachés dedans ouvrent les portes à leur tour, permettant l'invasion de Troie.

67.

Au lendemain, donc, nous étions prêts. L'absence de détails concernant notre échappée nous avait incités à nous baser sur le plan d'Énée dans le livre. Walter de Bentley serait lui-même le cheval de Troie comme, en son temps, je l'avais été au cours d'une fausse partie de chasse pour m'emparer du château de Touffou. La suite serait plus délicate. Nous étions donc convenus de ne rien emporter pour ne pas ralentir notre fuite et n'avions prévenu que les garçons, tous deux en âge d'en comprendre les enjeux.

Bien qu'un peu nerveux, ils avaient réussi à se comporter comme à l'accoutumée. Nous aussi. Si bien que, lorsque Bentley entra à la suite d'Hankeston, nous l'attendions.

Ce fut rapide. Le chevalier n'avait pas fait un pas en direction du foyer près duquel nous nous réchauffions, Jeanne de Flandres et moi, qu'une lame lui piquait les omoplates.

— Bentley ? Que faites-vous donc ? s'est-il époumoné en verdissant.

— Une déclaration d'amour, mon ami, lui a rétorqué Walter en me fixant droit dans les yeux.

Je lui ai souri. Il me plaisait. Je n'ai jamais su l'aimer comme j'ai aimé Olivier. Mais il me plaisait.

— Elle me ravit, Walter, me suis-je empressée de lui répondre.

La minute suivante, il enfermait Hankeston, furieux et vexé, dans le donjon.

Warmer de Giston, un petit seigneur voisin dont Walter s'accompagnait de temps en temps quand il nous rendait visite, nous attendait dans la cour avec le reste de son escorte, cinq hommes qui avaient été aussi prompts que lui. Il ne restait personne pour nous barrer le passage. Tous avaient été bouclés dans leurs quartiers, y compris les serviteurs.

— Ne traînons pas. Ils ne seront pas longs à se libérer et à nous donner la chasse, a prédit Walter.

Il a sauté en selle sous cette pluie qui battait toujours, m'a tendu son bras pour m'aider à monter en croupe tandis que Warmer de Giston en faisait autant avec Jeanne de Flandres.

Les autres cavaliers s'étaient réparti les enfants, Auline et Bertrand.

Rassurée, j'ai refermé mes bras sur le torse de Walter.

— Où allons-nous ? ai-je demandé à l'instant où il éperonnait notre monture.

— Chez moi. À Pontefract. Ensuite nous aviserons.

Commença alors une puissante chevauchée vers le nord sous des lames glaciales qui nous perçaient les os. Je ne pouvais m'empêcher de jeter régulièrement des coups d'œil furtifs par-dessus mon épaule pour m'assurer que tous suivaient. Bientôt pourtant ce me fut impossible. Je voyais à peine plus loin que le cul du cheval. Tout autour de nous, c'était devenu dantesque. S'ajoutant aux trombes d'eau, des bourrasques pliaient les arbres comme des roseaux. Des branches volaient en tous sens. L'une d'elles effraya la jument. Elle se cabra et je manquai chuter. Un peu plus loin, elle recommença, retomba sur ses pieds, refusa d'avancer.

— Un arbre coupe la route. Nous ne pouvons aller plus loin. Il faut s'abriter ! a alors décidé Walter.

— Les autres ? me suis-je affolée en le voyant hésiter puis bifurquer entre deux rangées d'arbres.

— Ils en feront autant, m'a-t-il assuré en relançant son galop.

De nouveau, je me suis sentie impuissante. De nouveau j'ai eu le sentiment que la malédiction de mon père se déchaînait. De nouveau j'ai eu peur de perdre les miens. Walter le devina-t-il ? Sa paume est venue recouvrir ma main crispée sur sa poitrine.

— Ne vous inquiétez pas, Jeanne, a-t-il hurlé par-dessus son épaule. Warmer de Giston ne leur fera courir aucun danger.

Moins d'une lieue plus loin, la jument s'engageait entre deux allées de pierres tombales. J'ai cru qu'il nous menait à une église. Mais il s'est arrêté devant un caveau haut d'une toise et profond d'autant sur lequel figurait une croix templière.

— Ici, m'a-t-il dit en sautant à terre, nous serons à l'abri des hommes et des dieux…

Et d'ajouter en m'aidant à descendre :

— … Au moins jusqu'à ce que la tempête se lasse.

J'ai tendu l'oreille dans l'espoir de percevoir un hennissement ou un bruit de sabots. Mais le vent hurlait. J'étais trempée, glacée malgré ma pèlerine. Je ne pouvais m'empêcher de penser à mes petits.

Walter s'est mis à fouiller sur la droite du monument funéraire. Il s'est finalement tourné vers moi, une grosse clef dans la main.

Lors, décidant une nouvelle fois de lui faire confiance, je lui ai souri.

68.

L'intérieur du monument funéraire était obscur et exhalait la moisissure, mais sitôt la porte refermée, je m'y suis sentie étrangement plus sereine.

— N'avancez pas davantage, Jeanne, m'a conseillé Walter. Vous risqueriez de basculer dans l'escalier qui mène à la crypte. Une fois la torche allumée, nous y descendrons en toute sécurité.

L'instant suivant, elle crépitait et je le suivais au bas d'une quinzaine de marches. Un sarcophage et un autel de pierre, tous deux frappés de la croix templière, occupaient le caveau dans lequel nous débouchâmes. Des piliers de pierre colorée soutenaient la voûte romane peinte d'angelots au firmament.

— Je ne m'attendais pas à pareille splendeur. Qui repose ici ? ai-je demandé en approchant du gisant.

Il représentait un chevalier de l'ordre, en portait le tabard et l'épée entre ses mains jointes. Walter est venu les recouvrir de la sienne.

— Mon arrière-grand-père maternel, Hamelin du Pinel. Un Breton. Mais ne me demandez pas pourquoi il fut inhumé ici, si loin de chez lui. Ni ma mère ni ma grand-mère ne surent me le dire. De sorte qu'enfant j'imaginais toutes sortes d'hypothèses qui me conduisirent, une fois devenu adulte, à parcourir la Bretagne en quête de ses traces. Je les ai retrouvées, de même que mon grand-oncle, héritier du fief qu'il possédait. Mais lui non plus ne sut rompre le mystère. Il me donna seulement le goût de la Bretagne, de ses traditions, de ses gens. Je leur suis plus attaché que vous ne l'imaginez, Jeanne.

J'ai soutenu son regard dans lequel l'éclat de la torche faisait danser des reflets ardents, senti mon cœur palpiter doucement dans ma poitrine malgré le froid qui me pétrifiait.

– J'ai cru le comprendre, oui, ai-je murmuré.

Il m'a rendu mon sourire.

– Allons, venez. J'ai souvenir d'un brasero et d'une réserve de bois près de ce retable. S'ils y sont toujours, nous pourrons nous sécher.

– Je n'en vois guère l'utilité en pareil endroit, ai-je sourcillé. Qui aurait bien pu les apporter ?

Il s'est mis à rire.

– Moi… en mes jeunes années. Je passais beaucoup de temps ici. Ne vous moquez pas, Jeanne, mais à l'image des druides, je jetais des simples dans les flammes, espérant que cet aïeul finirait par répondre à mes questions. Bien évidemment, il ne s'est jamais manifesté.

– C'est une jolie raison, ai-je admis. Et la fumée ?

– J'avais fait percer un conduit qui ressort, maçonné à l'angle du caveau. Voyez à quel point mon aïeul m'obsédait ! J'ai déployé toutes les habiletés possibles pour percer son mystère ! Pourtant, devenu adulte, j'ai fini par me lasser et je suis allé au-devant de l'aventure à défaut de la rêver. Venez, c'est par ici, s'est-il avancé en dirigeant la torche vers l'un des angles, obscur, de la pièce.

Tout reposait, comme le gisant et l'autel, sous une épaisse couche de poussière.

— Eh bien il semble que nul autre ne s'y est intéressé en fin de compte. Une chance pour nous.

L'approuvant, j'ai rassemblé, au milieu de la coupe de fer, les charbons qui s'y trouvaient encore. Il les a recouverts de branches, puis y a plongé sa torche jusqu'à ce que le feu prenne.

— Vous devriez ôter votre pèlerine, m'a-t-il suggéré tout en retirant la sienne.

C'était un conseil judicieux, un de ceux que je m'étais souvent appliquée à moi-même sur *Ma Vengeance* après un mauvais grain.

Je me souviens de m'être brusquement fait la réflexion que ces deux années à végéter à Tickhill dans un confort modeste mais sécurisant m'avaient fait perdre mes réflexes de bon sens, de survie. Et que c'était probablement la raison pour laquelle Édouard III nous y maintenait captives. Pour émousser la vigueur de celles que nous avions été.

Je lui en ai voulu. Un peu plus.

Les flammes se sont mises à danser, hautes et vives, et j'ai soupiré d'aise en sentant l'intense chaleur pénétrer mes vêtements mouillés.

— Pourvu que les autres aient trouvé refuge, ai-je espéré en imaginant l'effroi des fillettes sous ce déluge.

— Je n'en ai aucun doute. Nous ne sommes qu'à trois miles de Pontefract. Plusieurs soldats qui m'accompagnaient ont de la famille dans les environs. Et la sœur de Warmer de Giston, un fermage à deux pas d'ici. C'est un homme d'honneur, épris de Jeanne de Flandres, comme je le suis devenu de vous. Votre famille et la sienne sont en sécurité sous son commandement, je puis vous l'assurer, a-t-il insisté en passant derrière moi.

J'ai senti ses mains se poser sur mes épaules.

— Ma mère me frictionnait lorsque je grelottais. Me permettez-vous ?

— Avec joie. Je reste glacée.

Bientôt, sous sa friction vigoureuse, mon sang s'est remis à couler généreusement dans mes veines.

Éperdue de reconnaissance, j'ai fermé les yeux, ai reculé jusqu'à appuyer ma nuque contre son torse. Il a noué ses bras autour de ma poitrine.

L'espace d'un instant, les parfums d'Olivier, de Guy de Penthièvre et de Raoul sont venus se superposer au sien. J'ai senti mon cœur se serrer et tout à la fois s'abandonner à l'évidence : j'avais de nouveau besoin d'aimer.

Je ne sais pas comment je me suis retrouvée sur ses lèvres. Si c'est lui qui m'y a attirée, si c'est moi qui me suis retournée. Je me souviens juste de m'être accrochée à son cou et d'avoir murmuré, palpitante :

— Épousez-moi, Walter de Bentley.

69.

Après qu'il m'eut donné le consentement sensuel et viril que j'espérais, nous nous sommes endormis à même le sol de la crypte, au pied du brasero.

À notre réveil, nous nous sommes rhabillés en silence, ne voulant, ni l'un ni l'autre, rompre la magie que ce moment avait créée. Nous avons remonté l'escalier puis nous sommes sortis. Le jour se levait au-dessus des futaies. Notre cheval était toujours là. Il broutait une herbe rare entre deux tombes, tirant sur son licol. Walter l'a détaché de l'anneau de fer fiché dans l'une des pierres d'angle du caveau.

Peu de temps après, malgré un parcours jonché de débris de bois, nous refermions sur nous les portes du château de Pontefract. Nous étions les premiers.

— Manger n'empêche pas d'attendre, a-t-il décidé après nous avoir commandé un copieux matinel.

Je lui en ai su gré. J'étais affamée.

Nous étions à peine attablés pourtant que Junior et Jeannot déboulaient comme des flèches dans l'aula, suivis par les Jeannette.

— Enfin ! me suis-je écriée en bondissant de mon siège pour les serrer dans mes bras.

Ils avaient l'air exténué.

— Maman, ils ont..., a commencé Junior.

Le timbre étranglé de Walter l'a coupé.

— Où est la comtesse ? Où est Giston ?

Le cœur figé, j'ai regardé par-dessus l'épaule de mon fils, découvert les visages navrés d'Auline et de Bertrand qui venaient d'entrer.

— Capturés. Ils ont été capturés, a terminé Junior dans un souffle.

Et j'ai eu l'impression que, de nouveau, tout s'écroulait.

C'était arrivé vraisemblablement peu de temps après que nous avions bifurqué. Comme nous, les cavaliers galopaient vers un abri quand le cheval de Giston, en tête du groupe, s'était brisé net la jambe dans une ornière. Dans sa chute, Jeanne et lui avaient été éjectés violemment. Les autres avaient bien failli en faire autant tant la pluie les aveuglait. Par chance, ils avaient pu s'arrêter et leur prêter secours. Giston n'avait rien, mais Jeanne souffrait d'une méchante fracture du bras.

— Elle a atterri contre le tronc d'un arbre. Qu'elle ait survécu à pareil choc relève du miracle, nous a appris Bertrand, désolé.

Ils cherchaient une solution pour la transporter, avec moult précautions, lorsque Hankeston avait surgi avec ses hommes.

— Giston a réagi avec une promptitude digne des plus illustres chevaliers. Il s'est lancé de l'avant en appelant à la rescousse, puis, ayant tiré sa lame, il nous a enjoint de filer avec les enfants. Nous ne voulions pas abandonner Jeanne, mais elle nous en a suppliés, affirmant que sa liberté importait moins que la nôtre et celle de son fils. Elle n'était pas en mesure de chevaucher. Alors nous avons obéi, a soupiré Bertrand en secouant la tête avant de continuer : Auline a pris Junior devant elle, moi Jeannot. Les filles étaient toujours en selle protégées par ceux qui les tenaient. Ils nous ont précédés sous l'orage, nous ont guidés jusqu'à l'écurie d'une ferme. Nous y avons caché les chevaux. Une femme nous a accueillis sitôt que l'un des hommes a eu prononcé le nom de Giston. Nous avons appris ensuite que c'était sa sœur. Nous ne sommes repartis que ce matin, par des chemins détournés, craignant qu'Hankeston nous ait tendu une embuscade. À moins d'un mile d'ici, nous avons été rejoints par l'un de ceux qui étaient restés se battre. Il avait réussi à fuir. C'est lui qui nous a renseignés. Une fois Giston capturé, Hankeston a fait venir une litière pour ramener Jeanne à Tickhill et l'y soigner, a-t-il terminé sans que nous ayons trouvé le courage de l'interrompre.

Et de fait, j'étais sans voix.

Jeanne. Reprise. Seule.

Je n'avais rêvé que de liberté, croyez-moi, tout au long de ces long mois à Tickhill. Je la tenais désormais. Il suffisait que Walter m'épouse comme il s'y était engagé avant de me beliner la veille, pour qu'Auline, Bertrand, Jeannette, Junior et moi échappions à l'autorité d'Édouard III. Pour que nous puissions retourner en Bretagne, avec cet homme que mon cœur avait accepté, dans les fiefs que le roi lui avait octroyés en remerciements de ses hauts faits d'armes. Parmi ceux-là, comme un signe du destin, se trouvait l'île de Noirmoutier qui avait appartenu à ma mère. De là, je pouvais de nouveau agir pour la Bretagne, pour l'héritier de Jean. C'était à portée de main. Il suffisait simplement que j'abandonne Jeanne de Flandres à son destin.

Je ne l'ai pu. Elle m'était trop chère.

Je me suis tournée vers Walter. Je crois qu'il a compris, car il m'a renvoyé un sourire triste.

— Puis-je vous parler en privé pendant qu'ils se restaurent ? l'ai-je sollicité.

Il m'a invitée à le suivre dans la pièce voisine, est venu frotter ses mains devant l'âtre, a soupiré.

— Je vous reconduirai moi-même. C'est le moins que je puisse faire.

— Ce n'est pas un adieu, Walter.

— Je le sais.

— Je n'emmène pas les garçons. Nous n'avons plus rien à leur apprendre. Ce dont ils ont besoin désormais, c'est se confronter à la vie de cour et s'essayer aux premières joutes. Pouvez-vous les escorter jusqu'à Londres ? Demander à la reine de les prendre sous sa protection ? Je la sais suffisamment attachée à Jeanne et à moi pour s'opposer à la volonté de son époux.

Il m'a fait face.

— Ce sera un honneur. J'aimerais aussi lui demander votre main. Si elle me l'accorde, nous serons officiellement fiancés. Cela me donnera le droit de vous rendre visite lors de mes séjours en Angleterre, tout comme vous serez libre d'aller et venir à votre guise. Ne serait-ce que pour voir votre fils et celui de Jeanne.

Je me suis jetée dans ses bras.

Il m'y a serrée tendrement.

— Prenez le temps qu'il vous faudra, Jeanne. La première fois que j'ai rêvé de vous, c'était après avoir rencontré votre époux. Après qu'il m'eut dit, le regard dans le vague, amoureux, qu'il lui suffisait de penser à vous pour qu'il ait l'impression, d'un coup, de faire corps avec la Bretagne. À ses yeux vous en étiez le symbole. Magnifique, indépendante et altière. Ensuite, on vous a décrite comme la plus belle femme de ce pays. Puis la plus sauvage, la plus enragée. Je crois bien que je vous aime depuis toujours Jeanne de Belleville. Mais je ne l'ai vraiment su qu'au moment où j'ai vu vos yeux briller. Ne les laissez pas s'éteindre, de grâce. Même si vous ne me revenez jamais.

Émue, je lui en ai fait la promesse.

Nous sommes retournés près des autres.

J'ai pris Junior par les épaules. La gorge nouée, je lui ai annoncé ma décision de retourner près de Jeanne de Flandres, de les confier à la reine, lui et Jeannot. Je lui ai recommandé d'être assidu à ses études, de ne pas trop évoquer les périodes que nous avions vécues ensemble pour ne pas indisposer le roi et de protéger Jeannot afin qu'un jour il soit capable de reprendre le duché qui aurait dû revenir à son père.

Il a été courageux, fier.

Du haut de ses onze ans, il s'est détaché de moi puis s'est tourné vers Jeannot, petit homme encore, pour mettre un genou à terre devant lui. La main sur le cœur, emportant le mien et celui d'Auline, de Bertrand et de Walter, il lui a juré assistance, fidélité et amitié.

À l'heure où j'écris ces lignes, il n'a pas démenti son serment et je reste convaincue d'avoir fait alors ce que je devais.

J'ai quitté Pontefract sans regrets ce jour-là, mais pas seule. Comme je m'en doutais, Auline et Bertrand ont insisté pour retourner à Tickhill dans mon sillage et celui des Jeannette. Je ne m'y suis pas opposée. Je savais que c'était leur amour pour moi, pour mes enfants qui les gardait en vie.

Tout comme Jeanne de Flandres ne survivrait à cet accident que bercée par le mien.

70.

Bien que ses yeux aient trahi sa joie de revoir sa fille et de nous retrouver près d'elle, elle m'a accueillie froidement depuis cette couche qu'elle était obligée de garder, son bassin ayant lui aussi souffert dans la chute. Je m'étais préparée à ses reproches. Je savais qu'il ne lui plairait guère de voir que j'avais gâché ma chance de retourner en Bretagne. J'avais préparé mes arguments. Auline ne me laissa pas les lui servir.

Avec cette franchise un peu brusque qui la caractérisait et que l'âge n'avait pas atténuée, elle s'est plantée au pied du lit, les poings sur les hanches.

— Fâchez-vous autant que vous le voudrez, comtesse, nous sommes là ! Et à moins de bouder notre compagnie, il faudra vous y faire ! Alors ? Tisane au miel ou la grimace ?

J'ai pouffé. Jeanne m'a foudroyée du regard. Puis elle a éclaté de rire et sa Jeannette est venue se pelotonner dans le creux de son bras valide en lui promettant qu'elle allait prendre bien soin d'elle.

Quant à Auline, satisfaite, elle m'a lancé un clin d'œil et a quitté la pièce aussi digne qu'une reine.

Deux mois plus tard, alors que nous avions repris nos habitudes et que Thomas Hankeston avait cessé de nous en vouloir, un courrier de la reine est venu nous annoncer qu'elle avait obtenu du roi qu'il lève notre contrainte. Nous pouvions donc quitter Tickhill à notre convenance. J'étais libre d'épouser Walter, Jeanne de regagner Hennebont avec sa fille. Quant à nos fils, si nous souhaitions toujours qu'ils restent à sa cour, ils y seraient traités avec tous les honneurs dus à leur rang et au prestige de leur nom, ce jusqu'à ce qu'ils volent de leurs propres ailes.

Jeanne de Flandres en a été soulagée. Mais elle a refusé de partir.

Malgré les exercices que je lui imposais, malgré mon savoir de guérisseuse acquis auprès de ma mère et de la sorcière du marais, elle restait diminuée du bras et conservait un déhanchement disgracieux qui, même si elle refusait de s'en plaindre, la faisait souffrir à chaque pas. Elle aurait été incapable de voyager longtemps et encore plus de prendre la mer pour regagner la Bretagne. Ce n'était pourtant pas la seule raison à sa décision de finir ses jours à Tickhill. Je crois qu'elle avait mesuré les limites de son implication dans la vie de son fils. Elle l'avait préparé à son avenir depuis longtemps. Et elle savait qu'à la cour d'Angleterre, élevé avec les enfants de la reine et Junior, il se ferait de solides appuis pour, le moment venu, succéder à son père. Désormais, tout ce qui lui restait, c'était le souvenir de Jean. Elle pouvait le cultiver n'importe où.

Elle m'incita à la quitter. De fait, je ne pouvais plus grand-chose pour elle. Mais je ne parvenais pas à m'y résoudre. N'était-elle pas, au fond, la mémoire de mon passé avec Olivier ? Une part de moi avait le sentiment que je la perdrais avec elle. Et c'était une déchirure si grande, si profonde, que chaque jour je remettais à demain ma simple décision d'y songer.

Et puis, arrivée d'Égypte et de Syrie, la peste noire fit son apparition, décidant à ma place. Voyager avec ce fléau qui se répandait comme un feu grégeois aurait été suicidaire. Elle balaya la France, tuant presque un habitant sur deux. Philippe de Valois y perdit son épouse quand nous avions espéré l'en voir, lui, foudroyé. Elle toucha Londres à l'automne 1348 et nous recommençâmes à prier. Cette fois pour qu'elle épargne ceux qui nous étaient chers.

Ce fut le cas, nous rassura Junior dans l'une de ses lettres. Il nous écrivait régulièrement, m'apprenant que Jeannot et lui faisaient la fierté de leurs professeurs. Grâce à l'enseignement de Bertrand à Clisson, puis de nos attaques en mer et sur terre qui lui avaient permis d'acquérir une belle maîtrise des lames, il forçait l'admiration de tous à la cour lorsqu'il s'entraînait dans les lices. Il était en passe de devenir l'un des meilleurs guerriers de Bretagne et même, fanfaronnait-il, d'Angleterre. Je devais le reprendre dans mes réponses pour l'obliger à plus de modestie, mais je ne pouvais m'empêcher de retrouver dans cette vantardise un peu du caractère hâbleur de son père, celui qui lui avait si souvent permis d'enjoliver ses actions de guerre auprès de ses enfants. Je crois qu'Olivier aurait été fier de notre garçon. Je l'étais aussi, tout en devinant que la marque indélébile du sang versé devant lui l'entraînerait, sur un vrai champ de bataille, à en rechercher la violence et l'horreur.

Elle restait présente en moi, malgré la quiétude de cet endroit. Malgré le rire des deux Jeannette qui grandissaient en beauté. Malgré les bons soins d'Auline, les parties d'échecs avec Bertrand. La nuit, elle revenait me hanter. Parfois, sous la forme des fantômes que j'avais tués. À d'autres moments, les pires, sous celui d'Olivier, debout en proue de *Ma Vengeance*. Il tendait la main vers moi, me forçait à regarder la lumière vers laquelle le navire avançait, puis, alors que j'avais le sentiment d'approcher de la rédemption, une vague gigantesque, une vague pourpre surgissait, la voix d'Olivier crissait que j'avais trahi sa mémoire, que j'avais abdiqué et qu'il me fallait faire allégeance, encore, au monstre que j'avais créé. La vague prenait alors mon visage et me croquait. Je me réveillais en sueur, le cœur battant si fort que chaque fois j'avais le sentiment de mourir.

Je ne l'ai jamais avoué à Jeanne. Pour ne pas, peut-être, entendre le récit de ses propres cauchemars. Pour ne pas l'inquiéter. Mes démons m'appartenaient. Si puissants soient-ils, eux aussi étaient ma mémoire. Cette raison qui m'avait permis de survivre au manque d'Olivier. Je n'étais toujours pas certaine d'y parvenir s'ils me quittaient.

Deux années durant, je restai donc à Tickhill, informée de la situation en Bretagne par les lettres de Walter. De longues missives, dans lesquelles il racontait que, si la peste avait réduit le nombre des combattants, la guerre était toujours active, que ce soit pour le trône de France ou celui du duché de Bretagne que Jeanne la Boiteuse continuait d'occuper malgré la captivité de son époux. Il évoquait ses lectures semblables aux miennes, mais aussi les endroits qu'il découvrait pour la première fois et voulait me faire partager. À travers lui, j'avais l'impression de respirer à nouveau les landes, les forêts et les côtes roses de mon pays.

Cela me suffisait.

D'autant que la vie, à Tickhill, était devenue plus agréable depuis que je pouvais me rendre au village avec Auline ou à la rivière avec les filles. Hankeston se pliait à toutes nos volontés. Je crois qu'au fond, il nous aimait bien, car après notre levée d'écrou par la reine, il avait demandé à rester pour assurer notre protection. Il s'était même lié d'amitié avec Warmer de Giston, qui nous rendait visite chaque semaine.

Deux ans. C'est le temps qu'il fallut à Jeanne pour décider, elle, que c'était assez.

Par un après-midi de janvier 1349, elle a couché sa reine au milieu du plateau d'échecs, interrompant abruptement la partie que nous disputions.

— Cela suffit, Jeanne. Je suis lasse, m'a-t-elle dit.

— Ce n'est pas grave. Nous reprendrons demain.

— Non. Ni demain, ni après-demain, ni aucun autre jour. Je ne veux plus jouer avec vous.

Son regard que j'aimais tant était sérieux. Je me suis troublée.

— Expliquez-vous.

— Il n'y a rien à expliquer mon amie. Vous allez faire vos bagages, quitter cette tour, passer par Londres pour récupérer nos fils puis aller en Bretagne épouser Walter.

J'ai éclaté de rire. Elle m'a foudroyée du regard.

— Croyez-vous que je plaisante ? Ce n'est pas le cas. Il fut un temps où j'avais de l'honneur et de la fierté. Je vous demande de me les rendre. Allez-vous-en.

Des larmes me sont montées aux yeux.

— Est-ce cela que vous croyez ? Que je vous fais l'aumône de ma présence ?

— Non, Jeanne. C'est pire que cela. Vous m'interdisez de mourir. De rejoindre Jean. Depuis bien trop longtemps.

Mon cœur s'est broyé.

— Vous ne pensez pas ce que vous dites.

Elle s'est à peine radoucie devant ces larmes qui étaient venues emplir mes paupières.

— Peu importe. J'ai dix ans de plus que vous. Je suis une vieille femme désormais. Les nuits, je me tords de douleur, la journée, j'aspire à les oublier. Qui se bat pour l'indépendance de la Bretagne pendant ce temps ? Qui ? Personne. Je ne veux pas que dans cinq ans vous me ressembliez ! Je ne veux pas un jour lire ma déchéance dans la vôtre. Foutredieu Jeanne de Belleville ! N'entendez-vous donc pas ce que je vous demande ?

Elle a repoussé son siège, s'est levée brutalement. Pendant une seconde j'ai eu l'impression de la retrouver telle qu'autrefois, altière et superbe. Elle a secoué son index dans ma direction, l'œil redevenu brasier.

– Je veux que vous rentriez chez nous pour y faire ce que je ne peux plus. Mettre un Montfort sur le trône du duché de Bretagne et veiller à ce que chacun et chacune l'y maintienne.

Cette fois, oui, je l'ai entendue. Je me suis levée, ai posé un genou à terre devant elle et, telle la duchesse qu'elle aurait dû être, je lui ai prêté allégeance.

71.

Deux jours plus tard, je la quittais avec nos filles qu'elle m'avait ordonné d'emmener. Mais sans Auline et Bertrand cette fois.

Eux aussi avaient atteint cet âge où l'on se pose à jamais.

Tout comme Warmer de Giston, ils me promirent de veiller sur elle. Je leur jurai de leur écrire et de leur rendre visite aussi souvent que je le pourrais. Ils s'éteignirent dans les bras l'un de l'autre, un an plus tard, me tordant de chagrin. Je ne les avais pas revus.

Walter, lui, se montra à la hauteur de mes attentes.

Il m'épousa sobrement moins d'un mois après mon retour à Saint-Yves après qu'ensemble, longuement, nous avions prié pour la mémoire d'Olivier. J'avais tenu à ce qu'il me prenne pour sa femme devant son gisant. Il avait approuvé. L'abbé Guillemet n'était plus qu'une silhouette ratatinée et grise, fleurant les soixante-douze ans. Je n'en voulus pourtant pas un autre pour officier. Et pour témoins de cette union, Péan et Rémi. Ils avaient rencontré Walter à Quimper, le jour de ce maudit siège qui avait coûté la vie à Jean. Ils étaient devenus amis.

Sous la voûte étoilée de cette chapelle, j'ai renoncé à être une veuve, mais pas à ce que j'avais été.

Mon fils l'a compris.

Il a attendu que l'abbé ait béni nos épousailles pour s'approcher de moi, une épée à plat sur ses paumes. Il avait été adoubé par le roi d'Angleterre, comme Jeannot qui se tenait à ses côtés. J'ai cru que cette lame était la sienne. C'est mon cœur, en s'emballant, qui, le premier, a reconnu celle d'Olivier. Je ne sais toujours pas par quel miracle Junior a réussi à la retrouver. Olivier en avait été privé à Vincennes. Il a refusé de me le dire, peut-être pour me dispenser de connaître les périls auxquels il s'était exposé.

Walter est venu derrière moi, m'a prise par les épaules. L'espace d'un instant, j'ai eu l'impression que son parfum se mêlait à celui d'Olivier, de Raoul, comme cela avait été le cas dans le caveau où nous nous étions réfugiés.

Je me suis mise à pleurer.

Une belle lumière emplissait la chapelle, une lumière aussi éclatante que celle vers laquelle, dans mes cauchemars, *Ma Vengeance* me poussait. J'ai pris conscience que je n'avais plus peur du monstre que j'avais été. Celui qui m'avait pris Petit Guillaume.

Alors j'ai tendu la main, j'ai saisi ce fer dans lequel mon cher époux avait placé son honneur et sa fierté, ce fer qui avait fait de lui le vainqueur du grand tournoi de Vincennes en 1343.

Et je l'ai dressé.

Dès lors, chevauchant avec Walter, Junior et Jeannot à la tête des armées du roi d'Angleterre, j'ai enlevé des places fortes, repoussé des assauts et gagné des batailles.

Tout en veillant, entre deux combats, à l'éducation et à l'amour des Jeannette laissées à Saint-Yves.

En 1350 j'ai vu enfin la mort de Philippe de Valois. J'ai eu l'impression d'une victoire même si je n'y avais pas contribué. Rien n'a changé pourtant. Le duc de

Normandie qui lui a succédé sur le trône avait figuré au nombre de ceux qui avaient voulu la disgrâce d'Olivier. Il soutenait Jeanne de Penthièvre et a reconduit mon bannissement.

J'ai donc continué, me battant sans relâche, défiant l'âge qui s'avançait, contribuant, au côté de Walter, à enlever la bataille de Mauron[1] en 1352.

Une belle victoire, oui, même s'il y fut sévèrement blessé.

Il y en eut d'autres, de moindre importance, au long des sept années qui suivirent, mais elles ne parvinrent pas à me permettre de récupérer mes principaux domaines ni à Jeannot, devenu Jean, de reconquérir son duché. Junior continue de faire honneur aux Clisson en faisant front avec lui. Alors je garde espoir qu'ensemble ils finiront par y arriver, par réaliser le rêve de leurs pères et celui de Jeanne de Flandres.

Jeanne. Ma chère, si chère Jeanne ! Contrairement à ce qu'elle a prétendu pour me chasser, à cette heure, elle est toujours en vie. Et foutredieu, je crois bien qu'elle ne fermera les yeux que le jour où son fils aura gagné. Elle aura été et reste un exemple pour moi. Et la meilleure amie que l'on puisse rêver.

Quant à moi, si j'ai entrepris l'écriture de ces Mémoires, c'est parce que depuis quelques semaines mes forces déclinent. Je craignais même que la Camarde ne m'emporte avant d'avoir achevé.

Or, je ne voulais pas partir sans bruit, sans sursaut. Sans panache.

Cela aurait été indigne de celle que j'ai été.

---

1. La victoire fut si indiscutable pour les montfortistes que les blésistes ne pourront mener d'autres offensives d'importance pendant onze ans.

Mais surtout, je ne voulais pas partir sans que l'on sache la vérité. Elle a toujours guidé mes choix, mes actes. Alors, imaginer un instant qu'on la déforme pour adoucir ce que je fus ! Non. Qu'il reste une trace.

Aussi sombre que le sang que j'ai versé.

Aussi lumineuse qu'Olivier l'avait chérie.

Le reste appartiendra à l'Histoire. J'arrive au bout de la mienne.

Jeannette est promise à Jean de Harpedanne, un vaillant Anglais dont elle est tombée amoureuse. Junior à Marguerite de Rohan. Ils continueront. Perpétueront mon combat, celui d'Olivier. Ils le feront dans le sillage des enfants d'Ysabeau que j'aime tant et dont la tendresse me renvoie si souvent à celle qu'elle me donnait.

Tout est dit.

Alors, mes derniers mots seront pour toi, Walter.

J'ai cru mon âme noircie à jamais. Ta constance l'a lavée. Voici dix années que tu me chéris, tout en chevauchant pour les mêmes valeurs qui firent se dresser Olivier. Dix années que tu acceptes sa fantomatique présence, avec respect et dignité. J'ai fini par t'aimer pour cela. T'aimer profondément. Je ne suis pas sûre de te l'avoir jamais dit. Est-ce nécessaire ? Je l'ignore. Une chose demeure : j'ai été prisonnière d'une vengeance sans nom et sans pitié. Mais c'est l'amour, ton amour, qui finalement, au terme de cette vie, m'a rendu ma totale, mon ultime liberté.

Celle de pouvoir de nouveau prétendre au paradis et y retrouver ceux que j'ai perdus. Jusqu'à toi, j'étais convaincue que c'était l'enfer qui m'attendait. Que je ne les reverrais jamais.

C'est un présent inestimable que tu m'as fait. Souviens-t'en et oublie de me pleurer.

Allons, il est temps.

La chandelle se meurt, l'océan rugit sur les rochers de Noirmoutier, sous la fenêtre de ce château, de cette chambre où ma mère est née.

Que dire de plus ?

Je suis chez moi.

Je suis en paix.

Jeanne de Belleville.
25 avril 1359

Que vous dire, chers amis lecteurs et lectrices, après ces derniers mots ? Jeanne de Belleville s'est invitée dans mon cœur en 2005, après que j'ai écrit un miniroman sur elle pour le magazine *Prima.* J'ignorai alors qu'elle allait me hanter sans que je le sache, jusqu'à ce que je trouve en moi les mots, la force, le courage et assez d'abnégation pour la laisser chuchoter à mon oreille, pour la laisser raconter à ma place. Cela peut sembler fou à qui ne sait de quelle manière j'écris. J'ai décidé cette fois de vous l'expliquer afin de lever une part de mon propre voile.

En général, toutes mes histoires commencent par un rêve récurrent qui enfle de nuit en nuit et dont les détails s'affinent, s'intensifient à mesure que progresse l'intrigue. Jusqu'à ce qu'un jour, où plutôt une nuit, comme dirait Barbara, des noms de personnages, de lieux, des dates apparaissent. C'est à partir de là que je commence mes recherches. Je suis d'autant plus déterminée à traquer la vérité dans les Mémoires, les biographies, les salles d'archives et auprès des historiens que je suis une cartésienne. J'ai besoin de chercher à prendre en défaut ces phénomènes dits « étranges » avec lesquels je vis depuis l'enfance. Parfois j'y parviens, parfois pas.

C'est ainsi que depuis vingt ans, mes livres, selon vos propres témoignages, sont « habités ».

Alors, aujourd'hui, c'est à eux, à tous ces illustres ou non, habitants invisibles de milliers de pages, que je veux rendre hommage à travers Jeanne de Belleville. Sans eux, j'écrirais sans doute, mais je ne serais pas totalement moi.

Je voudrais remercier aussi tous ceux et celles qui m'ont permis, au-delà des confessions nocturnes et sans filtre de la dame de Clisson, de retracer les pans obscurs de son histoire. Vous en trouverez une courte bibliographie, mais je tenais ici à évoquer mon cher confrère Élie Durel qui, de longues heures durant, m'a fait partager ses propres recherches, ses rencontres de terrain et ses hypothèses sur elle. Tu m'as offert un merveilleux cadeau, mon ami. Merci !

Merci à toi aussi, Philippe Vallet, qui le premier m'as parlé des Terres de Montaigu. Merci, Antoine Chéreau. Tu es toujours le maire de cette cité dont Jeanne fut la dame. Et c'est en me promenant dans ses rues, en discutant avec ses habitants mais aussi avec ton épouse, avec tes amis que cette belle histoire est venue me hanter. Quel honneur pour moi d'avoir, il y a quelques années, présidé ton, votre, Printemps du Livre ! Merci de votre amitié à toutes et tous et tout particulièrement à vous Christine et Michel Chamard, à vous aussi Anne-Marie et Jean de Reignac. Que seraient ces lignes sans nos échanges passionnés ?

Merci à toute l'équipe de XO qui m'aime avec mes singularités et s'enthousiasme toujours autant devant elles.

Merci à toi, ma chère Gwenaëlle qui en partage le secret et la mémoire.

Merci à vous tous, mon mari, mes amis, mes petits ou grands, qui vivez avec en sachant que je ne suis qu'amour.

Merci à l'équipe d'accueil de la résidence Les Balcons d'Ax à Bonascre. Clément, Claire et Fursy. Vous avez fait de ma retraite d'écrivain un joli moment entre ciel et montagne.

Merci à vous tous que je ne cite pas ici, mais qui comptez tant et sans qui, vous le savez, je ne serais pas entière.

Et merci, merci infiniment ma chère, si chère Jeanne !

Réalité, fantasme, légende, tu m'as tout offert. Et tout se mêle dans mon cœur depuis que tu m'as ouvert le tien. J'ai ri, pleuré, souffert dans ton ombre, mais pas un seul instant je n'ai eu le sentiment de ne pas t'avoir comprise.

Jeanne…

Elle fut une femme hors du temps, hors des codes. Si l'amour fut sa bannière, c'est pourtant et surtout le sentiment d'injustice qui la poussa de l'avant. Souvenons-nous-en et continuons de défendre celles et ceux qui en souffrent. Continuons de nous battre pour les personnes que l'on aime.

Relevons-nous, toujours. Apprenons de nos erreurs. Allons de l'avant pour nous en guérir et tenter de nous pardonner autant que possible.

Là est son message, dans et entre ces lignes.

Là est le mien.

Le reste vous appartient.

Prenez-en soin.

Je vous embrasse,

Mireille Calmel

Bibliographie

Pour écrire ce livre, en plus de tous les livres sur le monde médiéval que je cite souvent et qui sont ma « bible », j'ai lu :

— Le mémoire de recherche d'Astrid de Belleville sur son aïeule : *Jeanne de Belleville, v. 1300-1359*, sous la direction de Martin Aurell, 2020, université de Poitiers

— « L'Histoire de la ville de Nantes », *bretagneweb.com*

— « 1096-1269. Croisés et Templiers de Saintonge, Aunis, Angoumois, Poitou, etc. », *histoirepassion.eu*

— « Maurice de Belleville, Concession du droit de chasse au XIIIe siècle de la part du seigneur de la Garnache et de Commequiers », *Lesportesdutemps.com*

— « Les Templiers en Bretagne au Moyen Âge : mythes et réalité », Philippe Josserand, Annales de Bretagne et des pays de l'Ouest, *Journals.openedition.or*

— *Imprisonning Medieval Women: The Non-Judicial Confinement and Abduction of Women in England, c. 1170-1509*, Gwen Seabourne, University of Bristol.

— « Les ducs de Bretagne et le Saint-Siège », *Annales de Bretagne et des pays de l'Ouest*, B. A. Poquet du Haut-Jussé, année 1928, 38-4, p. 675-741

— « Histoire maritime de la Bretagne avant 1532, 4/10. Contexte de la guerre de Cent Ans », Marc Patay Lejean, 01/04/2012, agence Bretagne presse

Les nombreux auteurs et rédacteurs des archives du Poitou concernant Olivier IV de Clisson et Jeanne de Belleville ainsi que tout ce que j'ai pu trouver sur elle, sur lui, sur eux.

En vous recommandant tout particulièrement *Jeanne de Belleville, la Tigresse bretonne*, d'Élie Durel, aux éditions de l'Ancre de marine.

Du même auteur chez le même éditeur

Suites romanesques

— Aliénor

Le Lit d'Aliénor, 2002

Le Lit d'Aliénor, édition illustrée et augmentée, 2021

Aliénor, 2011-2012
Tome 1 : *Le Règne des Lions*
Tome 2 : *L'Alliance brisée*

Richard Cœur de Lion, 2013-2014
Tome 1 : *L'Ombre de Saladin*
Tome 2 : *Les Chevaliers du Graal*

Aliénor, un dernier baiser avant le silence, 2015

La Rivière des âmes, 2007

— Le Bal des louves, 2003
Tome 1 : *La Chambre maudite*
Tome 2 : *La Vengeance d'Isabeau*

Le Bal des Louves, l'intégrale, éditions Cléa, 2021

— Lady Pirate, 2005
Tome 1 : *Les Valets du roi*
Tome 2 : *La Parade des ombres*

— Chant des sorcières

Le Chant des sorcières, tomes 1 à 3, 2008-2009

La Reine de lumière, 2009-2010
Tome 1 : *Elora*
Tome 2 : *Terra incognita*

— *Les Lionnes de Venise*, tomes 1 et 2, 2017

– *La Fille des Templiers*, tomes 1 et 2, 2018

– *La Louve cathare*, tomes 1 et 2, 2020-2021

Romans

La Marquise de Sade, 2014

La Prisonnière du diable, 2019

Du même auteur en coédition

Roman jeunesse

Le Secret de Léonard, illustrations de Romain Menestrier, Belin/XO Éditions, 2020

Mystères au théâtre, illustrations de Sophie Leullier, Belin/XO Éditions, 2021

Bande dessinée

Le Lit d'Aliénor, duchesse d'Aquitaine, tome 1, Mireille Calmel-Pierre Legein, Grrr… Art Éditions/XO Éditions, 2021.

Du même auteur

Les Tréteaux de l'enfance, 2004, Elytis

Cet ouvrage
a été achevé d'imprimer
sur Roto-Page
par l'Imprimerie Floch à Mayenne
en mai 2022

N° d'édition : 4773/01 – N° d'impression : 100417
Dépôt légal : mai 2022

Imprimé en France